青梅竹馬絕對不會輸的戀愛喜劇

〔作者〕二丸修一

〔插畫〕しぐれうい

CONTENTS

「人家……會努力。
人家會努力到……能追上你的腳步。」
NAME
桃坂真理愛
——小學四年級

為了爭取照顧骨折的末晴，

三名女主角之間

即將引爆同居大戰!?

青梅竹馬

NAME

志田黑羽

最疼愛

青梅竹馬絕對不會輸的戀愛喜劇

OSANANAJIMI GA ZETTAI NI
MAKENAI
LOVE COMEDY

〔作者〕
二丸修一
SHUICHI NIMARU
〔插畫〕
しぐれうい

Kadokawa Fantastic Novels

序章

＊

『總、總覺得，真不可思議耶……』

美女高中生作家——白草正在我家廚房。光是這一幕就已經讓我懷疑眼睛，何況她還穿著圍裙。冰山美人的氣質當中多了一股家庭味，彷彿從單手持劍加強為二刀流。

我本來還感到擔心，但是白草的廚藝不錯。切蔬菜的聲音節奏輕快，洋蔥下鍋炒時飄來的香味更是刺激食慾。

之前我以為跟著白草來的那位女僕會負責做菜，但我好像搞錯了。她只是站在稍有距離的位置，她的工作似乎真的就只有從旁監督。

白草為我做的是蛋包飯。她把蛋包飯遞到我面前，自己則在右邊就近坐下。

……等等，怎麼不是坐我面前，而是坐旁邊？

『來，小末……張開嘴巴吧。』

白草將黑色秀髮撥到耳後，然後把盛著蛋包飯的湯匙伸過來。

『咦！咦咦——！不不不，小白，這樣不好吧……』

『小末，你用左手不方便拿湯匙吧？』

『嗯，話是這麼說沒錯啦……』

我的右手牢牢地打上了石膏。用左手吃飯並非不可能，然而確實是不方便。

『來嘛，張開嘴巴。啊～……』

平時冷漠的白草對我好聲好氣，釋出如糖果般的甜美誘惑。

我的頭腦立刻被來勢洶洶的糖分融化，並且笑逐顏開地張開嘴。

『那、那麼……啊～……』

『……餵完了喔，怎麼樣，好吃嗎？』

『——！讚耶！小白，我還以為妳只會做炸雞塊！』

白草面紅耳赤地用雙手冷敷發燙的臉頰。

『原本是那樣沒錯……但我發現不必勉強多添創意，只要照食譜做就沒問題了。凡事都不能逞強呢。小末你之前說得對。』

『是、是嗎？幸好妳能夠了解——欸……小白……妳把手擺到我的大腿了……』

『我固然希望……你吃我做的飯菜……不過……』

『不過……？』

『其實我更希望你——來、吃、我……』

我的血壓頓時飆高，腦袋興奮混亂得瀕臨爆炸。

『不、不可以，小白～～！還有女僕在旁邊看著我們啦～～！』

『呵呵，她對我可是言聽計從……早就離開了喔……所以現場只有我們倆……』

『妳說什麼～～！真的耶！不知不覺就不見了！』

我轉頭環顧四周，卻發現理應跟白草一起來到家裡的女僕不見蹤影。

在這段期間，眼神迷茫的白草仍進一步朝我靠近。

『小末，你想跟我，做色色的事嗎……？』

『色、色色的事是指……？』

『呵呵，你明明就曉得……那麼，你是想做……？還是不想做呢？』

白草擱在我大腿上的食指正緩緩地沿著我的褲管遊走。

太過甜蜜的輕柔觸感。

快感化為電流貫穿背脊，使我全身酥麻。

糟、糟糕。假如不把持住自我，身體好像就要化開了……

『要、要說想或不想……想歸想……』

『要說想或不想……？』

『————！』

白草依偎過來。她的頭擱在我的肩膀上。

她擺在我大腿上的食指彷彿表達著有意撒嬌，溫柔地劃了好幾次圈圈。她頭部的重量與溫暖從肩膀傳來，不由分說地將意中女孩跟自己互有接觸的事實攤在面前。

『唉……』

我冒出嘆息。空氣稀薄得讓人難受。

不過我越是吸氣，越能聞到從黑色秀髮飄來的柑橘香，心跳也就變得更快。

『我問你喔……難道……你不想，做色色的事……？』

『我、我想！我想得不得了！可是……！』

『可是……？難道說，光是想要還不行嗎……？』

『並、並不是啦……』

『夠了……你別說話……』

白草的臉已經來到我面前十公分的位置。

然後她接近到只剩五公分。

隨即又變為零公分——

「——這就是我在期待的啦，哲彥。」

『末晴，你真的有～～～～～～夠噁心！』

哲彥的臭罵聲迴盪在廁所。

對，目前呢，我正窩在自己家的廁所跟哲彥講手機。

之所以會搞成這樣，當中是有理由的。

「囉嗦！告訴你，我對於現實的嚴苛可是深有體——」

『是是是，我知道啦，你趕快回客廳吧。在廁所待太久也不對勁吧？』

「唔——」

由於哲彥說得有理，我吭不了聲。

「……我明白了。」

『喂，怎麼沒感謝我聽你講完那段無聊得要命的妄想？頂多只有酒店小姐才願意聽那種沒營養的話耶。』

「高中生不要拿酒店小姐舉例好嗎？坦白說，你這池水深得嚇人耶。」

『我的意思是這種苦差事不領高報酬會划不來啦，白痴。』

「……是啦，對不起。感謝你的傾聽……」

『算你欠我一次。』

「……不對，等一下喔。你應該有這種經驗吧？身為有經驗的人，你總能給我個建議──」

手機那頭傳來一道大大的嘆息。隨後，對方回以傻眼般的說話聲。

『是我的話，就會握著主導權「管教對方」。先不提有沒有能力，你就是要懷著這種念頭去面對。』

「……要是我覺得自己辦不到呢？」

『逃。』

「……逃不掉的時候呢？」

『那就只能忍啦。』

「……忍不住的話呢？」

『就去死。』

「……當我不想死的時候呢？」

『誠心祈禱。』

啊～～我懂我懂，我的下場在哲彥料想中就是這麼一回事。

『唉，我會幫你收屍啦。你就盡情去「享受」吧。』

談到這裡，通話就斷了。

「……………………………………………………唉～～」

我無意識地大嘆一聲。

哲彥所講的全都符合正道。至少我把自己關在廁所裡也解決不了問題。

「——好！」

我拍了雙頰提振精神，然後離開廁所。

腿就像灌了鉛一樣沉重。然而我擠出氣力，回到客廳。

「小晴，你好慢喔。」

「小末，你肚子痛嗎？要不要去醫院？」

「是不是有人讓末晴哥哥吃了不好的東西？」

氣氛劍拔弩張。三名可愛的少女不只是可愛而已，還散發出宛如有猛獸隨侍在後的氣場，正虎視眈眈地磨著利爪。

沒錯，這就是我逃到廁所的理由。

肚子好痛……要不要再去一次廁所呢……

「桃坂學妹？妳別看著我質疑好嗎？晚餐可是那一位女僕幫忙做的耶。對吧，大良儀？」

「……對，正是如此，請問有什麼問題？」

淡然嘀咕的是個穿女僕裝的少女。

大良儀紫苑——她似乎叫這個名字。跟我同齡，然而其他情報目前都不明。長相十分端正，可是該怎麼說好呢——她給人的感覺不像女僕。特徵在於愛睏的眼神。一頭短髮，而且從側邊到瀏海都比後腦杓還長。令我好奇的是她一有行動就顯得靈活有朝氣這一點。或許是因為這樣，感覺不太有知性氣息。多虧如此，我掌握不到這個女生的性格。

「不然是誰害的呢？人家到這裡時，末晴哥哥的臉色就已經不好看了耶。」

在場的人當中最晚來的妹系美少女——真理愛責備似的對先來的另外兩人說道。

於是——

「當我們在車上決定留下過夜時，小末的臉色就不錯，這表示可以認定是志田同學害的。」

個性略有遜砲傾向的冰山美人小說家——白草如此斷言。

遭到齊聲責備的熱心大姊姊型青梅竹馬——黑羽甩亂戴在頭上的註冊商標四葉草髮飾，勃然大怒。

「說什麼話嘛！小晴一直到跟我放學離開時臉色都很好！原因是出在可知同學提了違反常識的主意才對吧！要怪就應該怪她，不是怪我啊！」

「……呃，假如說……妳們三位能相處得和睦一點就謝天謝地了……」

沒人能收拾現場的狀況。

因此我心驚膽跳地鼓起勇氣，出面阻止她們繼續鬥嘴——不過老實說，我毫無自信能壓抑住她們三個人。

……萬一有人目睹這種場合還覺得「羨慕」，我想告訴對方一句話。

（有～～～～～～～～夠恐怖的啦！真心不騙！）

她們三個都很可愛，非常可愛，可愛到不行。各有不同的個性，還各有吸引力。

這我都明白！我有充分的了解！

所以如果有人嫌我奢求太多，我也能體會對方的想法。假如我不是當事者，或許就會講一樣的話。

可是呢！不是那樣的！希望大家仔細想想看！

貓再怎麼可愛，要是長了跟老虎一樣的爪子又如何？要是會像蛇一樣吐舌又如何？要是發出的狂嚎跟狼一樣，那還不恐怖嗎！

我嚮往的是甜滋滋又有笑有鬧的小鹿亂撞生活才對吧？冷靜一看，我踏進來的難道不是鬼門關？這是搞錯一次選項就完蛋的逃脫ＲＴＡ（即時競速挑戰）耶。

唔唔，胃又在痛了……我覺得自己正在減壽……誰來救救我……

不知道真理愛是否知道我內心的糾葛，她對我說的話點了點頭。

「哎，說得也是。既然末晴哥哥要我們和睦相處，那人家就照辦嘍。」

「桃坂學妹，我先跟妳說清楚，裝模作樣並沒有意義喔。」

「聽可知學姊這麼說，我倒懷疑學姊懂不懂『和睦』的意義呢。」

「敢向小說家討教形容詞的意義，妳可真是有勇氣耶。我才想問，妳是不是該重新查一遍辭典比較妥當？」

「小說家給人的感覺好高傲喔。人家覺得自己目睹了業界的真相。」

「妳這個人——！」

我又不能只偏袒其中一個人……就算開口要求「都別吵了！」也肯定無濟於事……搞不好還會掀起一陣腥風血雨。

「！……其實該留下來過夜的應該只有我……」

白草咂嘴並發出的嘀咕，黑羽和真理愛都沒有聽漏。

「莫非妳以為我會容許那種事？我家就住旁邊，情資是藏不住的。Understand？」

「呵呵呵，不得不說學姊設想得太簡單了。人家會錯失這種消息？不可能。計策都用盡了嗎？還有的話就請便啊。」

「——～～！」

我看著三個恐怖的女生互相敵視，就在一秒內決定：「好，來逃避現實吧！」而開始找要用來插電視的耳機。

（怎麼會搞成這樣……）

原本明明只有白草和大良儀同學，不知不覺中連黑羽和真理愛也跟著來了。

首先是黑羽。

在車上敲定白草要來我家過夜以後，黑羽便如此說道：

『——那麼，我也要去小晴家過夜。可以吧？』

既然白草要住下來過夜，自己沒理由不行。這就是黑羽的說詞。

『記得要徵求妳父母的同意。』

白草的父親總一郎先生這麼提醒。白草蹙起眉頭，總一郎先生卻沒有收回發言。總一郎先生能像這樣保持中立，讓我對他有信賴感。

後來，黑羽聯絡了她的母親銀子小姐，然而銀子小姐似乎正在工作就沒有接電話。黑羽只好打父親道鐘先生的手機並說明情況。

『我認為妳要過夜可以，但是要銀子准許才行喔。』

得到的回答卻是如此，因此黑羽仍然懸而未決地待在我家。

接著，我們在尷尬氣氛下吃完大良儀同學做的晚餐後，不知道從哪裡探聽到消息的真理愛就跑來了。

『人家聽說末晴哥哥有危機！』

在場所有人大概都覺得——

（妳來了以後似乎會讓事態更加惡化……）

然而真理愛是出於善意過來的，我總不能趕她回去。

一問之下，真理愛表示已經跟繪里小姐徵得外宿的許可，所以不得不收留她——因為這樣，我感到肚子痛，只好關在廁所打電話給哲彥。

——叮咚～

電鈴聲響起，使得所有人都轉向玄關。

時間是晚上八點半。我們家並沒有母親，街坊鄰居會往來的頂多就隔壁志田家，因此一般不會有訪客在這種時間上門。

「……誰啊？」

有可能來的人……也就哲彥而已吧。因為我在廁所跟他聯絡過，說不定他一時好奇就來了……偏偏我覺得這傢伙才不會這麼有人性。

既然如此，來的人會是誰？大約三十分鐘前，真理愛在相同情境下到了這裡。或許是因為這層緣故，黑羽和白草格外殺氣騰騰。

「來了～～這裡是丸家～～！」

「欸，妳等等啦～～～～～！」

率先行動的是真理愛。

「妳怎麼會想要去應門！這裡是我家耶！」

「所以剛才就聲明這是丸家了啊。」

「所以妳為什麼要自稱丸家人啊！」

「將來要嫁來當媳婦，人家覺得在口頭上趁早適應比較好。」

「妳順口講出這種話未免太猛了吧！」

「這我可不能當作沒聽見……！」

白草出手架住準備去玄關的真理愛，把她攔下來。

即使如此，她好像還是氣不過，就祭出了說教模式。

「桃坂學妹！我說啊，妳能不能改一下那種厚臉皮的態——」

叮咚～叮咚～～叮咚～～！

好似要打斷對話的門鈴聲連連響起。這時我想到訪客是誰了。

……原來如此。敢在這種時間像這樣按電鈴的就只有一個人啦。

我走到玄關，卸下不知不覺中被扣上的門鏈並且打開門。

「末晴！屋裡講話的聲音，我全都聽見嘍！難道那個性格惡劣的女生又跑來這裡了嗎！」

「碧，既然妳都曉得，就不要在晚上猛按門鈴啦！會打擾到鄰居吧！」

我明明在說教，依然故我的碧卻聽不進去。她「哼」了一聲別過臉，大剌剌地表現排斥的反應來強調自己並不服氣。話雖如此，繼續吐槽也只會跟她吵起來，就我的立場只能傻眼。

碧那一身已經入秋卻頗為單薄的穿著闖進了嘆氣的我眼裡。

或許有練出肌肉的話就不怕冷，可是她毫不保留地露出了細嫩的胸口與大腿，實在讓男高中生不曉得眼睛該往哪裡擺。

這女的，根本都不聽我給的忠告耶……

「所以呢，妳有什麼事？」

「哈，不好意思喔，打擾到你享樂！沒事就不能上門，你把自己當成多了不起的貴人啊？」

「妳別突然就發飆啦，我並沒有說不准妳來吧。」

「碧，再跟小晴吵下去會沒完沒了。既然我的衣服跟文具教科書都帶到了，就交過來吧。」

黑羽從我背後出現，還把手伸向前跟碧討包包。

啊～～我懂了，是這麼回事啊。

黑羽都沒有回家。剛才她似乎跟誰通了電話，原來是要聯絡家裡把需要的東西送過來。

「黑羽姊姊，這給妳。」

蒼依從碧的背後探出臉。

「能不能請妳確認帶來的教科書是不是都對？」

「謝嘍，妳等一下。」

黑羽從蒼依手中接下包包，開始在裡頭翻找。

現場突然落得一片安靜。

我的心早已疲憊不堪，這時蒼依（綠洲）就出現了。

我會跟蒼依搭話是出於旅行者在沙漠中想找水喝那般的心境。

「欸，小蒼，之前那趟旅行開心嗎？妳想嘛，因為我最後受了傷，感覺都沒有空閒聽妳們的感想。」

我一面強調自己上了石膏的右手，一面觀察情況。

照這個女孩的個性來想，她肯定——

『我玩得非常開心！如果還有機會，希望末晴哥能再邀我們一起玩！』

會帶著天使般的微笑對我講出這種令人欣慰的感想。我有把握。

於是蒼依甩了甩雙馬尾，一如期待地露出天使般的微笑說道：

「——末晴哥，你好受歡迎耶。」

「……………………嗯？」

我訝異得試著再次確認蒼依的表情。

……果然是天使般的微笑。

「與其跟我聊天，還是請你跟黑羽姊姊多談談吧。」

蒼依臉上明明有笑容……可是……她該不會在生氣？

宛如天使的這個女孩在生氣？為什麼？

「那、那個……小蒼……？」

我難掩心慌地朝蒼依靠近一步，她就迅速退了半步。

「咦？妳何必像這樣躲著我……」

「我並沒有躲喔，末晴哥，我想你應該沒空理我才對。就只是這樣而已。」

「啊，不是啦，別說這種讓人傷心的話——」

「失陪了。」

蒼依深深鞠躬，不等我回話就旋踵離開。

於是躲在蒼依背後的朱音現身了。

「呃，朱音，原來妳在嗎！之前為什麼要躲起來？」

「啊……啊……晴哥……！」

朱音難得一臉倉皇，還比手畫腳做出無法理解的動作。

她的臉都紅了，彷彿連鏡框都因為導熱而發紅。

我實在不懂，朱音出了什麼狀況嗎？

隔著眼鏡能看到她的眼睛正咕嚕咕嚕轉，低馬尾不安地晃來晃去，即使有話想說也只有嘴巴開開闔闔的發不出聲音。

「朱音？」

「～～～～——」

我開口搭話，朱音就愣了一愣。接著她將重心轉向後方，好似要遮掩身體般摟住自己。

彷彿有話想說……又好像想要逃跑……她散發著如此曖昧的氣息。

所以——

「朱音？」

為了避免刺激到對方，我慎重地再次出聲呼喚，依然紅著臉的她卻一動也不動。

用言語說不動，我便打算摸摸她的頭以緩和緊張——

「！」

——可是，我伸出的手被擋掉了。

「朱、朱音……」

唔，這難免讓我受了刺激。

我有做錯什麼事，嚴重到足以被她用這種方式拒絕嗎……？

儘管我並沒有說出聲，朱音應該從表情看出了我的心思。

「……抱歉，晴哥。我覺得自己怪怪的，我先回去了。」

朱音只說完這些就跑掉了。

唔唔……這怎麼搞的……

兩個我當作妹妹疼愛的少女都……到底出了什麼事……

「碧，我有做錯什麼事嗎？」

「還不就那麼回事？因為你在許多女人面前都一副色樣，她們倆年紀也到了，就不想理你了吧？」

「呃，我並沒有——」

我不認為自己有一副色樣——唔，不對，好像有——

「比如說嫌你這樣不純潔，或者拒絕跟這麼色的男生說話啊。你想嘛，感覺她們都沒有培養出對男性的免疫力，八成會這麼覺得吧？」

「唔唔唔！」

碧難得說出能讓我信服的意見。那十分有可能。

以往我跟蒼依還有朱音見面講話時，會一起在場的女生頂多只有黑羽或碧。

不過在這次的旅行中，蒼依與朱音目睹了我跟陌生的年長女生——白草、真理愛、玲菜她們講話。我自認對待她們的態度並無差別，然而有泳裝這項惡魔的誘惑也是事實。或許在姊妹倆眼中，我就是給人「吊兒郎當」、「色瞇瞇」之類的印象。

事態非同小可。被自己疼愛的國一雙胞胎這樣避著，我身為大哥哥著實難過……明明我的心靈是如此需要撫慰……

碧看似由衷開心地笑了。

「活該～～！」

「嘖……妳『姑且』也算妹妹……差別為什麼會這麼大……」

「什麼叫姑且也算妹妹啊？要不然，你多拿出一點當哥哥的風範啊。反而是我比較常在照顧你啦。」

「哪有，我可不記得自己有被妳照顧耶。」

「之前黑羽姊想發明新菜色，我就先幫你攔住了。」

「妳超會做人的啦！好，下次我請妳吃冰！」

沒想到碧居然暗中替我神救援！這可要大大地讚許她才行！

「哦～～你們聊的話題好像挺有意思嘛……可以讓我加入嗎……？」

啊……對了，黑羽似乎就在旁邊檢查包包裡裝的東西……

「啊～～我該回家念書了……掰嘍，末晴！」

碧舉起手調頭就走。

我趁著碧準備開門的空檔湊上去，並且抓住她的手制止她行動。

「妳別自己丟完震撼彈就溜啦！」

「呀啊……！」

「啥？」

意料外的叫聲讓我立刻放開自己抓住的手。

咦，剛才那是什麼聲音？碧的尖叫聲？

……騙誰啊～～

「碧，不好意思，妳別跟我演這種戲，說起來不適合妳啦。」

「……先跟你聲明……我也和她們一樣，正值青春期……所以被男性抓著手也會有點驚慌失措……」

「不不不，妳還扯什麼青春期（笑）。」

啊～～剛才我說碧「姑且」也算妹妹，心裡卻總覺得不對勁。

精確來講，她的存在比較接近於弟弟。

對對對，這樣才搭調。

「說真的，末晴……你去死啦～～～～！」

碧奮然舉起手刀直劈我的腦門！

當我痛得抱著腦袋時，碧就氣呼呼地離開了。

「唉，剛才是小晴有錯。」

「咦～～」

「畢竟她們幾個正值多愁善感的年紀啊，你起碼要認清這一點。」

黑羽身為姊姊所給的忠告是能理解，但是我跟她們姊妹累積了相當長一段時間才建立出目前的關係，我不知道自己要從何改起耶……

「還有呢，小晴，我想問詳細一點，你剛才為什麼想請碧吃冰？」

嗯，別問這個！麻煩妳自己體會！

不對，放我一馬！拜託妳放過我吧！真心拜託！

「唔～～我肚子好痛……得去廁所才行……」

我說完準備開溜，黑羽就溫柔地把手擺到我的肩膀上把我拉住。

「小晴，你真不會說謊耶……我好像也『喜歡』你這一點。」

「！」

「你在驚訝什麼呢？我可完全沒提過……要結束自己的『示好攻勢』喔。」

黑羽笑著，脣邊散發出豔光。

唔唔！我個人超怕她這種「黑羽alter」模式。

儘管主導權原本就一直是黑羽握在手裡，但是她平時罵歸罵，仍然會拉我一把，兼具嚴厲與溫柔。

「黑羽alter」卻會二話不說地施展媚功。被迷住的我總覺得自己被人耍得團團轉，因此連我那卑微的自尊心都會萌現「不能輸給誘惑」、「要找機會反撲」的叛逆念頭。

唉，以煽情度而言，倒是可以打一百分滿分啦。但我知道碰了她的後果會很慘重，才更煎熬啊。

「志田同學，敢問妳這是在做什麼？」

「志田學姊真是讓人一刻都鬆懈不得耶。」

「……讓人鬆懈不得的不知道是誰呢。」

黑羽聳聳肩，拿起了蒼依交給她的包包。

「既然小晴的肚子狀況安定下來了，就來讀書吧。誰教你都沒有預習和複習。」

「呃！」

「呃什麼呃，小晴，這是身為學生的本分喔。走啦走啦——」

話剛說到這裡，黑羽的手機突然響了。

「啊，媽媽？妳聽我說——」

來電的似乎是她母親銀子小姐。看來她大概曉得情況，黑羽不必另外說明就直接說下去——

「咦，不行嗎……？」

話題的走向從她這句嘀咕急轉直下。

「為、為為為、為什麼？……我、我的確沒有跟小晴的爸爸徵得許可……可、可是棉被也可以從我們家拿過來啊……要留宿的不只可知同學沒錯……」

銀子小姐好像反對黑羽留下來過夜。

可以猜想她的論點是「我爸爸並沒有允許」、「要留宿的人太多了」、「會住下來的人又不是只有白草」。

我是覺得完全不用管我爸那邊啦，不過要留宿的人太多倒是確有其事。

家裡的客房可供兩個人留宿，以空間來看頂多再擠一個人，可是給客人用的被褥只有兩組。被褥已經敲定要給白草和大良儀同學用了，假如黑羽也要留宿，就有人得睡客廳。假如真理愛也要留宿，就有兩個人要到客廳，而且這兩個人沒被子可蓋，必須睡沙發，但沙發最多只能躺一個人。

這樣的話，難道要讓她們睡老爸的床？嗯～整體來想有困難。

假如是哲彥那樣的男性朋友要睡倒還可以。對方是女生，而且明天照樣要去上學，光是這樣就讓我感到有點抗拒。

當我守候著黑羽講這通電話時，這次換真理愛的手機響了。

「…………咦！姊姊，為什麼？人家留的字條都有寫啊……對，從白草學姊那裡有收到郵件聯絡……嗯，不過末晴哥哥的手……但是……」

啊，真理愛這邊也苗頭不對。

話說妳剛才不是說有徵得繪里小姐的允許嗎？

唉，真理愛說有得到允許八成是騙人的。照這樣聽來，她肯定只是在繪里小姐還沒回家時留了字條而已。

先講完電話的是黑羽。

「小晴，我跟你說……媽媽不准我留宿，我不能住下來了……」

「這樣啊，那就無可奈何嘍。」

「你、你還說無可奈何……！」

「幹嘛生氣啊！我只是陳述事實吧！」

「是那樣沒錯啦！」

「呃……人家也一樣……」

悄悄加入對話的真理愛繼續說：

「姊姊跟末晴哥哥的爸爸聯絡以後，雖然有答應讓人家留宿，但談到要睡哪裡的問題……討論到後來，姊姊似乎覺得對末晴哥哥家不好意思，就說改日再聚了……」

繪里小姐看起來只像酒一下肚就會放飛自我的嬌嬌大學生，過去卻是為了謀生而無法讀高中的辛苦人。她對於事情是否合道理、有沒有違反禮節依然分得很清楚。

黑羽的母親銀子小姐在這方面也一樣，儘管行動力及談吐舉止不遜於男性，為人仍講究道義與禮儀。

一直吵著要留宿的真理愛說也說不聽，但是在黑羽叫的計程車抵達以後，她到底是認命了。

「人家明白了，今天就先回家好了……末晴哥哥！你不可以外遇！因為外遇是犯法的喔！」

「不不不，沒有交往怎麼談得上外遇……」

「將來我們注定要結婚的，因此只要循著因果關係來想——」

「好好好，我們明白妳要表達的意思了，所以請回吧。」

「沒錯沒錯，賴著不走就不好看嘍。」

最後真理愛就被黑羽和白草從左右抱起來，一副垂頭喪氣的模樣被人帶上計程車了。

話說她們倆應付真理愛都變熟練了耶。

黑羽住在隔壁，因此撐得比真理愛久，不過到晚上九點半左右，她父親道鐘先生還是打電話來叫她回家了。

「唔～～……唔～～～～！」

黑羽一邊咕噥一邊瞪大眼睛往上瞟著我。

「呃，小黑，就算妳用那種眼神看我，既然銀子小姐不准，家裡就沒辦法讓妳留宿啦。」

「要練習用左手……」

「嗯？」

「這週的期中考，你非得用左手應考吧？老師應該也會體諒你無法用慣用手作答，但是除了讀書以外，你還要練習用左手寫字才行。」

據說順利康復的話，我大約在下週就能拿掉石膏了。但是反過來講，本週四五的期中考便令人絕望。

「……我懂。」

我從上週就一直努力用功，還在旅行期間寫了黑羽幫我設計的題庫，面對這次考試比以往有自信得多，因此更感到不甘心。

「……是嗎？你懂就好。」

黑羽露出稍微寬心的臉色點頭。她應該是看穿我有不甘心的念頭吧。

加油，有事的話隨時叫我——黑羽交代完這些就走向玄關。

「啊，妳等一下。」

白草不知怎地追到黑羽後頭。

「小白？」

「呃，不是什麼重要的事，小末你在客廳等就好。」

被她這麼說，我也沒辦法深究，因此我決定去歇會兒。

「呼～～」

坐到沙發的瞬間，疲勞便一舉湧上。

有她們三個在，我連片刻都不得安寧，但是人不在又變得太安靜。

「——丸同學。」

「唔喔！」

大良儀同學突然從我背後搭話。

嚇我一跳！她不知不覺就站到我背後了！太無聲無息了啦！

大良儀同學卻對我受驚嚇的模樣無動於衷，完全沒反應。

「呃，大良儀同學？……這樣稱呼妳可以吧？有什麼事情嗎？」

她緊緊揪住女僕裝的裙襬，然後在愛睏的眼神裡添了股殺意，並且細聲說道：

「——請你別得意忘形好嗎？」

「……………………咦？」

奇、奇怪……？她、她忽然在說什麼……？難不成我在無意間做了什麼惹人厭的舉動……？

完全不認識的女生對我拋出這種台詞。

態度超凶，有夠恐怖的！

「我、我說啊……」

「雖然白白有吩咐過，要我別插嘴……但是我再也沒辦法忍受了！」

「咦？咦？小白吩咐妳？什麼事情啊？」

「我絲毫不認為有必要告訴你，你這花心大蘿蔔！」

「花、花心大蘿蔔……」

好老氣的字眼……

對了，現在可不是讓我愣住的時候，我必須堅決反駁！

「欸，慢著！妳看就曉得了吧？別說花心大蘿蔔，我在這種狀況根本只有胃痛的份……！」

「咦，現在是怎樣？你想強調自己沒女人緣嗎？唉，的確啦，與其說你有女人緣，還不如說你都被玩弄於股掌之間……呵呵，我個人覺得你實在很窩囊！打從心底！」

大良儀同學緊握雙手，咕咕噥噥地「哼！」了一聲。從架勢和語氣來看，她似乎是把那當成勝利宣言。

她非常瞧不起人，講話的口氣也很凶，所以我有被觸怒到……不過整體來看，這個女生好像笨笨的耶。從她身上感覺不出陰險的氣息，與其被對方在背地數落，相對而言我覺得這樣還比較好。

「咦，你那是什麼表情？難道你在生氣？呵呵，既然如此，就由天才的我來釐清你有什麼誤解，讓你就此死心吧！」

「……是喔。」

天才是嗎？這樣啊。

這個女生不妙耶，她好像是真笨，不是假笨……

白草直到剛才都在這裡，所以她才不動聲色吧。現在一對一獨處就露出本性，可見她是來真的。

「……好吧，妳說我有什麼誤解。」

我開始覺得陪對方爭論是一件傻事，然而，她用的誤解這個詞讓我有點在意。總之先聽一聽也不吃虧吧。

大良儀同學耀武揚威地露出賊賊的笑容，並且自信滿滿地告訴我：

「『就是誤解白白喜歡你』。」

「…………」

啊～～好的，我懂了……

我吸了一大口氣，然後緩緩吐出。

此刻，我有了明確的自覺。

這樣啊，我開始有「白草是不是喜歡我？」的想法了……

畢竟我們在旅行期間都處得不錯，她直率的好感也有傳達給我。

白草表示她一直想讓我看看那棟別墅時的笑容。

「小末」這種略帶親暱的稱呼。

從連帽衣下襬曾傳來白草對我的信賴與情誼。

一切都通往「她該不會是喜歡我吧？」這樣的結論。

不過，大良儀同學表示那是錯的。

「白白對你懷有的感情——是『尊敬』。懂嗎？她覺得自己被你拯救了。白白能脫離拒絕上學的心結，確實是拜你所賜，所以天才的我也只有認同這一點。但是『戀愛』與『尊敬』處於正好相反的位置，我說這些就是要你別存有誤解，請問你懂了嗎？」

唔——

她的話好似直線投過來的快速球，讓我無言以對。

沒錯，我體會到白草的好感，卻又無法明確斷言那是「男女戀愛的好感」，其中原因正如大良儀同學所說——白草對我存有的是「尊敬」而非「戀愛」之情——我無法抹拭這種可能性。

然而，剛才從大良儀同學口中道出了以往白草讓我看不透的心意。

大良儀同學深深嘆了氣。

「受不了，難以理解志田同學和桃坂學妹為什麼會理睬像你這樣的人……雖然我並沒有打算對白白以外的人出意見，但是你跟那兩位實在太不相配了。你只是『碰巧』在那兩個人痛苦時救了她們的幸運兒，也就只有那一點得到了她們的認同吧？與其說她們對你有戀愛之情，我倒覺得解讀成回憶最美才正確，請問你有何見解呢，幸運兒同學？呵呵。」

啊～～唔～～咕嗚嗚嗚嗚嗚嗚嗚……！

（我最有疑慮的一點被她說破了！）

這差點讓我當場崩潰，但是我拚命穩住了陣腳。

從黑羽、白草、真理愛身上，我都有體會到明確的好感。

可是我沒有把握——她們對我是否真的有「戀愛方面」的好感。

畢竟我跟黑羽告白以後，就被轟轟烈烈地甩掉了。我的判斷力根本靠不住，而且連一點屁用都沒有。

這樣的話，包含客觀的資訊在內，我非得慎重再三地考量各種可能性再來下結論，否則——

——不要。

當時的慘劇又會重演。

講真的，「我對自己有沒有女人緣實在沒信心」！

可是！「我對自己不受女人青睞這一點就有信心」！

「我最不能信任的就是自己」！所以別人的意見還比較可靠！

看到大良儀同學這種笨笨的言行舉止，她那些意見的可靠度確實會讓我抱有疑問。然而她提到的癥結卻跟我本來就耿耿於懷的心結——「我該不會只有過往的光榮事蹟得到她們認同吧？」一致。只有這一點無法忽視。

比如跟白草重逢以後，我就想不出自己有過什麼英雄救美的表現。她煮不出火鍋的時候，我固然是有插手幫忙，不過那也沒什麼大不了的。我只是碰巧在場，只要有人待在她旁邊，一般都會幫這點小忙吧。

真理愛也是，雖然她一副已經嫁給我的口氣，可是像她講得那麼自然，感覺不就像在開玩笑嗎？應該說因為我們情同兄妹，她才敢這樣打趣。

至於黑羽——我真的搞不懂，畢竟我總是受到她的照顧。跟黑羽相處開心歸開心，可是她跟我在一起有什麼好處嗎？何況我原本覺得有希望，告白以後就被她甩掉了……雖然黑羽口口聲聲說她喜歡我，我卻覺得太缺乏根據，還有種被玩弄的感覺。

「大、大良儀同學……妳說那些話，是有多少根據……」

「根據？不，我說的都是事實啊。我懂了，你是因為真相被攤在眼前，就沒辦法正視現實了吧……糟糕，我實在太天才了，居然會把事實說到讓人接受不了，要反省。」

這個女生很猛耶，她有惹惱人的天賦。

只是她有些地方也讓我覺得莫名有喜感，讓人不知道該如何反應。比方說動不動就自詡為天才，還有她平時對人明明都客客氣氣，自說自話時卻又會變成另一種態度。

哦～～我掌握到這個女生的脾氣了，卻無法想像自己能跟她處得好，傷腦筋……

當我思索這些時，白草回來了。

「？怎麼了？」

白草似乎感受到我跟大良儀同學之間尷尬的氣氛了。

大良儀同學若無其事地嘀咕：

「並沒有怎麼樣啊～～」

「真是的，紫苑，我早就曉得那是妳說謊時習慣用的口氣了。」

「我才沒有說謊～～」

白草輕輕嘆了氣。

「小末，紫苑就像我的妹妹一樣，雖然個性有點莽撞，但她是個非常乖的女生。」

「白白，我才是姊姊喔！」

「是是是，妳說得對。」

「…………」

我倒認為她不只是「有點」莽撞而已……唉，也罷。

問題在於，大良儀同學所說的是否屬實。

尊敬與戀愛不一樣，別存有誤解。

這句話本身具備十足的說服力。另外，既然白草聲稱大良儀同學「就像妹妹一樣」，她們的關係肯定很親近，因此大良儀同學想必能正確掌握到白草細微的心思。

但是……這樣的話……雖然我不想承認……啊～～……唔～～……

「白白，熱水快燒好了，妳要不要去洗澡？」

「也對。啊，應該由身為屋主的小末先洗……」

「那我排第二個好了。為了白白洗澡時著想，我會先把浴室全部打掃得乾乾淨淨。丸同學，到時候我可以換掉浴缸的熱水吧？因為要用你洗過的熱水泡澡，會讓我噁心得難以忍受。」

「人生好難過……！我居然在這個年紀就體會到女兒進入青春期的父親是什麼心境……！」

「不想跟爸爸泡同一缸熱水」的社會現象我早有耳聞，原來被人當面這麼說會對心靈造成這麼大的傷害……即使如此，在全國上下仍有許多父親為了女兒努力工作，還忍下這種苦……多麼了不起啊……

當我對全國的父親抱持敬意時，白草就幫我說話了。

「紫苑！妳這樣太過分了！」

「不會啊，這是理所當然的吧？畢竟男人全都是禽獸，不是嗎？」

「妳還是這麼極端耶，紫苑。但是請妳對小末說話別這麼狠，我拜託妳。」

「……既然白白這麼說，我會考慮一下。」

照這樣看來，她應該只會考慮，並沒有要聽進去的意思吧。

白草似乎也有察覺這一點，卻不打算多叮嚀什麼。氣氛就像以往白草勸過好幾次，但是大良儀始終不肯改，所以只好放棄。

唉，我看這個女生也不會聽別人勸吧……

「啊，小末，既然你要第一個洗澡，先等我一下，我換一套弄濕也沒關係的衣服。」

「「！」」

我跟大良儀同學同時睜大了眼睛。

「……白白，那是什麼意思？」

「還問什麼意思……因為小末有一隻手不能用，我打算幫他洗背啊，很奇怪嗎？」

「很奇怪！」

「不奇怪啊！」

聲音重疊了。

我們不禁看向彼此的臉，並且互瞪……最後就同時把頭轉開。

「白白，那樣有危險，請妳不要那麼做。如果妳幫丸同學洗背，他可是會想著要用熱水潑妳，讓妳穿的衣服變透明的那種人喔！」

「大良儀同學，我覺得難受的是妳講得莫名具體還猜中了一點點。」

「還有他會把所有神經專注在被妳摸的地方來當成享受！」

我說啊，麻煩妳不要在這種時候才講得像是能夠看透人心好嗎？我否定不了會很困擾耶。

「……啊，好的。我自己洗就可以了，不用妳們操心……」

我本身不希望繼續被她揭穿歪念頭，只好這麼說。

「真的沒問題嗎？」

白草擔心似的探頭看過來。我露出了苦笑。

「哎，我昨天也是自己洗啊。雖然不方便，不過沒有問題啦。」

「那我還是進去幫你——」

「不行喔，白白！太危險了！那樣的話，還不如由我幫他洗背！用鬃刷！」

「我的背會被妳洗到出人命啦！」

這個女生難保不會說到做到，所以才恐怖……

結果因為大良儀同學強烈干預，我決定一個人洗澡。

白草似乎對這樣的結局不滿，就深深嘆了氣。

「受不了妳耶，紫苑，每次談到小末的事，妳就會變得嘴巴不饒人。」

……嗯？每次？意思是從我跟大良儀同學見面以前，她就討厭我了？為什麼？

「小末有他色色的地方，可是他的為人又不下流。」

白草說著就對我嫣然一笑。

在同班同學面前不會展現出的直率好感。

我拚命囑咐自己「別存有誤解」。

（這樣一來，白草的笑容便讓我覺得難受——）

我自覺「初戀之毒」還留在心裡。

那份感情不會得到回報，因為「戀愛」與「尊敬」相距甚遠。

在腦中有所理解，心卻不是靠腦袋來運作。

白草用這麼直率的好感對待我，我無論如何都會自作多情。

正因如此——才令我煎熬。

不曉得白草是否了解我這樣的心思，她把臉頰上的髮絲撥到耳後，在我耳邊悄悄細語：

「所以，從今天起要請你關照了喔，小末。」

……好可愛。

初戀的女生來到家裡——

還在良好的互動下對我嬌聲嬌語——

即使如此，人生仍舊不會一帆風順。

我料到自己將在深夜與理性展開一場大戰，因而嘆了氣。

＊

黑羽洗完澡以後，便從自己的房間窗口觀察末晴房裡有什麼動靜。燈是開著的，卻看不見人影。望向一樓就發現客廳仍有亮光。明明已經晚上十一點了，他們幾個似乎還待在客廳。

汗水從黑羽的手心冒出，焦躁讓心跳加速，逐步剝奪正常的思緒。

『志田同學，以往妳似乎把住在隔壁當成自己的優勢……真遺憾呢。我啊，可以待在比妳更近的地方喔。』

黑羽腦中掠過先前回家之際白草對她放的話。

『待在比妳更近的地方。』

這句話的破壞力大得連黑羽都不曾想像。

黑羽認為自己跟末晴的距離最近，她認為這是不會變的。

身為青梅竹馬的地位正在動搖。黑羽甚至有這種感覺。

（這樣真的不妙……）

可以曉得的是旅行過後，末晴已經拉近跟白草在心理上的距離。

（小晴對可知同學的態度，那是……）

黑羽咬緊牙關，甩了甩頭。

自己非得挽回不可。要是茫然失措，戀愛修成正果的日子就遠了。

腦袋要全力運作，必須冷靜判斷自己該做什麼、不能做什麼。首先得推翻只有白草住進末晴家的現狀。自尊心先擺到一邊。

——或許「拚輸贏的時刻」到了。

越是客觀思考，越覺得處境嚴苛。自己已經被逼迫到這等地步。

某方面來說，「現在比不小心拒絕末晴告白時還要難熬」。

如果不趁現在一分勝負，真的就——

黑羽不經意從書架上拿了相簿，於是有一張照片讓翻頁的手停住了。

小學畢業典禮時拍的照片。

地點是黑羽家前面。然而末晴臉上有著黑眼圈，還把頭轉到旁邊。

叛逆氣息。這是末晴實際上已退出演藝圈而憤世嫉俗時才展現的一面。

（——對了，還記得當時我跟小晴之間有著特殊的關係。）

對彼此相互需求的回憶。

如今經過時間，或許彼此已經有點難以感受當時的心意。

倘若這樣，但願能再次回憶，希望能回想起來。

初戀的面貌或許正隨著歲月累積而一點一滴地變調。

可是依然有不變之處。

喜歡的心意，還有，胸口隱隱作痛的感覺。

這些在往後肯定也不會改變。

……這樣啊。

突然間，黑羽想到了。

這算是次善之策——但「這樣她就不會輸」。

既然如此，她便敢於邁出這一步。

首先要設法破解可知同學的同居攻勢，最好盡快打斷對方。

接著需要的是契機，足以讓黑羽拚勝負的契機。

只不過，就算能準備到萬全，她也實在無法預料結果。

但「應該會比上次更值得一拚」。

有憂慮存在。但是不挑戰的話，就不可能摘下豐碩的果實。

「笨小晴，明明希望你主動來告白……別一次就死心嘛，你喔你喔。」

黑羽用食指戳了戳照片裡的末晴。

「哎，連我都覺得自己這樣想得太美好了。」

她露出苦笑並反省，然後闔起相簿擺回書架。

於是在下個瞬間，黑羽已經把眼光放到從明天開始的奮戰。

第一章 少女們的密談

＊

當我們下車以後，鼓譟聲出現了。

儘管我們四個只是佇立在校門前，注意到我們的那些學生卻為之心驚，停下了腳步，變得愕然無語。

「魚沼先生，謝謝你送我們到學校。小末，書包讓我來拿吧。」

「欸，白草學姊？本來是人家要幫末晴哥哥拿的耶。」

「難道說，妳忘了自己一大早突然跑來，我還讓妳搭便車的恩情？」

「其實人家預定要叫計程車載自己跟末晴哥哥兩個人上學的耶，妳把這當成賣人情不合道理吧？」

「書包不重要啦，妳們倆能不能說到這裡就好？我們超受注目的……」

我贊同黑羽的意見。

黑羽在我身邊應該不值得大驚小怪，由於告白祭的那段影片，絕大多數的學生都曉得我們是青梅竹馬了。

白草會在旁邊應該也屬於可理解的範疇內。透過廣告比賽與迷幻蛇的音樂宣傳片，我跟她是群青同盟成員這件事已經眾所皆知。況且我會骨折本來就是群青同盟攝影發生事故所致，而事故與白草有關的風聲似乎也傳開了。

問題在於——真理愛初次到校的事實。

——居然有藝人轉來一般的升學取向高中讀書……！

我非常能體會他們的心情……！那當然夠震撼的嘛……！

假如我沒待過演藝界，肯定會提早到學校見識這一幕。畢竟能親眼目睹只在電視裡見過的人氣女星，花這點工夫算不了什麼。

「啊啊啊啊啊啊，真理愛穿著我們學校的制服……！」

「為什麼她會跟姓丸的還有志田同學、可知同學在一起……？」

「欸，你沒看群青頻道嗎？真理愛會加入群青同盟這件事上週就宣布啦！」

「唔噫噫噫噫噫！真理愛的香味傳到我鼻子裡了……！」

「真、真理愛，妳要清醒過來……！我才是妳的哥哥……！」

「白痴，冷靜點啦。要找哥哥的話當然是我……！」

「有罪～～～～！無血緣的兄妹關係，有罪～～～～！」

「冷靜點，鄉戶！不要緊！姓丸的呆頭呆腦，所以好像真的把她當成妹妹看待喔！幸好他夠呆！」

這些傢伙的情蒐能力之高，依舊只會展露在這種無謂的地方耶……讀升學取向高中的好腦袋只發揮在這方面是怎麼一回事……我先說清楚，你們的發言也一樣夠呆啦……這種水準可沒有立場看扁我……

真理愛原本都靜觀這場騷動，但她笑了一笑走向前。

「各位同學，我是今天轉學過來的桃坂真理愛，請大家多多指教♡」

輕柔的髮絲隨風飄逸，裙襬被她稍稍提起，還有往上瞟向眾人的完美笑容。被號稱「理想之妹」的在職藝人這樣打招呼，同學們不可能不為她傾心。

「唔喔喔喔喔喔喔喔喔喔喔！」

男同學們身陷興奮狂潮。

不過有一部分女生也發出這樣的嘀咕：

「嘖，那個女生真愛裝……」

一般都會忽視才對，然而真理愛的可怕之處在於她不會聽過就罷休。

真理愛大方地走到嘀咕的女同學面前。

「哎呀，這位是學姊嗎？今天起要請妳多指教了……啊，妳的衣領歪掉了喔，恕我失禮。」

真理愛散發惹人憐愛的非凡氣場，一邊優雅地幫女同學把衣領調整好。

「容我重新問候，請學姊多多指教。」

最後再露出極致的笑容收尾。現場已經完全照著真理愛的步調走了。

對方肯定是被震懾了吧。剛才抱持反感的女同學略顯羞赧後——

「……我才要請妳指教呢。嘖，可愛到不行嘛。」

發出這樣的嘀咕安分下來。

先發制人，要對方屈服。這種舉動可以說很符合真理愛在演藝界一路得勝的作風。

「那、那麼那麼那麼，真、真真真理愛同學，麻煩妳叫我哥哥！」

就在這時候，有個魯莽的男同學出現了……！

啊～～這種粉絲最令人困擾。我是不是出面幫她擋比較好？

當我如此猶豫時，真理愛已經採取行動。

她露出跟先前一樣的完美笑容，明確地告訴對方：

「對不起。除了演戲以外，人家決定只稱呼末晴哥哥為哥哥。」

「喂————！」

啊，是的，我死定了。

妳說那種話會讓我被同學宰掉。

我的手臂都已經受傷了，可以讓我回家嗎？現在連肚子也痛起來了耶。

當我覺得右手正在發作而一面撫摸石膏一面準備開溜時，有手從背後伸到我的肩膀上。

「丸～～同～～學～～」

「我們來玩吧～～～～！」

我說啊，你們別專挑這種時候跟我裝熟還勾肩搭背好嗎？別看我這副模樣，我都快要嚇出尿了耶。

我有想過要拔腿逃走，可是在打石膏的狀態下跑步會很不方便。

因此我心裡的某個角落正期待有誰能幫幫我——

「欸，別來騷擾小晴——」

「——你們住手。」

站出來袒護我的人是白草。

「小末現在身上有傷喔……假如你們敢對他做些什麼，我會要你們為自己的野蠻行為付出代價……」

「噫——」

老實說，我本來以為搭救我的人會是黑羽。實際上，她也準備擠過來干預了，可是白草採取了比她更強硬大膽的行動。

對此我難掩訝異。

畢竟白草以前會在大家面前發脾氣，始終是為了她自己。膽小的白草為了保護自己才會威嚇別人。

不過，她剛才是為了他人而開口威嚇，這可說是頭一遭。

因為看就曉得白草雖然瞪著那些男同學，態度卻顯得害怕，仔細觀察會發現她的指頭在微微發抖。

她明明個性畏縮，卻願意為了我出面，這份心意讓我受了感動。

「桃坂學妹，如果妳為小末著想，能不能別把事情鬧太大？」

「……的確呢，何況末晴哥哥受了傷。學姊說得有道理，因此人家會照辦。」

她們倆雖然知名度高，之間的關係卻不太為人所知。所以那幾個男同學應該都感到好奇，同時也覺得不可思議吧。周遭同學茫然地望著她們倆互動，這場騷動就在無形間平息下來了。

「桃坂學妹，妳是不是得先去辦公室報到？辦公室在那邊的校舍喔。」

「……啊，原來如此。既然這樣，人家只能陪末晴哥哥走到這裡。」

真理愛重新轉向我們這邊，然後低頭行禮。

「那麼，各位學長學姊，人家先失陪了。往後請多指教喔。」

雖然真理愛常常攪和各種場面，說來說去還是懂事的，平時不輕易展露的正經禮數讓我不禁心動。

跟我情同兄妹的她來到同一所學校就讀了，往後得盡可能照顧她才行——我甚至有了這樣的想法。

……然而——

「啊，末晴哥哥～～！人家來找你玩嘍～～！」

「不要每節下課都來啦！」

妳光是來班上就會造成騷動！

看吧，走廊都有人聚集圍觀了！

而且教室裡氣氛有夠肅殺！尤其是男生！

「好想踢足球耶……可是沒有球……嗯？這裡有顆尺寸正好的嘛。」

「喂，你們看著我的頭在嘀咕什麼？」

別自然而然就把腦袋當球看啦。你們這些人真的很恐怖。

「——各位學長。」

不過真理愛在這種時候反應實在夠快。她悄悄站到我旁邊，微微地笑了一笑。

「你們不可以講那些聳動的話喔。」

「喔喔喔喔喔喔喔喔！」

「小桃學妹！我沒有說喔！我只有專心把妳的笑容烙印在腦海！」

「白痴，都你害的！快道歉！不，替她舔鞋子謝罪吧！不行，要舔的話讓我來舔！」

「全世界聽好……我會為了和平而戰……」

這些傢伙……在某方面真的很好理解耶……

話說那位舔鞋哥，你有偏門的癖好不要突然揭露行嗎？會嚇到人耶。還有最後的那個傢伙簡直莫名其妙，但是你從一開始就該為了和平而戰啦。

「小晴，來一下。」

黑羽從走廊向我招手。幸好真理愛被那些獻殷勤的男生圍著，注意力不在我身上。

我偷偷溜出喧噪的人群。

「怎麼了？」

「這邊這邊。」

走廊也有許多想一睹真理愛手采的學生蜂擁而至。身為真理愛搭檔的我同樣受眾人注目，因此走廊並非能好好講話的環境。

黑羽也對此感到困擾吧。她拉著我的手走下階梯，來到位於專科校舍附近，鮮有人跡的樓梯死角。

「怎麼了嗎，小黑？」

「呃，我問你喔。早上是因為大家都在，我就沒有問——」

「嗯？」

「我相信應該是不要緊，從反應來看感覺也沒發生什麼，不過，保險起見還是要問的嘛。」

……不曉得黑羽怎麼了。最近她大多處於「黑羽alter」模式，散發出不容置喙的氣息，當下的態度卻莫名遲疑。

「這樣不像妳耶，小黑。妳要問什麼？」

「——昨天，你跟她什麼都沒有發生吧？」

「————！」

黑羽忸忸怩怩地問道，這使我的臉也跟著發燙。

「妳、妳在擔心什麼啊？」

「誰、誰教你們……！」

「不、不可能會有那種事啦！」

「真、真的嗎……？」

「喂！妳、妳怎麼不相信我！」

彼此都覺得難為情，舌頭就隨之打結。

「小晴，誰教你那麼好色，可知同學又長得漂亮，不是嗎？」

「說、說說說、說什麼蠢話啊！沒有沒有！」

「是嗎？」

「是、是啊！連那種氣氛都不曾出現過！她只有超專心地教我功課而已！」

「真的只有那樣……？」

「還有我莫名其妙被迫下了一整晚的黑白棋。」

「咦，我聽不懂你說的意思耶。」

「別問了，當中有說深不深說淺不淺的理由。」

「到底是深還淺？」

其實我跟白草一起念書時，偶爾會有甜蜜蜜的氣氛冒出來就是了。

每當如此——

『等一下等一下，你在做什麼！要瞞也瞞不過我這天才的眼睛喔！丸同學，你剛才對白白懷有禽獸般的情慾對吧！』

大良儀同學就會像這樣開口打岔。

而且在局面搞得一團亂之後——

『既然這樣，讀書會不如中止好了！黑白棋！我們來下黑白棋！』

事情演變至此，我就莫名其妙被迫下了一整晚的黑白棋……

有白草在旁邊的話，我無論如何都會想入非非。

畢竟她那麼漂亮，身材又凹凸有致，每次出現在視野一隅，我的心就會被她掌握。

大良儀同學的眼神卻對我訴說。

——別存有誤解。

胸口的傷痕作痛，初戀之毒所致。

與其落入這種心境，或許別想起初戀比較好。

因此我為了打消慾念，才被迫專注於下黑白棋。

「……小晴？」

「所以妳別胡亂臆測啦。小黑，話說妳還滿悶騷的耶。」

我用左手輕輕擰了黑羽的臉頰，她就瞪大眼睛，臉紅到幾乎要從頭上冒出蒸氣。

「小小、小晴？我、我才不是悶騷——」

「妳剛才都在想東想西，對吧？光是那樣就可以稱作悶騷了啊。」

「你、你別戲弄人啦！」

「啊哈哈哈。」

總覺得好欣慰。前陣子我們還在吵架，最近我又一面倒地被黑羽調戲，因此這或許只算小小的反擊，但我還是很開心。

「何必不好意思，我可是對女生的性慾有所理解的男生喔。」

「……白痴。哎喲～～！我才不想被色色的小晴這麼說耶。」

啊啊，許久沒聽見的「哎喲～～！」出現了。

黑羽的「哎喲～～！」具有「真拿你沒辦法」的語意，看起來像在生氣，然而她真的生氣時絕對不會這麼說。

所以黑羽已經沒有要跟我吵架的意思了吧。剛才我釐清了這一點。

——太好了。這樣我們吵的架就告一段落了。

在我心裡是認為吵架已經結束了，所以我希望讓事情告一段落。

去沖繩的時候，黑羽明明在跟我吵架，卻盡心盡力為我準備了考試題目。對此我不由得受了感動。

受感動就已經輸了。儘管我被黑羽騙了，也沒聽到她解釋理由，但是算了，我想原諒她。

黑羽為我做了那麼多，她是個好人。既然黑羽會說謊，表示當中應該有隱情。她想隱瞞的話，我根本不必特地把事情挖出來，畢竟每個人都會有想說謊與隱瞞的時候。

我的腦袋固然明白這一點，想法卻到現在才總算定下來。

我放鬆肩膀的力氣，然後嘀咕：

「妳最近都在戲弄我吧？回敬妳的。」

「……我可沒有戲弄你喔。」

「——————！」

我還以為自己的心臟被直接揪住了。那句話就是如此令我心動。

「少、少亂講，我不就一直被妳——」

「哦～～小晴，你果然認為自己被戲弄啊……」

桃色氣息從尋常無奇的樓梯死角飄散而來，「黑羽alter」有露面的跡象。

但是我之前稍作反擊，嚐到了甜頭，因此我率先出招了。

「小黑，即使那是在戲弄人，我也『喜歡』願意對我說『喜歡』的妳喔。」

「————～～」

黑羽進攻的動靜一舉消散了。

她整張臉紅通通的，站都站不穩，還搖搖晃晃地退了一步。

「欸，你、你怎麼學……！居然……！居然敢模仿我……！」

「還說居然……妳是在氣什麼啊……」

「誰、誰教你趁人不備，過分……！而且你這是抄襲……！唔唔唔唔～！」

「妳就像裝備比基尼鎧甲的戰士耶，配點太偏攻擊力了吧。」

「說、說什麼嘛！哎喲～～……」

「——好了好了～不好意思，在兩位正忙時過來打擾～～能占用一點時間嗎～～？」

從階梯上拋來的話語。

抬頭看去……啊，是大良儀同學。

我會遲疑片刻，是因為印象跟女僕裝有差別。

對方穿制服就給人較為活潑的印象。她穿著料子薄的針織衫，袖子明顯長得多出一截，有種問題學生的調調。

呃，倒不如說——

「咦？大良儀同學，原來妳讀這所學校……？」

之前她說過跟我們同齡對吧？

表示我們雖然不同班，但是從一年級就一直待在同一棟校舍……？

「……是這樣沒錯啊。哎，丸同學，我在一年級準備對你惡作劇的時候，因為被白白看見就挨了一頓罵……後來我被迫向她承諾『既然討厭就不要靠近』，只要看到你都會自己躲起來……先聲明，這可不是因為被白白罵讓我很傷心！」

這樣啊，看來她被罵得很傷心……太遺憾了。

「咦，但是我沒聽說過小白有朋友耶。大良儀同學，妳都在哪裡啊？」

白草聲稱自己跟大良儀同學的關係像姊妹一樣。既然有這樣的人陪伴，她應該不會被稱作孤傲的美少女……

「差不多從國中開始，因為白白太美，導致有大量男生想跟她親近。而我每次都會修理那些男生，就把狀況弄僵了。」

「啊～～……」

我能理解……即使不細問也可以想像……

「後來白白表示：『很慶幸紫苑都會幫忙趕走男生，但是養成依賴心的話就無法讓自己變得堅強。』我就決定改成暗中守護她了。」

哎，該怎麼說呢，是很符合白草作風的一段話。

「嗯？那為什麼現在就沒關係？妳不能靠近我吧？」

「我瞞著白白來這裡的啊！」

「難道妳認為我之後不會跟小白告狀？」

「…………」

大良儀同學愣住了。然而在下個瞬間，她雙手扠腰，挺起形狀美好的胸脯。

「呵呵呵，你很有一套，丸同學。我本來以為你是個傻瓜，看來對你的評價該提高一點！」

這個女生好廢喔……我都開始有同情的想法了……

「原來可知同學家的女僕講話是這種風格啊……」

也難怪黑羽會感到訝異。畢竟大良儀同學是在她和真理愛回去後才露出馬腳。

「我有事情想知會志田同學，打擾一下可以嗎？」

「咦，我嗎？」

「是的，我從昨天就想跟妳搭話，不過工作時實在沒有機會離開白白身邊。」

大良儀同學走下階梯，站到黑羽面前。

「所以，有什麼事呢？」

「不是什麼大不了的事。白白有我保護，因此請放心，妳不必有任何後顧之憂——我只是想知會妳這一點。」

「唔——」

我完全被當成罪犯對待了啊……

「呃，謝謝妳喔……？」

黑羽似乎掌握不到對方真正的心思。

「這種事為什麼要專程告訴我？」

「我的職責是保護白白遠離魔掌，所以我覺得自己或許可以跟妳建立合作關係。」

黑羽柔柔微笑，並且對大良儀同學說道：

「謝謝，大良儀同學，還讓妳專程為了我過來。」

「請不用介意，志田同學，妳是不是也早點清醒比較好呢？客觀來看，你似乎是被丸同學騙了。」

「……哦，哪個部分？」

「丸同學平庸至極……不，撇開演藝方面的話，他身上的負面要素未免太多了啊。又笨又色，還會動不動就不顧顏面向人下跪。坦白講，我無法理解他那種缺乏自尊心的舉動，看了就覺得噁心吧？」

「唔唔……」

我、我反駁不了！她這些話太貼近事實，聽了好難過！

「更何況，他的個性也沒有特別溫柔或體貼啊，連課業在這所學校都排後段。或許他是有出色的舞藝，不過比他更會運動的人要找多少都有吧。簡直是完美的論辯！我又展露了自己的天才之處呢。」

儘管她的批評一針見血，最後那句話卻讓人覺得「這個女生是傻子吧」、「總覺得被她數落也無所謂了」，真是厲害。

「要說的話，我也沒什麼了不起啊。」

「不不不，志田同學，妳這樣就謙虛了。首先妳的外表就可愛得高人一等啊！腦袋又好，更重要的是社交性過人，所以就算要找比丸同學更好的男生，也都任妳挑選才對啊！」

「嗯嗯，原來如此～～那麼，大良儀同學，妳中意哪種類型的男生？」

「……？這跟我們現在談的有什麼關係嗎？」

「因為妳似乎認識我，我卻不認識妳這個人。我也想了解關於妳的事。」

「我明白了！既然如此，就讓我據實回答妳吧！我認為『戀愛本身並無用處』——這是我不得不坦承的一點。戀愛充其量就是過渡性的感情吧？即使在當時覺得美好，一旦關係破局不就毫無意義了？妳不覺得那樣既缺乏效率，性價比也低落嗎？追根究柢來說，人都是孤獨的。就連同性都難以互相理解，卻要跟異性互相理解，這種行為本身就讓我覺得白費力氣。以結論而言，那在我的『完美人生規劃』中是無用之物。」

大良儀同學，妳好愛用「天才」或「完美」之類的中二病字眼耶。

「這樣的話，可知同學呢？妳只是因為工作才只好服侍她，實際上卻討厭她嗎？」

「不可能有那種事！戀愛與友情要分開來看！戀愛是過渡性的，友情卻可以永恆！剛才我有提到『就連同性都難以互相理解』，但是正因如此，我認為友情才有其價值！在我的『完美人生規劃』中，當然也有計算到與朋友交流的喜悅，所以才完美！」

「簡單說？」

「我最喜歡白白了！誰教她是那麼可愛乖巧的女生！正因如此我才想要保護她！」

「哦～～我想呢，我總算對妳有所了解了。」

「太好了。那就讓我們合作——」

黑羽微微一笑，深深吸了口氣。

「妳明明什麼都不懂，別把小晴看扁了……！」

大良儀同學隨之畏縮，原本得意忘形的臉此刻已嚇得扭曲。

我本來就曉得，黑羽的情緒應該會在某個時間點爆發。

畢竟黑羽笑歸笑，太陽穴一帶卻頻頻抽搐。她還若無其事地配合對方的話題，打算多套一些情報出來。

那是黑羽在分析對方態度及思維時會用的手法。

「雖然我不曉得妳構思的『完美人生規劃』有何高明之處，但是別強加在別人身上。妳才沒有權利否定他人的心意……不，任誰都沒有一丁點的權利否定。」

黑羽有擅於社交而八面玲瓏的特質，但她也會對人生氣。這就是黑羽堅強與厲害的地方。

換個說法，也可以解讀成黑羽有自主性。因為她懂得把持自我才能配合他人，如果碰到忍無可忍的事情也會發脾氣。

這真的難能可貴。

畢竟我沒有自尊心，在大人物面前就會逢迎拍馬陪笑臉，也會立刻就向他人賠罪，更因為生性膽小而不敢對人發脾氣。

正因為這樣，我打從心裡尊敬黑羽。

「嗚、嗚嗚，對不起……志田同學，我並沒有要惹妳生氣的意思……」

唔哇，感覺大良儀同學都快哭了。明明我生氣的話，她就會用訕笑的方式刺激我，面對黑羽倒是受了打擊……

而黑羽看到大良儀同學這樣，就鄭重地低頭賠罪。

「……是嗎？那我也要向妳道歉，我忍不住吼了妳。」

能立刻說出這種話是黑羽的過人之處，換成我，在發飆以後就無法立刻這麼說。

不過……我懂了，「大良儀同學只會對我說重話」。原本我納悶是不是只有白草才能享有特殊待遇，還疑惑她會不會凶其他人，看來並沒有。

「呵，那我們就扯平嘍！」

大良儀同學雙手扠腰，擺起架子來了。

振作得真快，而且她怎麼還一副驕傲的模樣……

原本我就覺得大良儀同學是個古靈精怪的女生，不過從她對黑羽的應答來看，感覺本性並不壞。

既然如此，為何只針對我嚴厲成這樣就是個謎了。再加上白草曾經提到大良儀同學「從以前就討厭我」，不免令人好奇。

「啊，剛才的講話聲是從這裡傳來的……」

呃，因為黑羽大聲吼了對方，好像就有人出於好奇過來看熱鬧了。

「志田同學，包含正式賠罪的用意在內，可以的話請再陪我談談。」

「好的。」

大良儀同學在深深鞠躬後調頭轉身。活力十足的她一步跑兩階衝上了樓梯，還嚇到錯身而過的人。

由於來到現場的人一臉不解地望著我們，我就用眼神對黑羽示意，決定各自從這裡離去。

＊

大良儀同學肯定對我有強烈的敵意。至於跟她看似關係深厚的白草對此則是一副「並不太放在心上」的調調。

「小末，來、來吧……啊～～……」

應該說，她變得連別人的目光都不在乎了啦～～～～！

午休時間。

在右手不能用的狀況下，吃飯當然有障礙，甚至我昨天吃麵包都因為拆不開包裝而得用牙齒咬破。

再提到今天的午餐，則是白草親手做的便當。

早上我睡醒時，白草就已經在忙著調理這個便當了。一問之下，她似乎是從五點半起床開始做的。

「欸，小白，妳這樣未免太……」

這裡是教室正中央，光是男女突然併桌就會變成傳聞的地方。

當然，周圍的反應也很猛烈。

「喂～～！冷漠出了名的可知同學竟然——！太奇怪了——！總之姓丸的去死——！」

「丸末晴！奉勸你！盡速釋放可知同學的家人！再重複一次！盡快釋放可知同學的家人！否則我們將會對你家展開攻堅行動！」

「欸，你們在講什麼啦——！」

莫名其妙耶！

「少裝蒜，你這白痴惡棍！可知同學會做出這樣的舉動，除了家人被你抓去當人質，想不出別的可能吧！假如你肯招認，要我們停止攻堅行動也是可以！」

「你們到底多雜碎才會想成那樣啊？說真的，照照鏡子比較好喔。」

「哼！有種。要我們立刻派突擊隊衝進你家嗎？當然，扣押電腦為第一優先……！準備解放你的色圖資料夾吧……！」

「啊，對不起，請放我一馬。」

我立刻下跪求饒，但是我的腦筋很快就轉了過來。

「欸，假如你的妄想真有其事，要先解救小白的父親才對吧！臭小子～～你根本只是在嫉妒而已嘛～～～～！」

我氣得發抖，還用可以隨意活動的左手揪住對方。背後卻有一道淡然的說話聲制止了我。

「小末，你不用理會像他們那種人喔。」

「！」

白草她沒有生氣……光是這樣，事態就讓我感到有點訝異。

倒不如說，這恐怕表示她「沒將班上同學放在眼裡」。白草對我的關注就是這麼深。

異樣的變化太過引人深思，教室裡竊竊私語的聲音進一步擴散開來。

「來吧，我好不容易做的耶，希望你快點品嚐……張開嘴巴，啊～～……」

白草果然有了一點改變。

不對……應該不只一點。

她變很多。

從白草以前的脾氣簡直沒辦法想像，她居然會坦率地對我做出這種撒嬌的舉動……還是當著眾人面前。

「拿、拿妳沒轍耶……那、那麼……啊～～……」

糟、糟糕……我快要樂歪了……

對方可是我初戀的女生耶！超漂亮的耶！

有這樣的女生在教室當著大家面前「啊～～」這樣餵我，就算要抓對方的家人當人質，我也希望能體驗這種事！

從心裡湧上的喜悅與害羞。

從外頭點燃的殺意與壓力。

夾在中間的我搖擺不定地張口咬下遞來的煎蛋。

「……！好吃！」

對喔，白草雖然笨拙，然而她是個「只要肯做就有能力辦到的女生」。白草的底子本來就跟舌頭上有另一片宇宙的黑羽不同。

便當的配菜是煎蛋與炸雞塊，此外還裝了白飯，菜色單純。

不過這樣才好。從一開始就挑戰高難度菜色會有危險，先由能力所及的項目做起，這種態度可以窺見白草勤勉的一面。根據經驗，她應該知道只能一步一步來。

「太好了。」

發自內心的笑容。冰山般的白草光是微笑就能讓我的幸福度急遽上升。

我們將咬牙切齒的班上同學撇到旁邊，沉浸在自己的世界。

「來，小末，也吃點白飯。」

「啊，白飯沒問題，我有帶湯匙過來。」

「不要，讓我餵你。畢竟是我害你受傷的，我要表達歉意。」

被她這麼說，拒絕的話就不配當男人了。

我眉開眼笑地吃了白草餵的白飯。

她從昨天就一直是這種調調。

既溫柔又勤快，而且樂於奉獻。她一直笑吟吟的帶著好心情，還珍惜每一刻為我付出。

——但是，我不能存有誤解。

我在心裡這麼囑咐自己。

這樣會讓人自作多情啊……假如沒有大良儀同學警告，我早就被白草迷倒了……胸口好痛。可是，受到這等待遇，心情不可能會惡劣，我反而忍不住眉開眼笑。笑成這樣在他人眼裡八成不體面，我得收斂表情才行——如此心想的我抬起臉。

「噫……」

從不遠處散發殺氣的黑羽就跟我對上視線了。

黑羽是跟平時那群要好的朋友聚在一起吃飯，她從那裡釋出了暗黑氣場傳到這裡。

咦，奇怪，肚子好痛……初戀的女生餵自己吃飯，明明是在妄想中都不曾有過的樂事，我卻覺得肚子痛……

「——末晴哥哥，人家終於忙完事情過來了耶。」

「好，小桃妳先等一等。」

「呼咦？」

我朝著進一步來襲的混亂局面喊了暫停。

白草已經加強戒備，黑羽也開始收拾便當了。

隨妳們幾個去吧——當我差點像這樣認命的時候。

「末晴、志田、可知，不好意思，群青同盟要緊急召集成員，有個案子希望你們先聽聽。」

午休開始時就不知道跑到哪去的哲彥現身，還突然這麼告訴我們。

要從表情推敲哲彥的情緒本來就不容易。不過靠以往的交情，可以曉得他擺出這副臭臉時大多是懷有煩惱。

我們一面用眼神交談一面點頭，然後所有人就帶著午餐往社辦移動。

「哎，你們邊吃邊聽我說。因為事情變得有點麻煩，我從頭開始說明。」

哲彥用黑筆在社辦的白板上流利地寫起字。

而我看著這一幕，打算用湯匙舀飯來吃，便當盒卻滑到了旁邊。

於是在我右邊的黑羽立刻伸手幫忙擋住。多虧如此，我才能把米飯送進嘴裡。

但是待在左邊的白草就顯得不滿了。雖然她並沒有發出聲音，卻狠狠地瞪著黑羽。

「順帶一提，這件事非常要緊，所以我會讓妨礙說明的人離開。至於負責照顧末晴的人選……真理愛，妳看起來最冷靜，拜託妳了。好啦，末晴，你坐到真理愛旁邊。」

「「唔——」」

黑羽和白草似乎都覺得哲彥說的話有說服力，就沒有反駁。

「那麼，就由人家來餵末晴哥哥吃飯。」

「呃，我可以用左手吃，不必啦。」

面對真理愛要拒絕就容易多了，謝天謝地。

換成黑羽跟白草的話，要拒絕都會讓我過意不去。還有，我也會冒出想依賴她們的念頭。對真理愛就不用太費心，某方面來講是最輕鬆的。多虧如此，我覺得自己能靜下心聽哲彥講話了。

「先從昨天的事講起吧，其實呢，我跟社團顧問在放學後被副校長叫去了，原因跟末晴受的傷有關。」

「嗯？你等一下。原來我們的社團有顧問嗎……？」

完全是第一次聽說耶。

「白痴，雖然說只是做個形式，組社團一定要有顧問吧。你想，今年新錄取的老師當中，有個叫伊賀的傢伙對不對？」

「啊～～記得他是教化學，那個看起來懦弱怕事的……」

「沒錯，就是他。」

戴著眼鏡，個子矮又瘦弱的男老師。我對他只有弱不禁風的印象。

「我暗中抓到了對方的把柄，才威脅他當顧問的。」

「你別輕易涉入犯罪好嗎？」

好可怕！不要隨口就威脅別人啦！

「啊，不然我換個說法。我跟伊賀做了某種交易才讓他接下顧問工作的。這可沒騙人喔。」

「……順帶一提，交易內容是什麼？」

「你要問？這樣你也算共犯——」

「啊～～啊～～我聽不見～～！我什麼都不知情～～！」

好險好險。當中的細節談不得。

「總之，哲彥你繼續說吧。你們被叫去以後，副校長說了什麼？」

我立刻帶回正題。

只是，這件事同樣散發著非常不祥的氣息，我不太想聽他談這個話題。

「以結論而言呢，就是我們有點太受注目了。校方明白末晴發生事故是出於偶然，然而『社團到沖繩攝影沒找顧問陪同，還搞出了傷患』有點不成體統，即使有監護人隨行也一樣。」

「……啊～～原來如此。」

在沖繩攝影要視為「社團活動」或「We Tuber團隊群青同盟的企畫」，當中界線實在很模糊。只是，如果要堅稱與社團無關似乎有困難。這樣的話，「沒有顧問陪同就遠行還搞出傷患」的事實，就算被校方告誡也無可奈何。

「還好總一郎先生似乎在事前就致電道歉了，昨天與其說是過去挨罵，感覺比較像警告。」

「唉，沒辦法吧。然後呢，事情接下來要變複雜了嗎？」

「與其說變複雜，不如解讀成有甜頭可嚐，所以我才在頭痛。」

「哲彥，我聽不懂你講的意思。」

「昨天回家以後，我打了電話跟總一郎先生道謝，當時他就跟我提到『有來自電視台的工作委託』。委託內容是『想把末晴從演藝圈消失到於We Tuber復出這段心路歷程拍成紀錄片』。」

「我嗎！」

這樣的演變完全出乎意料，而且是拍紀錄片啊？

「然後，假如牽涉到校外的團體機構……好比公司行號，就有義務向學校報告。先別提答不答應，我剛才跟真理愛去找校長還有副校長探了探意願，看看學校有沒有可能接納這項企畫。」

「難怪你會跟小桃在幾乎一樣的時間點回來。所以結果怎麼樣？」

「學校相當有意願喔，他們還拜託群青同盟務必要答應。」

白草毅然地點了頭。

「這項企畫不錯耶。如果我沒有聽小末提過當中的隱情，絕對會表示想要觀賞。畢竟小末當年從演藝圈消失，實在充滿震撼性又疑雲重重。」

「可是，那樣是不是無視了小晴的想法……？」

黑羽的關懷沁入我的心坎。

我確實有抗拒感。這麼做彷彿把母親過世的往事當成買賣，令我感到害怕。即使我目前可說已經振作起來了，要重新審視當時的辛酸及恐懼還是會有所遲疑。

「我明白。對於這一點，總一郎先生也很慎重。除非末晴表示ＯＫ，否則這項企畫就不會開跑。」

「那就好。」

黑羽放心地嘆了口氣。

「不過甲斐同學，你之前把這件事說成『有甜頭』吧？敢問你是指當中的哪一個環節？」

白草犀利的切入點讓哲彥聳了聳肩。

「第一點剛剛才說過，這項企畫能討好校長與副校長。我們是披著社團的外皮活動，然後，私立學校說來說去總是對感人的佳話無法抗拒。或許這麼講是有點誇張，不過外人看到『末晴以今後仍會從事演藝活動為前提，還把群青同盟兼演藝同好會當成復健而活躍』，我們學校不就突然顯得很開明先進嗎？這所學校多麼能夠理解學生啊！大家都會這麼想。」

「啊，原來如此……」

白草發出感嘆。

「棒球、足球、話劇、合唱團，所有社團都是為將來培育專業人才的準備階段，如果把這視為孕育孩子們夢想的活動，可以說『把We Tuber活動當成社團』也是同理才對吧？這樣的話，打棒球受傷在所難免，拍影片受傷又有何不可？我們在道理上不就站得住腳了嗎？」

「雖然這算是歪理……但我聽了不由得感到服氣。」

唉，在沒有老師監督的地方受傷就毫無辯解的餘地吧。

「第二點是這項企畫肯定可以讓群青同盟及末晴的知名度更為提升。當然，必須將感情論撇除在外來思考就是了。」

「——縱使這樣，我依然反對。」

黑羽打斷了話題的進展，語氣簡直強硬得讓在場眾人都為之一驚。

「因為所有人都不知情才會自說自話。他們不曉得小晴在伯母過世以後究竟受了多少傷、承受過多久煎熬與迷惘，才說得出那種話。居然想用這件事當成賺人熱淚的題材，就算小晴答應，我也不會允許。」

「…………」

沉默降臨。

黑羽說的話合情合理，畢竟這是一件敏感的事。如果胡亂擺出自以為了解的態度，難保不會自掘墳墓，因此每個人都沒有開口，只是在觀望狀況。

我對黑羽的心意感到欣慰，感謝她為我著想。

「我覺得啦……」

我一開口，目光就同時聚集過來。

每個人都用尖銳的眼神盯著我。

我大口做了深呼吸，然後緩緩說道：

「如小黑所說，我唯一排斥的就是把母親的死當成賺人熱淚的題材，畢竟悲劇英雄的形象不適合我。另外，能提升知名度固然可貴，要把往事拿來做生意就有點……」

「末晴哥哥的顧慮再合理不過。電視台是營利企業，而營利企業基本上於好於壞都會把利益當成第一優先。」

當所有人似乎又要沉默下來時，哲彥開口了。

「不過呢，末晴，你沒有想過讓事情告一段落？」

「告一段落……？」

「由於你開始在影片中現身，八成有週刊雜誌想追蹤你的消息，而知道過去內情的相關人士當中，或許會有人以為你在心理上沉澱完畢了，就忍不住洩露口風。畢竟原本又沒有打契約要求保密。」

「啊～～」

那種情況超有可能發生。

「所以嘍，與其讓外人胡亂爆料，不如主動對外發表正式的信息，把往事做一個整理啊。我是這樣覺得啦。」

「原來如此。」

有道理。比起讓消息走漏給週刊雜誌加油添醋寫出來，哲彥說的做法還比較像樣。雖然說，也只是比較像樣而已。

黑羽發問了。

「可是，哲彥同學，如果接受電視台委託，不就會走向催淚路線了嗎？」

「所以我想出了反制對方的企畫。」

哲彥挪了身體，然後用手拍了白板上所寫的文字跟我們強調。

「要製作紀錄片的不是電視台，而是由我們群青同盟推出《末晴回憶錄》的企畫。如果無法拍出讓末晴信服的內容就不公開。這樣就算品質多少會下滑，起碼不至於搞到『內容得不到當事人認同就直接播放』的地步。」

「原來如此……」

我最怕的是弄到最後流於虛構，再來就是媒體播放自己不希望被觸及的隱私。這部分遭受冒犯的話，我實在無法容忍。

採用哲彥的方案就可以化解這些顧慮。

「我會跟電視台交涉，如果我們拍的紀錄片可以過關，就讓他們播。哎，因為我們都是外行人，照現狀實在不可能演變成那樣……但是我其實已經有了腹稿，既可以取悅電視台，還能讓他們主動表示想播我們製作的紀錄片。」

「嗯？腹稿？」

哲彥居然用這種吊胃口的講話方式……假如企畫內容沒有正中電視台人員的下懷，事情就不會發展得那麼順利才對……

「告訴我啦，哲彥，什麼樣的企畫？」

「末晴，你最後演出的連續劇是《Child King》嘛，記得平均收視率超過百分之二十吧？」

「是啊。」

《Child King》這齣連續劇跟我的出道作兼人氣最高的作品《Child Star》是定義為同一系列的劇集。

話雖如此，兩齣戲設定完全不同，除了都是由我演主角，其他部分都翻新了。

男主角漣是十一歲的小學五年級生，父親在他懂事前就已經過世，家中只有母子兩人。

母子倆生活相當貧困，因為母親形同與父親私奔結婚，得不到親戚資助。

然而漣過得很幸福，母親溫柔慈祥，他對貧困的生活根本不介意。

突如其來的不幸就降臨在這樣的漣身上。

母親當著他眼前出了車禍而不幸喪生。

漣更在母親的葬禮上得知驚人真相。

那就是「車禍背後有親戚暗中策劃」——這樣的事實。

換句話說，母親並非遭遇事故，而是死於他殺。

『哈哈哈哈，叛徒就適合這種下場。誰教她要痴迷於那種扶不起的男人，還令家門無光，全部都是她自找的。真是個笨女人。』

母親為何會被講成叛徒？家門無光又是什麼意思？漣完全不明白。

不過，他無法容忍。

漣聽見嘲笑母親的聲音，因而氣得發昏，拿起了身邊的剪刀。他的目標是突然出現在葬禮會場，自稱大公司老闆還撒下大把鈔票的舅舅。

漣準備從背後襲擊對方——卻被攔住了。

『打消念頭吧，已經被發現了。你辦不到。』

有個神祕的中年男子用下巴示意前方的男保鑣；而男保鑣發現漣有警覺，正在跟漣的舅舅耳語。

漣臉色發青。自己被對方視為敵人了，不曉得會受到什麼對待。

『過來。』

神祕男子拉著漣離開。追兵立刻尾隨而至，但是靠神祕男子的俐落手腕，他們設法逃掉了。

漣鎮定下來後才敢發問：

『你是誰……？你跟媽媽是什麼關係……？』

『……我跟你母親是朋友。以前……沒錯，我們曾是關係密切的朋友。』

他這麼告訴漣。

『那一家子都盤踞在國家暗處，有時甚至會扭曲法律來貪圖利益。你母親厭惡自己生長於如此傲慢的家族，因而逃離家門，一直在等時機向社會揭發自家人的不公不義。不過生下你以後，她就避免跟他人起衝突，躲起來過生活……然而那些傢伙無法放著你母親握有的情資不管吧。』

『怎、怎麼會……！媽媽居然是因為這樣才……！我不會原諒他們……！』

『要緊的是錢，沒錢就打探不了那些傢伙的不公不義，沒錢就連自己也保護不了。手中無權的你就算訴諸警方，案子應該也會被抹消。錢就是力量，有錢什麼都辦得到。活在現代，有錢才是贏家，有錢才能貫徹自己的意志。你想讓他們灰頭土臉，就需要相當大的一筆錢吧。那得是一筆足以讓你稱霸為王的鉅款。』

——你想不想成為王者？

漣聽了這句話，點了頭。

有錢就能實現任何心願。這股憤怒、這份痛苦、這種哀傷，錢都可以解決。如此深信的漣決定跟著神祕中年男子走。

而且他定下目標。

——他要成為「Child King」。

「好懷念喔……那齣戲對人家來說也算出道作之一，是回憶很深刻的作品。」

沒錯，其實這齣戲播到中期，就有真理愛飾演的天才小學生股市操盤手登場，還跟我一同演出。

「人家最喜歡末晴哥哥當時的演技。跟《Child Star》的時候截然不同，身為粗暴的性情中人，卻又冷靜而具備知性。巧妙陷害對手時露出的邪惡笑容更讓人受不了。」

「我了解。小末偶爾會在戲裡露出原本的溫和臉色，也同樣觸動觀眾的心。」

「真不愧是白草學姊，人家有同感。」

「感謝妳們誇獎啦，但是我當時其實內心嚴重受創，不太記得拍戲的情形……」

「末晴，你記得最後一集是怎麼收尾的吧？」

我對哲彥的問題點了頭。

「那當然。」

演到最後一集，漣在期貨交易市場暗中活躍，成功大賺了一筆。他掌握了足以稱為「Child King」的金錢及權力，終於要設法向殺母凶手——在大公司當老闆的舅舅展開反擊。

最後之戰即將來到，漣在整理被舅舅使計害死的神祕男子的遺物。此時，他發現神祕男子是自己的親生父親。

父親跟母親固然是私奔了，然而要對抗那個家族實在太危險。為此父親在漣出生後就藉機跟母親分開，製造已經過世的假象，並且捨棄長相與姓名以便對抗那個家族。也因此他連名字都無法報上，只能教導漣如何賺錢，期盼漣至少學到求生的能力。

漣背負著父親所託的意志，領悟到對自己重要的並不是錢，而是與他人間的牽絆。於是他向夥伴們求助，破解舅舅的陷阱，最後終於靠著運用媒體的策略成功將舅舅犯下的罪行公諸於世。

復仇完畢後，漣有了他的歸宿。

始終都在擔心、支持著漣，跟他互為青梅竹馬的少女；曾因為舅舅的陰謀受苦，在漣出手解救後便成為夥伴的大公司千金；以漣的對手身分登場，雙方經過數度較勁，最後才化敵為友的小學女生操盤手。

漣打算回到支持他的三個少女身邊——腹部卻突然感到疼痛。舅舅膝下有一個跟漣互為表兄弟的兒子，而這名少年一向瞧不起漣。他目睹父親落入法網，就拿刀捅了漣，想藉此復仇。

漣倒在馬路上，就這樣失去了意識。

隨後，時光飛逝——

漣在床上醒來。

轉眼看去，有三個年約高中生的陌生少女在他身邊。

少女們泫然欲泣，當中的一個人開了口。

『漣，你昏睡了六年喔——』

沒錯，那正是過去漣打算回到其身邊的三個少女長大後的模樣。她們一面照顧漣一面就等了六年之久。

為了救回漣的性命，少女們找了名聞遐邇的醫生，還試了新的藥物以及手術方式。漣所賺的錢幾乎都用在支付手術費、住院費上，少女們因而向他道歉。

長到十七歲的漣這麼嘀咕：

『——我才不需要錢，有妳們在就好。』

從母親死後便一直追逐財富，不停地掙扎，直到被人稱為「Child King」的少年最後說了這句話，故事就此結束。

「最後那一幕，主角是由其他演員演的吧？」

「那還用說，當時我十一歲耶。」

「然後，你現在的年齡是？」

「十七歲…………啊。」

漣甦醒的年齡是十七歲。

假如把「昏睡的期間」看成「離開演藝界的期間」，現實與戲劇的這段空白正好可以相疊在一起。

「所以嘍，我的腹稿是這樣，反過來向電視台提出『讓現實中長到十七歲的末晴』來演

《Child King》最後一幕的企畫。簡單說，就是問電視台有無意願替那齣紅極一時的作品拍攝真實版結局。畢竟真理愛也在我們這裡，你不覺得好玩嗎？要是對方覺得有意思，應該就會願意讓這跟空窗期的紀錄片一起播吧？即使是由群青同盟拍攝的。」

「你想用這一招啊～～」

嗯，原來如此原來如此，我個人酷愛這種巧思！

雖然不確定電視台是否會表示感興趣，我認為喜歡那齣戲的人肯定會想看。

虧哲彥想得出來，著實令人佩服。

「再補充一點，跟我提到想替末晴拍紀錄片的電視台，和當年播放《Child King》的是同一家電視台。因為有這層關係，他們才會率先舉手吧。另外就是這次拍紀錄片，我不太想強迫末晴同意。末晴，我只是覺得或許你會接受這種點子，何況這樣要賺錢博取知名度好像比較有效率，如此而已。紀錄片照拍，但是不在電視台播放也是一種做法，我們大可在群青頻道上公開就好。哎，播這種感人類型的影片好處在於往後校方對群青同盟的活動可能也會寬容點，所以你肯答應的話就謝天謝地啦。」

冷靜來看，這帶給我們的全是好處。當然，得撇開我的私情就是了。

哲彥看了看手機。

「哎呀，時間差不多啦。抱歉，說明比我想的還費時。明天起要考試，所以從今天放學開始就沒有社團活動。然後，我會在週六針對這項企畫舉辦投票。在那之前，麻煩大家先想清楚這件事要怎麼辦、該怎麼辦。」

急忙召集大家，是為了讓每個人都有多一點時間考慮吧。

這確實是個令人煩惱的企畫。雖然還有考試要準備，我就在不至於礙事的範圍內仔細想一想吧……

＊

——能不能請妳們賞個臉？

午休過後，黑羽用HOTLINE傳了這樣的訊息。

下一則訊息是真理愛發的『感覺該來的還是要來。人家已經先找好場地了，放學後請到這裡』還附上了某間咖啡廳的網址連結。接著則是白草表示『我已經安排讓小末先跟紫苑一起回家』的訊息。

明明沒有事先做任何商量，她們三個卻默契十足地用三則訊息讓一切準備就緒。

因此，少女們在放學後聚到一間離上學路途稍遠，還有英式庭院的咖啡廳。

「小桃學妹，這裡的消費不便宜吧……」

黑羽這麼一問，真理愛就不以為意地說：

「因為從學校走路可以到又有包廂的店家，頂多就這裡而已。今天由人家請客。」

「總覺得會欠下人情，我不敢讓妳請。自己的消費我會自己付。」

「我也跟可知同學一樣。」

「……兩位要這麼說的話，人家倒不會阻止。」

三個人如此互動，並被侍者領到擺設講究的包廂。

她們在六人座的桌子前各自保持距離就座。把店員叫來後，白草點的是濃縮咖啡，真理愛點了皇家奶茶，黑羽則詢問能不能將冰咖啡與柳橙汁用一比一的比例調和，讓店員心生困惑，但在間隔片刻後仍得到了「可以喔」的答覆。

包廂裡瀰漫著沉重凝滯的空氣。

彼此互相牽制，光是眼神交流就好比兵刃交鋒的攻防戰正在上演。然而她們三個人絲毫沒有顯露出那種氣息，反而老神在在地打算搶占優勢。

「那麼，雖然人家大致可以想像黑羽學姊找我們過來的理由……姑且還是先聽妳說吧。」

真理愛如此打開話題後，黑羽嘆了氣。

「那我要說嘍，感覺呢，我們幾個有點招搖過頭了。」

「在教室聞小末的味道，還當眾宣布彼此在交往的人有資格講這種話？」

「唔——」

黑羽咬緊牙關，白草就面不改色地拿水就口。

「白草學姊，人家想進一步了解相關細節耶。」

「跟我字面上提到的一樣，志田同學從以前就毫不怕羞地採取那種行動，在告白祭前夕更是露骨，旁觀者都比她懂得害臊。實在粗鄙，看了就覺得可怕。」

「這樣啊……人家得說真不愧是黑羽學姊。」

「欸！小桃學妹，妳有立場說我嗎！」

黑羽拍桌站了起來。

「人家不能說嗎？」

「誰教妳每節下課都跑來我們班，還黏著小晴不放……！連我看了都會覺得不好意思……！還有，可知同學！」

「妳今天那樣算什麼意思！」

「叫我嗎？」

「哪樣？」

「就是妳餵小晴吃飯的舉動啊……！」

白草將纖細美麗的食指湊到臉頰，露出嬌憐的笑容。

「喔，那個啊。既然是我害小末受傷的，我當然要服侍他啊。」

「就算那樣，妳也做得太過火了……！」

「所以在圖書準備室張嘴讓小末餵的妳有資格說這些？」

「唔——」

黑羽因而畏縮，但這次她立刻就反擊了。

「不、不過那是因為沒有別人的目光！有別人在看的話，我也不敢那麼做！」

「學姊已經不打自招了呢。」

「就是啊。」

「啥！」

「讓各位久等了——」

這一瞬間，三名少女都將目光的力道聚集到店員身上。

「——噫！」

感覺像打工大學生的男店員嚇得托盤掉到地上。

「……東西掉了耶。」

「對、對不起！我會立刻收拾並且端新的過來！」

店員連忙收拾的這段期間，完全沒有講話。

打掃完以後，店員就逃也似的從壓力只會節節升高的現場離開。

隱約能聽見他對別的店員嚷嚷：「那一桌的女生都長得超可愛，我開開心心地把飲料端去才發現她們恐怖得要命！」不過她們三個都裝成沒聽見。

黑羽重新坐回座位開了口：

「再說一次，我覺得我們都招搖過頭了。」

由於是二度重申，也就沒有人吐槽她。

「照這樣下去，我們會被亂傳八卦啦。」

「敢問什麼叫亂傳八卦？」

「比方說……會有人認為小晴跟我們做了什麼不檢點的事……」

「我倒覺得不檢點的只有妳那顆腦袋瓜耶。」

「啥？」

真理愛對黑羽的威嚇毫不在意，還用靜靜的語氣嘀咕：

「其實呢，人家就是憂懼這方面，應該說，感覺其實需要加一項限制。」

「……桃坂學妹，妳說說看。」

「末晴哥哥很好色，對不對？」

「「…………」」

黑羽和白草默默點頭。

「人家總覺得黑羽學姊要是橫下心，就會設法色誘末晴哥哥製造『既成事實』耶。坦白講，演變成那樣是我最害怕的。」

「噗！」

拿水就口的黑羽噴了出來。

「小、小、小桃學妹……虧、虧妳說得出這種話……！」

「畢竟有足夠行動力這麼做的人頂多只有黑羽學姊啊。」

「淑女！我可是淑女耶！怎麼可能做得出那種事嘛！」

「……唉，人家不否認學姊是淑女，但是感覺需要另外加個外號來補充，例如『魔王型淑女』或『策略系淑女』。」

「這話說得妙。」

「對吧？」

「下次我要用來當小說的題材。」

「學姊請便。人家反而想拜託妳用呢。」

「別拿去當題材啦！我先聲明喔，要像這樣取外號的話，小桃學妹妳就是『如鬣狗一般的妹系女生』吧？」

「是嗎？黑羽學姊要把話說到這分上嗎？被說成那樣，人家可不會忍氣吞聲喔。」

「妳從一開始就沒有忍氣吞聲啊！先提起這件事的是妳吧！」

「呼……這兩個人鬧得真難看。」

「遜砲安靜。」

「請遜砲學姊安靜。」

白草同時被兩人回嘴，就畏縮地沉默了。

「……唉，繼續跟學姊吵下去只會加深傷口，差不多可以停戰了吧。」

「……也對。」

「……學姊真的不會製造既成事實？」

「小、小桃學妹，妳很纏人耶！就說不會了嘛！我哪有可能那麼做！」

「所以學姊都沒有想過嗎？」

「……那我們進入下一個話題吧？」

「黑羽學姊講話真的是不打自招耶……」

「倒不如說，妳這樣好嗎？只會牽制我，都不牽制可知同學嗎？」

「人家從一開始就曉得白草學姊沒有那種膽量，所以不要緊。」

「啊，原來如此。嗯，我懂我懂。」

「就是說啊。」

「妳們倆現在就給我切腹自盡。」

呼——黑羽被比喻為小動物的可愛臉孔換上了憂慮之色，並且大為嘆息。

「……我說啊，小桃學妹？一味地被人說三道四不合我的性子，讓我吐槽一點好嗎？」

「雖然人家不想聽，但即使回答不要，感覺學姊還是會照講，請便吧。」

「小桃學妹，妳會冒出那種想法，不就表示妳也打著相同的主意——」

「……人家不明白學姊在說什麼耶。」

「啊～～夠了！每次都這樣裝迷糊！我告訴妳，像妳這樣黏著小晴不放真的不行啦！難道妳不會在意旁人的目光嗎？」

「不會啊……因為人家跟末晴哥哥的愛並沒有什麼羞於見人的。」

「被人錄下來傳到網路上就不好了吧？雖然妳現在似乎跟演藝界保有一點距離，但是那不會影響到妳復出嗎？」

真理愛首度板起臉了。

「黑羽學姊，感謝妳的忠告。不過妳用這些話勸退人家以後，就會趁機對末晴哥哥發動攻勢吧？」

「才、才不會——」

「那樣實在好下流耶。妳不覺得嗎，白草學姊？」

「是啊，桃坂學妹，我們達成共識了。」

「喂，妳們兩個☆小心我用草蓆把妳們捲起來投海喔☆」

「剛、剛才很抱歉——唔噫！」

太過恐怖的場面讓男店員像剛生下來的小鹿一樣雙腿發抖，但是第二次過來的他勉強穩住了陣腳，將飲料分別擺到點的人面前。

「還、還還還有什麼需要的話，請再叫我——」

「我們想要談事情，因此暫時別過來打擾好嗎？」

黑羽笑了一笑，男店員就打直背脊立正。

「遵……遵命！」

男店員逃也似的離開以後，就向廚房人員嚷嚷自己「已有受死的覺悟」，不過這又是另一段故事了。

三個女生各自拿起飲料就口，當情緒稍微冷靜下來的時候，白草開口了。

「我贊成需要加上某種限制的提議。」

「……也是。」

「我從一開始就是想談這個。總之我的想法是——可知同學，妳跑來跟小晴同居，我認為做得太過火了。」

白草挺起形狀漂亮的鼻梁。

「為什麼？是我害小末受傷，就由我負責照顧，這有什麼好奇怪？」

「昨天我聽媽媽提過，據說向小晴的爸爸徵求同意時，妳有強調希望包辦這件事？而且妳還扯東扯西地講到太多人留宿，房間不夠住就糟了，所以拜託伯父在之後有別人要求留宿時予以拒絕，不是嗎？」

「啊～～原來如此，人家終於搞懂了。難怪姊姊不得不一下子就退讓。」

「不關我的事。」

白草將黑色長髮輕輕一撥，把臉轉了過去。

「至於我的訴求嘛，就是妳起碼要改成輪班制，如果我們三個一起照顧小晴，八成會在他面前出糗，妳不覺得可能弄得三個人都自找苦吃嗎？」

「……說得也是，人家贊成黑羽學姊的意見。」

「當然，我們並不會製造『只有我』或『只有小桃學妹』留宿的場面。好比說，我就會找妹妹過去一起住。」

「不、要。」

白草短短地如此告訴對方。

「志田同學和桃坂學妹都會找對自己方便的人一起留宿吧？那樣又不能發揮箝制的效用。跟我一起過去住的紫苑可是我爹地挑出來的監督人選耶，那個女生討厭小末喔，現狀是只要有她在，我在小末面前就無法有任何特別的表現。因為彼此條件完全不一樣——我無法接受妳那樣的提議。」

「黑羽學姊，白草學姊說的是真的嗎？」

「……是啊。昨天他們好像什麼事都沒有發生，而且那個叫大良儀紫苑的女生討厭小晴也是事實……坦白講，以監督人選而言是有靠不住的地方……但她似乎並不會任人擺布，而且一有良好氣氛就會毫不留情地打斷，感覺在這方面是可以信賴。」

「表示不全然是謊話嘍？那好，我們繼續談吧。黑羽學姊，妳不只有事找白草學姊商量，也有話想告訴人家吧？」

真理愛將皇家奶茶擺回碟子上，並且在胸前撥弄自己的輕柔秀髮。

黑羽用吸管仔細攪拌以柳橙汁稀釋的冰咖啡，然後喝了一口。

「剛才我也說過，希望妳能節制在人前的高調舉動。小桃學妹，因為妳身為藝人，感覺影響實在太大，我倒認為這也是為了妳好。」

「那麼人家也想開出條件喔……黑羽學姊？人家可是知道的喔，妳對末晴哥哥用的『示好攻勢』。」

「？…………那是什麼名堂？我想了解詳情呢。」

白草對黑羽釋出殺意。

黑羽卻吐了吐舌，轉開視線。

「那是什麼？我不懂妳的意思耶。」

「黑羽學姊就是這樣……人家在說妳每句話最後都要跟末晴哥哥扯到『喜歡』，讓人聽了就覺得不檢點的那套花招啊。」

「啥！每句話都要扯到『喜歡』？」

白草彷彿看到難以置信的事物而睜大眼睛。

黑羽聳聳肩後，食指湊在下巴露出了微笑。

「──妳們有什麼意見嗎？」

「當然有！人家的意見可多了！學姊妳在說什麼嘛！」

「這女的……我要對她說教十個小時，像擰抹布那樣擰她！」

怒罵聲甚至傳到走廊，引來店員窺探。然而店員看到包廂裡的情況，就低聲發出「噫！」的驚呼，然後立刻逃走。

真理愛激動得拋開清純形象，氣呼呼地毅然告訴黑羽：

「……總之，人家要求的是禁止學姊玩那種花招！」

「贊成！無異議！全面贊成！」

「這樣啊，哦～～可是基本上，我為什麼非得聽妳們的要求呢？」

「既然如此，黑羽學姊也沒有道理提出要求啊！」

「……也對，但是我不想罷手。條件改一下的話倒是可以考慮。」

「唔！……黑羽學姊，人家第一次遇到像妳這麼難纏的人。」

「是嗎？難得聽見這樣的評語，我就當作誇獎好了。」

現場瀰漫著好似陷入迷陣卻沒有出口的封閉感。

在這種情況下，白草引進了新氣象。

「容我請教，妳們是否知道『三方一兩損』這個落語的劇碼？」

「……人家不曉得。」

「……我大致知道是什麼故事，不過沒辦法詳細說明。」

白草看了她們倆的反應，就娓娓道來：

「有個瓦匠撿到了三兩銀，他曉得那是木工師傅掉的便打算物歸原主，而木工師傅有副江戶男兒的倔脾氣，硬說錢掉了就算了而不肯收。瓦匠同樣是江戶男兒，所以也說自己不要這筆錢，鬧到得請地方官大岡越前來裁決。於是大岡越前認為雙方皆有道理，就自掏腰包出了一兩讓數目變成四兩。原本可以拿到三兩的瓦匠與木工師傅各分二兩，算起來各虧一兩，大岡越前也因為出了一兩錢而虧一兩。這樣所有人各虧一兩，事情便公平地解決了。關於故事收尾的那頓飯，我就省略不提了喔。」

「原來如此，人家明白了。換句話說，白草學姊認為所有人應該各退一步，平等地接納要求才對。」

「就是這麼回事。至少我敢說像志田同學那樣單方面提出要求，絕對沒有人願意接受。唯有這一點是可以確定的。」

「……我懂了。」

由於黑羽鬆口答應，議題進展到三個人各要做出什麼樣的讓步。

而且在經過約三十分鐘的討論以後，結果出來了。

「那我做個總結喔。」

白草宣讀寫在紙上的規定事項。

「首先志田同學要停止『示好攻勢』。」

「……好的。暫且先這樣。」

「等一下，志田同學！妳剛才說了暫且對吧！沒有人會吃那一套啦！」

「嘖。」

「嘖什麼嘖啊！」

白草深深吸了氣調適呼吸，然後繼續說：

「桃坂學妹則是『禁止做出會引起騷動的輕率行為』。雖然沒有舉出具體事例，但是我跟志田同學發出三張黃牌以後就會二話不說地封鎖妳跟小末的任何接觸。」

「……人家只好遵守嘍。」

「最後，我必須『認同與小末的同居生活改成輪班制』，不過條件是固定由紫苑負責監督。這樣可以吧？」

「了解。」

「今天先從我開始，明天週四換桃坂學妹，後天週五換志田同學。這個順序到小末右手痊癒而不需要跟人同居為止都是固定的。」

「好的～～啊，人家忘了一件事！白草學姊開始會在教室『啊～～』這樣餵末晴哥哥吃飯，人家希望這也要禁止！」

白草抖了抖眉毛。

然而箝制真理愛的人是黑羽。

「小桃學妹，這不要緊。下次她在我們班上這樣做，我就會阻止了。」

「……妳辦得到嗎？感覺只會吵起來吧。」

「可知同學，看來妳是得到大義名分就會出奇招的類型呢。」

黑羽把目光轉向白草，白草卻只是端起濃縮咖啡就口。

「我認為這次妳敢做出大膽的舉動都是靠『小晴受了傷』、『而且受傷的原因出在自己身上』這兩項大義名分。反過來說呢，要是沒有大義名分，妳肯定不敢做出大膽的舉動。表示只要打破這項條件，妳就會無能為力才對。」

「妳可以試試看啊。」

白草雲淡風輕地嘀咕，黑羽便笑了一笑。

「那妳要是做出一樣的舉動，我就會當著大家面前說：『可知同學，小晴可以交給我來照顧喔。妳無論如何都想親自來嗎？這樣會不會太喜歡小晴了啊？』」

白草頓時滿臉通紅。

「妳、妳喔！被當眾這樣說的話，我可是會絕望得扭身——」

「看吧，妳無能為力對不對？好了，這件事到此為止～」

「居然會看得這麼透徹……黑羽學姊，果然不能小看妳呢……」

原本交抱雙臂皺眉頭的真理愛突然在胸前拍響手掌。

「啊，人家想換一下話題，可以嗎？」

跟先前全然不同的輕鬆語氣。

緊張的氣氛一下子變和緩，黑羽不停眨著眼睛。

「可以是可以，妳要談什麼？」

「是關於哲彥學長提到的紀錄片。」

「這件事情應該是由小末做主吧？」

「取得末晴哥哥的同意當然是大前提啊，不過人家想到了一個點子，因此不嫌棄的話，人家希望尋求兩位學姊的贊同。」

「……意思是妳的點子跟我們有關係？」

真理愛對提問的黑羽點頭。

「我們三個不是都跟哥哥的過去有關聯嗎？而且，還各有不同的觀點。」

「原來如此，是這麼回事啊。」

白草用食指滑過濃縮咖啡的杯緣。

「換句話說，妳想提議不如就由我們三個各自擔任採訪者，拍一部深入小末過往經歷的紀錄片吧？」

「真不愧是白草學姊，只論企畫與劇本方面可說不同凡響。」

「這個女生真是……還說『只論』，難不成妳在侮辱我？」

「人家並沒有侮辱的意思，但是有稍微看扁學姊。」

「我說妳喔！」

「這樣的話，每段往事各要由誰來採訪？」

發怒的白草被黑羽的問題挫了銳氣，因而在嘆氣後重新就座。

「只要能分到小末成名後的時期……《Child Star》之後那一段日子，我就不會有怨言。」

「哎，白草學姊跟末晴哥哥有關聯的時期最短，除了那段時間都採訪不了嘛。」

「妳這個女生真是氣人……」

「小晴的私生活我幾乎全都曉得，能涵蓋的範圍固然很廣泛……」

黑羽刻意把話斷在這裡，然後交棒給真理愛。

「這次紀錄片的重心終究是擺在末晴哥哥從演藝界消失的理由。既然如此，應該有必要從演藝界的角度，依序觀察末晴哥哥於伯母發生事故前後的改變。只有知道這段往事的人家能夠聚焦在這裡，因此人家會負責包辦這一段採訪。」

「這樣的話，我就是採訪小晴息影後的生活吧。雖然有些部分讓我在意……但是並沒有嚴重到需要推翻妳們的選擇，我就不提出異議了。」

三個人對彼此點了點頭。

這樣一來，倘若末晴答應拍紀錄片，她們對拍攝方式就有了共識。由於群青同盟只有五個成員，藉此已經保住了過半票數。換句話說，這次商量等於拍板敲定了紀錄片的製作方式。

不過她們各自在心裡打的盤算，要稱作「共識」實在是相差甚遠——

（沒想到「契機」居然會像這樣從天上掉下來……既然如此，我就可以拚勝負了。或許小桃學妹與可知同學都覺得自己占了便宜，然而最有甜頭的肯定是我……）

為了避免被看出心思，黑羽始終笑得平靜。

（這可是大好機會。有這項企畫，說不定小末就能回想起來。回想起那一天的事情……而且我希望他了解，我懷著什麼樣的心意——如此一來，我的心意肯定能傳達給小末……）

白草微閉眼睛，殷殷切切地祈禱。

（呵呵呵，兩位學姊完全上當了。雖然對大家不好意思，這樣人家可就手到擒來了喔……只要紀錄片開拍，人家通往勝利的路途就形同已經鋪好了……哎呀，正因如此，人家得注意別露出缺乏格調的笑容……）

真理愛藉著片刻的冥想讓心靈恢復平靜，下個瞬間，她的臉上就露出了純真無邪的笑容。

「「「呵呵呵……」」」

她們三個一面互相窺伺一面對著彼此笑。

少女們的密談就這樣留下憂患因子，並且宣告結束。

＊

……

…………

……………

這是夢。媽媽會在我旁邊就是證據。

我感到懷念，不可思議的是身體卻無法隨意活動。

『媽媽，妳為什麼會跟爸爸結婚呢？』

我對台詞有印象，因此我立刻就發現自己處於附身在過去記憶的狀態。

記得這是前往攝影現場途中——我跟媽媽在車上的對話。

當時拍了Child Star的我一炮而紅，工作開始變得格外忙碌。媽媽對於這一點固然是滿心歡喜，爸爸卻沒有什麼反應。爸爸原本就缺乏表情，只會在心血來潮時教導我各種知識，我不太能捉摸他的脾氣。

爸爸與媽媽在反應上的落差讓我體會到性格差異，就勾起了他們為什麼會結婚的疑問。因此我坦白地試著問了媽媽——狀況便是如此。

『呵呵呵。』

媽媽含笑回答我。

『咦，不會吧！』

『其實呢，你爸爸主動熱烈追求我算是一個原因……』

我不覺得面無表情的爸爸會做出那種舉動。

『但是啊，當中還有更加單純而又十分複雜，卻可以用一句話就說明清楚的理由喔。』

這麼說完前言的媽媽顯得有些害臊，不過，她看似驕傲地嘀咕：

『——因為我最喜歡你爸爸了。』

我當時讀小學四年級，所以聽得出媽媽秀了一頓恩愛。老實說，我有點傻眼。

然而我更對媽媽抬頭挺胸秀恩愛的模樣——產生了憧憬。

從這可以曉得媽媽過得很幸福，我也希望自己能像她一樣幸福。

所以我才會不知不覺地——

……………

……

「小晴，起床。時間到嘍。」

「小黑……？嗯～～我好睏……今天，是星期六吧……？再讓我睡一下……」

「社團有活動啊。哎喲～～拿你沒辦法，只能再一下下喔。」

人的氣息逐漸遠離。

我鬆了口氣，又沉浸在半夢半醒之間。

「…………………請你起床，丸同學。」

「……煩耶～～」

我翻身背對聲音的主人，床鋪就被人踹了。

「唔喔！什麼情況！」

抬頭看去，就跟對方目光交接。是大良儀同學。

她帶著一副從平時的態度難以想像的溫和微笑。

「早安，丸同學。天亮了喔，去洗個臉怎麼樣？」

奇怪……未免太客氣了……她這樣不就像個有能力的女僕了嗎……

該怎麼說呢……我有不好的預感耶……

大良儀同學的目光——是在看我打的石膏吧。

視線落到右手以後，我發現上面寫著：「天才紫苑來也！」

「……喂。」

「怎麼了嗎？先跟你說清楚，我可沒有在上面寫字喔。」

「啥？妳寫了自己的名字還想賴？」

「不然請你拿出證據啊。拿證據出來啊，證據。沒有嗎？那我就是無辜的吧？哎，我果然是天才。傷腦筋耶，世界將為我所有呢。」

好扯，這個女生簡直神煩。

假如是面對年紀比我小的玲菜，我就用鐵爪功招呼過去了，可是要對同年級的女生那麼做會有點猶豫。

因此——

「我明白了。那就來比對筆跡吧。」

「…………咦？」

「只要跟小白說一聲，要拿到妳在課堂上做的筆記很容易。我們可以請行家來鑑定。嗯，就這麼辦。」

「咦？不好吧，呃，那樣有點……」

「妳是無辜的嘛，那就沒關係啊。萬一查出有罪，妳最好先做心理準備。到時我會把這塊石膏秀給所有遇見的人看，讓他們知道『原來有腦筋這麼奇怪的女生』並且拿來當笑柄喔。」

「你、你騙人的吧……？你不會對可愛的我那麼狠心吧……？」

在這當下，大良儀同學等於已經招認了，但是我補了臨門一腳。

「嗯嗯～～？要請人鑑定也嫌麻煩，妳現在立刻認錯的話，我倒是可以作罷喔。該怎麼辦好呢～～？」

大良儀同學淚汪汪地顫抖，然後垂下目光。

「對、對不…………………………你以為我會這麼說嗎！」

大良儀同學把手伸進女僕裝的口袋。

她拿出來的是——黑色麥克筆！

接著她使勁拔掉筆蓋，突然就撲了上來。

「！」

我被她順勢推倒在床上。

被女生撲上來，我實在難掩動搖，要動粗把人甩開也會有所遲疑。

更何況……大良儀同學的力氣有夠大！說不定她的運動神經還不錯。

「哼哼！這樣你能拿我如何！」

大良儀同學擺出勝利架勢。

不知不覺中，我的石膏已經被塗成黑黑一片了。

「我說……」

「怎麼樣？」

「妳這個姿勢……」

大良儀同學坐在我的肚子上。她就是用這種姿勢露出贏家的笑容，還對我耀武揚威。

當大良儀同學回過神來，整張臉發紅的時候——

「小晴，我從剛才就覺得吵吵鬧鬧的——」

聽見騷動趕來的黑羽在門口定住了。

「…………」

黑羽瞇眼的模樣很恐怖。真的恐怖。我看了就想下跪道歉。可是大良儀同學卻坐在我的肚子上，我只靠左手臂無法把她推開。誰來救救我。

於是大良儀同學不知道起了什麼念頭，就抽抽噎噎地哭起來了。

「……呃……是丸同學……逼迫我的……」

「啥啊啊啊啊啊啊啊啊！」

這女的鬼扯什麼啦！

「…………小晴，你能不能解釋一下？」

「小黑！冷靜點！看看我跟她的位置！我是被推倒的一方吧！何況我用不了右手，妳覺得我能讓她就範嗎！」

「……哎，的確。」

「嘖，真可惜～～」

大良儀同學毫不慚愧地咂嘴。

「但是丸同學剛才的表情……超搞笑的耶。嘻嘻～～」

「……之後我絕對會加倍奉還給妳，做好心理準備吧。」

「哦～～你覺得自己有能力嗎……？啊，我手滑了！」

大良儀同學說著就朝我的石膏使出手刀。

「好痛！」

於是她自己吃到苦頭了。難道說，她忘記石膏有多硬了嗎……

「蠢到不行……還有妳太卑鄙了啦！差勁透頂！」

「這叫勝者為王！」

「妳又沒贏！而且妳失敗了！」

「哪有？我可沒有輸過喔。你真的很笨耶，丸同學！」

當我對嘴硬的大良儀同學咬牙切齒時，黑羽就把手擱在她的肩膀上，規勸似的說：

「妳先從那裡下來。這樣太沒規矩了。」

大良儀同學似乎是得意過頭，都忘了自己的姿勢非常糟糕。

她臉紅以後，就急忙從我的肚子上離開。

而黑羽一把揪住大良儀同學的頸根。

「還有我告訴妳，凡事有所為而有所不為……懂嗎？我看妳是不懂吧？過來，我要跟妳談一談。」

「那、那個，志田同學？假、假如妳可以和顏悅色一點，那就太慶幸了……」

「我擺這種臉色可是為了讓玩火而不自知的女生也能學會自覺耶。」

「原、原諒我好嗎……？別、別對我耍狠嘛……」

「我可沒有耍狠的意思喔。我只是想教教妳而已……」

「請、請問妳打算教些什麼……？」

「我要教妳社會常識，還有淑女該遵守的規範。」

「丸同學救我～～～～～～～！我會跟你道歉～～～～～！」

我華麗地忽視大良儀同學被黑羽拖走所發出的哀求。

哎，當然的嘛。她這是自作自受。

我只用左手作勢誦經，大良儀同學就對我咂嘴了。

「沒用的笨牛。」

還講這種話，不屈不撓的精神。

小心我宰了妳喔。

失了魂的大良儀同學正抱著雙腿坐在客廳角落面對牆壁。

這是被黑羽「教訓」過所致，但我不敢問她受了什麼樣的苦頭。

「來，小晴，味噌湯給你。」

「謝啦。」

大良儀同學＋黑羽、白草、真理愛當中會有一個人留宿的制度成形後，過了幾天。

起初她們三個人曾經找上門鬧得天翻地覆，結果是由白草留下過夜，然而三方後來好像達成了某種協議，週三來的是白草，週四來的是真理愛，從昨晚住到今天的則是黑羽。

她們似乎會依這個順序輪流，而今晚輪到白草。

「……好喝。」

這用不著多說就是了，煮味噌湯的人是大良儀同學。

不可思議的是大良儀同學做的飯菜都很美味。明明個性那樣卻能做出好吃的料理，烹飪的世界實在深奧。

「小黑還是一樣體貼。」

我隨口嘀咕，黑羽就眨了眨眼睛。

「哎喲～～！不用跟我客套啦。」

說是這麼說，她的心情仍然變好了，耳朵會一抽一抽就是證據。

「我沒有跟妳客套啊。畢竟妳為了方便我喝湯，舀給我的湯料只有豆腐吧？」

就我所見，味噌湯有加豆腐與海帶，黑羽卻只舀了豆腐給我，應該是顧慮到我用左手不好夾海帶，有料留在碗底就不方便喝湯。我覺得這種若無其事的溫柔很符合黑羽的作風。

「這又沒什麼大不了的。」

「妳還在我就座時幫忙拉了椅子啊。」

「沒關係，我只是想代勞而已。」

黑羽喜歡照顧人。假如她這句台詞是出於勉強，我就會自食其力，但我知道她真的「有心代勞」，所以我決定坦然道謝。

「謝啦。」

「傷患多依賴大姊姊沒關係啊。」

黑羽哼著歌來到我背後，接著就一邊聞起我頭髮的味道一邊隨手替我揉肩膀。而且她有按摩到穴道，感覺好舒服。

糟糕，被黑羽大姊姊寵壞會有危險。我覺得自己快要沉溺在舒適中而變懶了。

因此我換了一下話題。

「小黑，今天的社團活動是幾點開始？」

「九點……對了，小晴，今天你打算做出什麼結論？」

她的嗓音蒙上一層陰影。

黑羽停下幫我按摩肩膀的手，手仍放在肩膀上就從肩頭探出臉，朝我的臉龐看了過來。

「我說，小黑……妳這樣有點太近。」

「啊，抱歉……」

雙方都感到莫名害臊，就把臉轉開了。當我心想狀況有沒有緩和一點而窺伺黑羽的模樣時，黑羽剛好也做出一樣的動作。視線碰巧對個正著，又讓我們感到害臊。

——就在此時。

「嗶～～～！等一下等一下！那邊！違反『無戀愛協定』了喔！」

吹哨聲在客廳裡響起。

「吵死了！」

我忍不住吼了出來。

因為那是在游泳池畔用的貨色，聲音吵得讓人想捂起耳朵。我用不了右手就無法隔絕噪音，深刻體悟到雙手在這種時候不能任意活動有多難受。

順帶一提，無戀愛協定是大良儀同學自己創的詞，我是不清楚含意，但我要是跟女生處得還不錯似乎就會違反這項協定。

「～～～」

黑羽擺著複雜的表情。她想生氣，卻又不方便生氣。我感受到這種氣息。

唉，總之被人像這樣吹哨，氣氛就毀了。大良儀同學一旦介入，總會讓我落得這種欲振乏力的下場。

我帶回原先的話題。

「小黑，妳問的結論是指要不要拍紀錄片，對嗎？」

「嗯。」

黑羽似乎也改換心情了，換回認真的臉色點頭。

「雖然我一直在猶豫……其實，我今天作了個夢。」

「什麼樣的夢？」

「我夢見媽媽。她提到了爸爸，還秀了頓恩愛，所以我在想這會不會是在暗示我什麼。」

「暗示要你整理內心？」

「沒錯。因此我在想要不要答應。當然，我討厭讓媒體擅自操作，要拍紀錄片的話就由群青同盟來著手吧。」

「……小晴願意的話，我覺得可以。」

「妳一開始不是反對嗎？」

「那是因為我覺得這件事不應該被他人的意見左右，或者因為有好處才做。假如小晴認真要整理內心，我就沒辦法反對。還有，稍微思考過後，我也在想要不要回憶過去的事情。」

「妳說的過去，是指什麼時候？」

「這個嘛……」

手機在這時候響了。我納悶一大早會是誰來電，拿起手機才發現是哲彥。

「什麼事，哲彥？」

『混帳，被擺了一道……！八成是「那傢伙」搞的鬼……！』

不合哲彥的作風。居然這麼明顯地表現出自己失去冷靜，簡直不像哲彥。

平時他至少會在表面上故作從容，現在卻完全掩飾不了內心的動搖。還有，基本上他口中的「那傢伙」是指誰？我摸不著頭緒。

『我現在把圖傳過去，你靜下心來看。今天的社團活動要針對這件事研討對策，我在活動前會先跟總一郎先生聯絡。』

「我搞不懂現在是什麼狀況耶……」

『反正你看就對了。我要掛斷嘍。』

單方面聽他交代，又單方面被他掛電話。

「他搞什麼啊……」

「哲彥同學來電？他說什麼？」

「說是要我們看圖片。」

當我跟小黑講話時，有張圖片被上傳到HOTLINE的群青同盟群組。

那似乎是用手機拍下的報紙廣告。

打開圖檔，可以看出那是在宣傳週刊雜誌。

接著我細讀各項資訊，視線就停在當中的一行字上。

我懂哲彥的意思了，還馬上想通「那傢伙」指的是誰。

難怪他會慌，連我都快要失去冷靜了。

「小晴……？」

黑羽大概是看出我的臉色有異，就把手放到我的肩膀上。

圖片中的週刊雜誌寫著這段宣傳文字：

『小丸退隱的真相！被掩蓋的喪母祕辛！人氣童星就這樣從電視上消失！』

＊

社辦籠罩著詭異的沉默與緊張感。

跟單純的沉默不同。宛如火山爆發前夕，無須言語就可以從表情看出所有人在沉默底下都懷有憤怒。

「先由我講述事情的經過似乎比較妥當。」

以主持者身分站到白板前面，在群青同盟五名成員中恐怕最為冷靜的人物——哲彥緩緩地開了口。哲彥打電話過來時也相當慌張，不過幸虧大家聚集到社辦花了一段時間，他似乎就取回冷靜了。

但是我沒辦法。我的心臟正在狂跳，手指尖無論如何都抖得停不下來。

我感到強烈憤怒，同時卻也覺得恐懼。

社會將對這條獨家新聞給予什麼樣的反應，我完全預測不了。

或許過幾天就彷彿什麼事都沒有發生。反過來想，說不定媒體記者會蜂擁而至，挖掘出一些真真假假的消息。

不曉得局面會變成什麼樣——這種恐懼讓我心裡不踏實。

「我傳給末晴的圖片是從網路上找到的，把某家報紙廣告拍下來的圖檔。因此，在討論版上已經造成話題。現在時間是九點十分吧。網路聲量還沒有多大，但是等書店開始營業以後，雜誌上刊載的內容或許就會為話題多添燃料。關於那本引起問題的雜誌，我已經讓玲菜去車站的攤子買了。」

「阿哲學長，讓你久等了喲！」

說到一半，玲菜就衝進了社辦。

我們決定立刻把雜誌在桌上攤開來一起看。

『——《Child King》戲裡飾演主角與母親的是小丸及其母親……也就是親生母子，這件事不曉得有多少人知情。』

『——第一集主角的母親就喪生於車禍。聽取相關人士的說法以後，竟得知小丸的母親在當時的拍攝事故中過世了。』

『——沒想到戲裡角色死亡的場景，居然會用上有人喪命的真實畫面。難道說參與該劇製播的成員都沒有人性嗎？』

『——想到這一點，不免讓人為賣力演出的小丸灑下熱淚。為了實現母親的夢想，小丸抹煞自己的心站到了鏡頭前面。』

『——小丸承受的苦惱與精神負擔超乎想像，他後來會無法演戲應該也是無可厚非。周圍大人把他逼到這一步的荒誕行徑不禁令人憤怒，不如就讓他們立刻到小丸家排成一列謝罪吧。』

我將報導讀完一遍，不由得嘆了氣。

用空泛無謂的文筆讚揚我，還把劇組成員貶得像殺母仇人。

這篇報導給我的印象就是先前憂心的事情全按照預料寫在上面了。

「我認為自己是靠著大家才能在我的任性之下把戲拍完，因此對於劇組的那些成員，我反而是心懷感激耶……」

抨擊我也就罷了，可是抨擊到那些勞心勞力的劇組成員不禁令我憤怒。

「還有該怎麼說呢，吹捧成這樣怪噁心的。我只感受到惡意。」

「在我看來，登這篇報導怎麼可以不先問末晴的意見，光是這一點就夠要命了啦。挖出有人喪命的事件還未經遺族同意，根本不合常理吧。」

黑羽、白草、真理愛像是都有同感而點頭。

「哲彥，我看這果然是——」

「雖然沒辦法斷言，不過八成就是那個臭老闆——赫迪・瞬在背後搞鬼。距離上次廣告比賽大約十天……無論從時間點或內容來想，要我們不懷疑他才難。」

「瞬先生……虧你做得出這種好事……敢輕視人家提出的警告，你可要有受到報應的心理準備……」

總是笑得充滿餘裕的真理愛板起了臉。她的聲音微微地發抖，也掩飾不住怒氣。能讓演技精湛的真理愛氣成這樣，可見這把怒火有多旺。

「不，真理愛，妳別採取行動比較好。」

哲彥當面潑了她冷水。

真理愛橫眉豎目地讓情緒炸開。

「為什麼……！末晴哥哥遇到這麼過分的事，人家沒辦法默不吭聲……！」

我嚇了一跳。從真理愛升上高中以後，這好像是我初次目睹她激動的模樣。

「我是覺得啦，那傢伙已經設好陷阱在等著妳介入這件事了……我們跟末晴很熟，才曉得他會排斥被記者寫成這樣吧？可是在一般人看來，這篇報導只像在擁護末晴啊。再說雜誌社有沒有徵得末晴同意，讀報導的人根本就不在乎，也沒有深究的餘地。表示這篇報導是針對末晴身邊的人在挑釁，有意藉此造成精神方面的打擊。這樣的話，對方會設好陷阱等我們想必才自然吧？」

「——！」

真理愛無言以對了。

「這就是『佯裝成善意的惡意』，這種把戲可不好對付。要是真理愛出面要求把報導撤下，到時即使有人臆測真理愛其實討厭末晴，還打算干擾替末晴洗刷汙名的媒體……那也不足為奇。不，換成那個臭老闆就會主動捏造消息，並且到處搧風點火，我覺得他難保不會若無其事地玩手段玩到這種地步。」

那就是哲彥說的「陷阱」吧。

萬一屬實，其策略既能對我造成精神上的打擊，又能有效地傷害真理愛的形象。

「我猜就算循線打聽也揪不住那個臭老闆，他只要用匿名形式把情報發給雜誌社就行了。驗證後立刻就會知道真有這件事，進而採納為報導——流程大概就是這樣吧？所以想循正當管道追查是誰爆料也沒用，搞不好還會讓醜聞延燒。我覺得這很像那傢伙會用的下三濫招數。」

「的確……是有這樣的風險呢……對不起，人家似乎有些欠缺冷靜……沒有自己先想到那種可能性，真令人不甘心……」

哲彥戳了戳自己的太陽穴。

「沒有立刻想到那些並不能怪妳啦，真理愛。我跟妳有『想法上的差異』，『因為呢，我是惡棍』——『我很熟悉惡棍會用的技倆』。」

異常的說服力讓大家無言以對。

可以知道的是在場所有人都在想：幸好哲彥是自己人。

「哲彥同學，那你也已經有對策嘍？」

黑羽顯得冷靜。不過她冷靜的只有表面，從銳利的眼神能窺見有股情緒正在她心裡滾沸。

哲彥露出了混混般的賊笑回答她：

「當然。這也是因為事情發展得有點讓人意外。只要末晴表示ＯＫ，我們這邊就能發動精確的反擊。」

「我嗎？」

「對，要是你不同意，這個方案就得廢棄。」

「你所謂的方案，能不能說來聽聽？」

黑羽那穿著黑色過膝襪的長腿換邊蹺腳，並且如此問道。

哲彥在白板上不時寫出重點，一邊開始說明。

「之前有提過，由我們將末晴的過往經歷拍成紀錄片，配上《Child King》的真實版結局，兩個點子就可以一併帶去跟電視台商量對吧？」

「噢，對啊。那件事談得怎麼樣了？」

「關於紀錄片的部分，假如超過半年後才播放就不無可能，但是基本上行不通。唉，這也難怪，要變更節目的編排，還拿外行人製作的紀錄片來播，根本不合理吧？」

「說起來是這樣沒錯。」

反正不提白不提，之前我就沒有反對哲彥的提議，聽了結果卻覺得理所當然。要在電視上播外行高中生拍的紀錄片實在有違常理。

「電視台採納真實版結局的意願感覺比紀錄片高，但還是行不通。內容本身不壞，但他們似乎覺得『找不到該在何時何地播』。」

「啊～～說來也對。」

假如可行，大概就是在《Child King》重播之際把結尾換成新的版本吧……？嗯～～動畫界有類似案例，但我記得那是配合新上市的電玩遊戲。這麼一想，現在抽換掉結局，即使造成話題也嚐不到甜頭……萬一拍成了也難以派上用場。

白草開口了。

「不過，事情並沒有就此告吹吧？」

「對。如果由我們來拍紀錄片，最後似乎也只能在We Tube的群青頻道上公開，但是關於真實版結局，有『某間強勢企業』表示想拍。」

「別賣關子了啦，你講的『強勢企業』是哪間？」

我一問，哲彥就著實開心地揚起嘴角。

「——日本聯通數位電視，正式簡稱為CJT。一般稱作日聯通，遭人嫌棄時則會被罵成日聯痛的電視台。」

「「「！」」」

我們忍不住倒抽一口氣。

提到日本聯通數位電視，就是日本各大電視台為對抗全球影音串流服務而集資架設的線上串流平台名稱。在這裡上架的影片會翻譯成各種語言，並發布到全球約一百多個國家。說起來算是日本電視台為了要與全世界競爭才架設的線上平台，以規模而言當然凌駕於單一電視台。

「目前日聯通正在陸續翻譯以往的名作以求充實串流平台的內容，《Child King》就列在受矚目的影劇作品當中。日聯通的立場是為了廣納訂閱者，因此賣點與話題性越多越好。所以總一郎先生那裡才接到了聯繫，對方表示會出資贊助真實版結局開拍，希望我們能與電視台聯手拿出最好的成品。」

「啊～～那就可以理解。」

從哲彥說的這些話聽來，電視台似乎也覺得點子本身有意思，但致命的問題在於「缺乏適合播放的檔次」。

檔次可以說至關緊要。播電影要兩個小時左右，電視台要播連續劇基本上就必須騰出一小時的檔次，如果時間塞不進去甚至得改寫劇本。

不過換成網路串流平台的話——「根本就沒有檔次的概念」。

哲彥彈響手指。

「——所以嘍，來談結論。我祭出的對策就是盡快將紀錄片上傳公開，明確地告訴社會大眾『這才是真相』。而且還要跟日聯通合作拍攝真實版結局，請對方代為宣傳我們拍的紀錄片。我們要讓雜誌社成為壞人。當然，為了避免話題在紀錄片公開以前就失控延燒，我打算請對方幫忙壓下網路以及電視節目的輿論，更要逼雜誌社謝罪。報酬方面多少會需要讓步，但是與其讓末晴受到傷害而拍不成真實版結局，對方應該會願意協助吧。如此一來，那個臭老闆的壞心眼就沒戲唱了。」

真理愛交抱雙臂點了頭。

「原來如此……有巨型企業撐腰極具震撼力及優勢……人家也覺得無從非議。就算總一郎先生是大公司老闆，又願意代為處理經紀事務，他的專職仍然不在這方面。有精於娛樂文化的企業當後盾……人家原本期待的是電視台，但是能與日本聯通數位電視合作的話就無可挑剔了。」

「原來如此。所以才需要我的同意啊。」

日本聯通數位電視的交換條件是要請我演出真實版結局，要是我拒絕，當然就拍不成了。另外，哲彥也從一開始就聲明過了，假如我不同意，就不會透過紀錄片向社會大眾公開我的過往經歷。

說起來，我只要對這篇雜誌報導表示「無所謂」，就根本不需要想對策。這件事情可以直接作結。

然而大家都明白我對這篇報導感到憤怒，而且難過，才會提出這些主意。

我做了深呼吸，從座位起身。

「——請大家助我一臂之力。」

我明確地這麼告訴所有人。既然要尋求協助，我認為這是禮節。

「在我媽媽死後，我就形同息影是事實。可是呢，每個人總有不想被觸及的往事吧？假如由我自己說也就罷了，有些事情被別人擅自提出來，不是會格外火大嗎？對我來說——這次的風波正是如此。」

我不由自主地在手掌上用力。握拳以後，我繼續說：

「別人要嘲笑我蠢，我並不會介意！畢竟那都是自找的，何況我有心理準備！可是，擅自把我的往事評論成悲劇，還瞧不起我感謝的那些人，打算藉此賺錢——耍這種『心機』，我就無論如何都看不過去！假如要拿我的事寫報導，我認為起碼要徵求我的同意！難道不是嗎！」

哲彥、黑羽、白草、真理愛、玲菜——所有人默默地點了頭。

「那麼，你決定動手對吧……末晴。」

「對，哲彥！」

我豎起拇指，比了個倒讚。

「——整垮那傢伙！」

哲彥再次露出混混般的笑容，然後用力拍了一下手掌將話題作結。

「好，那我們接著要開會討論對策，來決定各自的職掌。」

「也對呢，首先要想好整部片的編排與拍攝期程。」

「交給我擬稿，我已經有大概的構想了喔。」

「請活用人家的人脈，出手要毫不保留。」

我們急急忙忙地動了起來。

既然赫迪．瞬暗中牽線想對我造成打擊——我希望直接告訴他。

別小看群青同盟，還有我的夥伴——這就是我要說的。

＊

哲彥已經定出方針，因此現在要決定紀錄片的拍攝方式。

而出乎意料的是，我們沒多久就拿定了主意。

「小晴，我們三個會各自帶你到回憶中的地方，再由你一邊回想當時的情境一邊告訴大家憶起的往事。我們就把那些鏡頭彙整成一部紀錄片，你覺得怎麼樣？」

「什麼叫回憶中的地方……？」

「我排第一個。我要請小末到我家裡。」

話說到這裡，真理愛就立刻插嘴了。

「人家排第二個。至於地點嘛——是祕密☆」

「我排在最後。我也先說一聲地點是祕密好了。可以確定的是那個地方很令人懷念，就這樣嘍。」

這麼乾脆俐落，看來她們三個人早就談好了。

安排得如此周到，我會覺得有點不對勁。當然並不是說這樣不行，但現狀好比突然被人從左右架住，連要去哪裡都不講就直接被帶上高級車——我有這種不舒服的感覺。

唉，還不到需要介意的地步啦。照黑羽她們的個性來想，應該是為了避免讓我操心才事先談妥的吧。

「哲彥，這樣可以嗎？」

「呃，可以吧。畢竟這次拍的紀錄片，重點在於要怎麼從你口中導出適當的資訊。志田，交給妳們來掌鏡好嗎？」

「嗯，就這麼辦。」

「喂喂喂，小黑她們都對掌鏡外行吧？沒問題嗎？」

哲彥若無其事地告訴我：

「只要能帶出理想的內容，就算角度拍得不好，事後重拍就行了，別在意。」

「……啊～～對喔，公開的內容是什麼才要緊得多。」

我談話的地點就算設在目前待的社辦也可以。

黑羽她們邀我去回憶中的地方，用意應該是為了讓我更加鮮明地想起當時的事情，好讓我正確地挖掘出沉睡在內心的想法。既然這樣，我就該相信她們，委身出去才對吧。

「哲彥，要從什麼時候開拍？」

「盡快比較好。現狀是資訊已經一度外洩，資訊會隨時間經過而另生枝節，所以你要用最快的速度把紀錄片拍出來，《Child King》的真實版結局也要擺到後面，交涉全部讓我來包辦。在這段期間，我會盡可能先壓住媒體。紀錄片的剪輯工作也會安排廠商去處理，所以影片拍好要馬上交給我。」

「我懂了。其他環節也一樣，期程出來就告訴我。」

哲彥搔了搔頭。

「受不了，之前沖繩的音樂宣傳片都還沒剪輯完成，對方就來這一手。」

「那麼事不宜遲，今天下午你能到我家嗎，小末？」

沒有怨言的我點了頭回應。

這樣的話——哲彥說著把群青同盟器材當中的攝影機遞給白草。

我猛然發現黑羽、白草、真理愛三個人正用眼神交流。

剛才，她們是在交流什麼？

對了，她們三個早就決定好紀錄片要拍什麼了耶……

挺好奇她們是怎麼談的，但我決定暫且先將心思放在今天的攝影就好。

＊

吃過淺黃學妹買來的漢堡當午餐後，我叫了車載我跟小末兩個人到位於世田谷的自宅。

跟我一起坐在後座的小末似乎有點緊張。因為這趟旅行是要回顧一度封藏的往事，他不可能不緊張吧。

在寂靜當中，我回想起自己跟小末認識的經過。

……

………

…………

在認識小末以前，我並沒有任何比他人優秀的長項，只是個膽小的女生。母親在我出生時過世了，父親則是忙得連飯都無法一起吃的董事長。儘管有許多人照顧我，卻沒有人能與我心靈相通，我在豪宅裡是孤獨的。

我在學校也受到了孤立。

原本我就體弱多病，常向學校請假，因此錯失了交朋友的機會。況且我笨手笨腳，嬌生慣養又不諳世事。偶爾有同學來找我講話，我也跟不上話題或節奏，導致我沉迷於閱讀，落入越來越孤獨的惡性循環。

而我在孤獨中升上小學四年級，交到了第一個朋友。

她名叫大良儀紫苑。

紫苑跟懦弱的我不一樣，有什麼不滿意都會直話直說。

所以——她挺身保護了受到男生戲弄而差點哭出來的我。

『欸，可知她又在讀書了耶！』

『不要這樣！把書還給我！』

自從編入小學四年級的班級以後，在班上當領袖的男生就開始對我惡作劇。紫苑就在那時候威風地闖了進來。

『你們在做什麼！我這天才的眼睛可不會受騙喔。居然欺負一個沒犯任何錯的人，你們不懂羞恥嗎？這樣超矬的耶。嘻嘻，下次再有同樣的事情，我會馬上叫老師過來，請你們要做好心理準備喔～～』

這成為我跟紫苑講話的契機，她成了我第一個交到的朋友。

紫苑的背景跟我有點像。

──因為她沒有母親。

只不過，有別於在我出生時過世的母親，紫苑的母親是因為離婚才不在。

隨著彼此關係變得要好，我們開始會聊各種話題。就在那時候，紫苑對我吐露：

『──我媽媽是個大爛人。』

她仗著為人善良的父親迷上自己，極盡任性之能事。據說到最後還欠下大筆債務，在外頭另結新歡跑了。坦白講，以小學生的身世而言，內容相當沉重。

紫苑最喜歡和藹的父親，但是對於他嬌縱母親這一點打從心底悲嘆。多虧如此，紫苑對戀愛懷有強烈的厭惡感，還以「活得合理」為目標。

紫苑所謂的「活得合理」，指的是成為生活安定的公務員、培養適度的興趣、不跟人結婚、過自由自在的生活，這就是她的期許。概念雖然含糊，追求經濟無虞及快樂低調的人生觀卻足以讓我有共鳴。

託紫苑的福，我的學校生活才變得平穩快樂，但是夏天過後，紫苑請假的日子突然變多了。

當時我並不曉得，那其實是紫苑的父親生了重病的關係。

紫苑請假的日子變多，使得我的處境有所改變，因為沒人能保護我了。

趁著紫苑不在，班級裡那個從以前就盯上我的男生領袖又開始找我麻煩。有時會藏我的東西，有時會對我惡作劇。可是所有人都只顧著笑，不肯幫助我。

我感到難受、感到悲傷，卻又不想給忙碌的父親添麻煩，也就沒有傾吐的對象——

結果，宛如繃緊的弦應聲而斷，我從某天起就無法下床了。

我害怕離開房間，我覺得學校就像惡魔的棲息之地。

父親到底是察覺狀況有異了吧，後來他都會抽空關心我，我跟父親相處的時間變多了。

但是內心受的傷遲遲沒有痊癒，我依然害怕外頭。

而在那時候，我跟父親一起看了連續劇——就沉迷於其中了。

『嗚嗚嗚，討厭討厭……為什麼碰上這些事情的都是我……』

連續劇的主角少年動不動就會氣餒，我對他軟弱的心靈有了共鳴。

但是——擔任主角的少年與我之間有決定性的差異。

『混帳！我怎麼能輸！我絕對要找到媽媽！』

少年很堅強。就算灰心，就算受挫，他也會立刻振作，每次都讓自己變得更強。

我知道那是演技。即使如此，我仍對擔任主角的少年懷有強烈憧憬。

後來——命運之日到了。

………………

…………

……

到家以後，我先讓小末在客廳等候，自己則趕回房間。小末玩偶和其他不能見人的東西都已經藏好，但這是為了做最後的確認。

打掃都有幫傭代勞所以不要緊，有問題的東西也都藏好了。

這代表準備已經就緒，我將小末領到自己的房間。

接著我按下攝影機的錄影鍵，把鏡頭對著小末並開始講話。

「小末，你記得嗎？我跟你第一次見面是在這個房間。」

「對，我想起來了……」

小末一面環顧房裡一面嘆息。

「當時妳的房間沒有這麼像女生吧？印象中好像堆滿了書……」

「當時的我覺得那樣最安心啊，感覺跟住在圖書館一樣。」

「而且妳頭髮亂蓬蓬的，記得瀏海都長到遮住眼鏡了吧。」

「真是，不要提那一點啦！髮型留成那樣，是因為我害怕跟別人對上目光，才希望有一層遮蔽物。」

「瀏海就因而留長了。」

「沒錯。」

「這麼一想，妳那時候跟現在差太多了，不說的話怎麼可能認得出來啊。當時妳連用詞都有種男生的調調吧？」

「那是因為欺負我的男生嫌我睫毛長或眼睛大，我為了保護自己就學男生的口氣講話……」

「我想那大概表示他對妳……唉，畢竟是小學男生嘛……」

小末莫名感慨地嘀咕，我卻不太懂他的意思。

「既然連講話的口吻都不同，之前妳還說我沒察覺讓妳很難過，可是那未免太難了吧？」

小末的話有道理，我的心卻導出了不同結論。

「但我還是希望你能察覺。」

「啊哈哈，也對。嗯，是我的錯。再找藉口似乎會挨更多罵，我就不辯解了。」

小末露出了隨和的笑容。「希望他記得我」明明只是我的任性，小末卻沒有怪我。我喜歡他這樣的氣度。

我請小末坐下。隔著小茶几，對面還有一張椅子，我就跟他面對面坐了下來。好不可思議的光景。

我總是在這張小茶几上念書，也會將筆記型電腦擺在這裡寫作。這個位置在我的日常生活中占有一角，而變成高中生的小末就坐在這裡。光是這樣就讓我覺得頭腦發昏了。

「我把攝影機固定一下。」

我自知要是邊講話邊拍攝，手就會不爭氣地嚴重發抖。因此我認為最好將攝影機擺到定位，像採訪一樣專注於交談。

「……好，可以嘍。」

「小白，我問妳喔，妳們三個似乎談好要輪流帶我到不同的地方，當中有什麼用意嗎？」

我點了點頭。

「因為她們並沒有說地方在哪裡，感覺不容易體會用意，不過事情很單純喔。我們是打算訪問你在童星時期的想法還有當時的心境。小末，你來我家的時候正處於全盛期對吧？」

「那是在我拍完《Child Star》以後，所以稱為全盛期應該沒問題。」

「之後桃坂學妹負責訪問伯母發生事故的前後，志田同學則是事故過後。我們覺得這樣最能貼近各自的回憶。你會覺得奇怪嗎？」

「不，我想妳依然分析得很精準。可是還真有效率耶，不愧是芥見獎作家。」

「都是託你的福。」

我說著在腦海裡描繪遙遠的昔日回憶。

「當時的我真的是無能為力，只是個喜歡讀書又思路僵硬的女生，缺乏自信心，也缺乏社交性，要什麼缺什麼。你卻誇獎了這樣的我，記得嗎？」

「……印象中我是說自己的知識量不及妳？」

「沒錯！」

我開心得忍不住就興奮回話了。

「你聽我談了各種事情，就提到：『虧妳曉得那麼多～』那是為了鼓勵我嗎？」

「呃，沒有啊。因為妳的知識量真的很驚人，我才坦然稱讚妳而已。當時的我可是比現在更不經思考喔。」

「跟我說關於那部分的細節。當時《Child Star》已經紅了吧？你工作時都在想些什麼？」

小末交抱雙臂，抬頭看了天花板。

「老實講，我的想法並沒有什麼改變……我都是跟母親一起盡心將每個場合的角色扮演好而已。當然，因為《Child Star》找我演了無線電視連續劇的主角，對我來說算是規模最大的一次工作，我認為那非常值得賣力去演。」

「你沒有感受過壓力嗎？」

「我更感到開心耶。」

「開心什麼？」

「出風頭。」

坦率過頭的答覆讓我忍不住噗哧笑了一下。

「我是不討厭看別人演戲，但畢竟演配角在拍戲現場就會閒著沒事做。既然要演，我還是希望戲份多一點，更希望拿個令人雀躍的角色面對鏡頭啊。」

「真不愧是小末……說真的，我會害怕面對鏡頭……」

「哎，這要看個人特質。因為我沒有其他長處，又喜歡出風頭，演戲會覺得自己就像成了英雄一樣痛快，越多人看越能讓我湧現出力量。」

我意識到這是紀錄片，就刻意轉了話鋒。

「你能夠那麼想，我認為是相當了不起的天分……關於『沒有其他長處』的發言，可以請你詳細談一談嗎？比方說，你在學校是怎麼過的？」

「沒有長處真的就是字面上說的那個意思，在學校，我無論是運動或課業都出不了風頭，能受到注目的說起來就只有演技。」

「你不是擅長舞蹈嗎？」

「啊，對喔，舞蹈算擅長的吧。啊～可是我奮發跳舞的話，就會被評為跟周遭無法配合，還會被找碴的人認為我在炫耀，感覺在學校跳舞並沒有留下什麼好的回憶。」

「有點意外呢……我還以為小末在學校也是明星……」

小末的人氣真的相當驚人，紅到日本國民大概有九成都認識他的地步。然而在學校卻不太有表現，我一時間感到難以置信。

「嗯～～說得精確一點，剛才那些是我演《Child Star》之前的狀況。在那之前，周圍對我只有『詳情是搞不太清楚，但這傢伙有參加劇團』的印象。妳想嘛，有這種情形吧？聽說那傢伙踢足球很有名；其實那個人書法寫得很好，諸如此類的風評都會傳來傳去。儘管那可以稍微當話題聊聊，實際上卻沒有親眼見識過，更沒有興趣，也不會去查證。大致上就像那樣。」

「原來如此……」

比對我自己的經歷，剛出道當小說家時，旁人的認知確實是停留在「聽說她還在讀高中卻已經出道當小說家」的程度，即使可以製造交談的機會，也幾乎沒有人真的對我寫的作品有興趣。獲得壓倒性注目還是在拿下芥見獎以後，開始有陌生人來攀談表示「我有看妳寫的書！」也是在得獎後。在那之前大家對我的作品應該還不到有興趣閱讀的地步吧。

「演了《Child Star》以後呢？」

「首先我上學的天數本身就少了很多，大約每週一兩次。還有人會用奇怪的方式糾纏，開始有陌生的同校同學突然跑來跟我裝熟，原本交情好的朋友反而變得見外了，完全沒變的就只有小黑吧。」

「…………」

聽小末提到志田同學的名字，使我的血壓上升。

嫉妒、恐懼、焦慮。萬般情緒相互交雜，令心跳加速。

「連學校都有人會自稱我的戲迷，明明我本身並沒有變，他們的態度也換得太突然了吧？那給我一種莫名其妙的感覺。」

「那麼，我也對你造成困擾了嗎……？」

「沒有那種事喔。」

小末說得若無其事。

「因為妳都有看連續劇，也跟我聊了很多有趣的話題。妳並不是跟風追星，而是用對等的立場跟我講話吧？當時，我在學校和職場都被捧過頭了，願意跟我平起平坐講話的人，在同年齡層中就只有小黑和小桃而已。」

桃坂學妹的名字出現讓我隨之心驚。

果然她也在小末心裡留下了深刻的印象。這項事實讓我湧上嫉妒心。

「小白，所以妳的存在對當時的我來說相當寶貴，當妳說要寫故事的時候，我真的很高興，我是認真想演妳寫的作品。沒想到六年後，會在廣告比賽中實現就是了。」

我胸口感到一片溫暖。小末有接納我的心意，這比任何事都令我高興。

「你知道所謂的『故事之神』嗎？」

「……那是什麼來著？」

「那我再給你一個提示。你記得你打算帶我離開家門時是什麼情形嗎？」

「啊——」

小末睜大眼睛愣住了。

「我想起來了……！對喔，『故事之神』是我自己講的……！」

「你終於想起來了？」

我噘起嘴，還用有些鬧脾氣的口吻問他。

誰教小末根本都想不起來，就算我稍微鬧脾氣也不會遭天譴才對。

「抱、抱歉！因為那是我衝口說出來的詞——」

「嗯，我知道。後來我查過資料，才發現根本沒有那種神而嚇了一跳。」

那一天——我跟小末認識後見過幾次面，已經變得很要好的時候。

小末突然提議要出門。這算是有理由的，他在拍戲時到了東京鐵塔上頭，還告訴我從那裡眺望的風景實在太棒了。當我回答：「我也想看……」他就一口答應：「好，反正現在有時間，我們走吧！」

我陷入恐慌。明明連房門都踏不出去，東京鐵塔在我看來根本就是魔域。

即使如此，我仍拗不過拉著我催促「走吧走吧」的小末，一直到踏出房門都意外地順利。

可是——來到家門外就不同了。

小末問我有沒有方法不被幫傭們發現就離開屋裡，所以我帶他到後頭的便門，然而在打開門的時候，我腿軟了。

感到害怕的我哭了出來，小末則是驚慌失措。是我害崇拜的小末露出那種表情，讓我覺得自己好沒用，就哭得更大聲了。

在這種惡性循環中，小末突然跟我聊到了這樣的事情。

『阿白，其實拍戲現場有所謂的「故事之神」。祂相當喜怒無常，雖然偶爾會讓演員做出很棒的即興表演，但基本上都存著壞心眼，還會把演員打入重拍地獄，是個恐怖的神明……』

『咦？』

『不過，對於肯奮鬥的人來說，祂就是個有求必應的慈祥神明。所以我在演不好的時候，都會先積極地努力，不行的話就當作無可奈何，首先還是要拚拚看。』

『你演戲也會失敗嗎？』

『當然會啊！我可是主角耶，承受的壓力超大的！連續出錯重拍時，也會讓合演的其他人傻眼地叫出來！但是我也只能先拚拚看再說。當然，我也會反省演不好的地方，一點一點設法去改進。所以嘍，阿白，你要不要也挑戰看看？』

我真的很驚訝。畢竟對我來說，小末就是超人。

我在想，倘若如此，自己有多麼缺乏努力。

連像小末這麼有才華的超人都有許多辦不到的事，但是他仍鍥而不捨地努力。沒有任何長處的我要跟小末並肩的話，不就得付出比他更多倍的努力嗎？

到了此時，我才領悟這種理所當然的道理。

所以，儘管我對家門外的世界怕得不得了——因為小末牽著我的手有溫度，我就將這樣的溫暖化成勇氣，並且點了頭。

『——我要挑戰看看。小末，帶我去東京鐵塔。』

從那一刻起，世界變了。

原本讓我害怕的世界突然散發光彩，牽著我的手有股令人心動的力道。

我覺得那簡直像故事裡讀到的私奔場面。

雖然我並沒有被幽禁，但是崇拜的男生牽著我的手，帶我走出了一直不敢踏出的家門。只要跟著他走，好像就可以到任何地方。我希望就這樣一直跟著他到天涯海角，感覺就連世界盡頭也去得了。

但結局一下子就到來。因為我們在車站被人包圍了。

《Child Star》拍完以後，小末變得十分有名。他自己基本上都是搭車移動，似乎就沒有在路上被包圍的經驗，也覺得那樣並不成問題。

於是我的私奔之旅約五分鐘就宣告完結。

不過那五分鐘是我在人生中最小鹿亂撞的時光。

無論誰要怎麼說，那就是私奔。

而且，我在那五分鐘脫胎換骨了。

我想讓自己更加小鹿亂撞，我想跟小末把那段時光延續下去，我不會讓這一份情感停留在崇拜就結束。所以，我——

「幸好有小末在這個世界上。」

我坦然說出自己的想法。

「小末，拿當時的你跟現在做比較或許會讓你覺得有壓力。我想那是無可避免的事情，也沒有否定你的意思。不過，當時你拯救了一個女孩子的心，讓她重新振作，這項事實並不會改變。唯有這一點，我希望你能夠記著。」

「小白……」

對我而言，小末是勇氣的來源。因為有他在，我才能堅強並努力。我已經想不出要用什麼話語感謝，只能專情於小末。

我既害怕又恐懼。

儘管膽小的我不敢告白。

但我還是相信。

相信小末會有向我告白的一天，更相信我們倆會走向璀璨的未來。

＊

在白草家攝影完畢，我問她要不要一起去東京鐵塔，因為我覺得她在催我邀她去那裡。

白草喜不自勝。她說自己得換衣服，等了三十分鐘以後，她出來的模樣有股成熟味道。

她穿的是淡褐色針織洋裝搭配黑色緊身褲，寬鬆下襬只遮到小腿肚，有種類似大人才有的餘裕。

「這次要注意……別讓人發現喔。」

白草說著把帽子跟墨鏡遞過來。

我跟白草不知道哪一邊比較有知名度，但是影片被播了百萬次以上，在廣告比賽也多少有受到注目，所以我們的長相算是滿多人認得才對，多留心點比較好吧。

相隔六年的約會就此成行……不曉得能不能這麼說？

我們搭上了電車，前往東京鐵塔。

白草跟我相處總會保持一定的距離；黑羽則是不知不覺就會靠得很近；至於真理愛何止靠得近，還會對我摸來摸去。但是白草似乎較為理性，或者彼此心理上仍有距離的關係，就始終沒有解除半步的距離。

不過跟白草的這種距離反而讓我感到自在。

既不會太近，也不會離得太遠。為了避免走散，我們會逐一確認，彼此的目光每次都會對上，視線便因而垂下。總覺得挺難為情。

我們也不太交談，心裡亂緊張的，導致口乾舌燥。但是我仍感到自在。

相處得並不靈光的我們就這樣抵達東京鐵塔，欣賞從瞭望台看出去的景致，還拍了幾張照片留念。

這樣就結束了，根本沒發生什麼特別的事。

但這樣很好，這樣就夠了。

腦袋輕飄飄的，宛如身處夢境的一段時光。

「——歡迎兩位回來。」

看到大良儀同學穿著女僕裝在我家玄關等候的臉，這場夢頓時就醒了。

大良儀同學帶著笑容跟白草搭話：

「白白，妳似乎很開心呢。有發生什麼好事嗎？」

「……嗯！對了，我們有買晚餐的材料回來，我現在就開始做飯！」

白草提著超市的購物袋走向廚房。

被留下的我跟大良儀同學對上視線。

剎時間，她那總顯得愛睏的眼裡蘊有殺意。

大良儀同學用下巴示意二樓。雖然她沒有發出聲音，我卻冒出了「臭傢伙，請你來一下！」的幻聽症狀。

我心情沉重，可是在家裡無處可逃，我只好跟著上了二樓。

「……你都跟白白做了什麼？」

我們在二樓的走廊後頭面對面。

大良儀同學氣呼呼的，還像對待罪犯一樣瞪了過來。

「沒什麼特別的啊。我在小白家拍了紀錄片，之後就帶她到東京鐵塔。我們聊回憶聊到後來才想起以前想去卻沒有去成。」

「東京鐵塔……這樣啊。」

我感受到非比尋常的憤怒氣場。

大良儀同學咬緊牙關，然後把指關節扳得劈啪作響。

「你說那些話，是在跟我炫耀嗎？」

——接著，她淡然開口的同時用右手朝我的脖子襲擊而來。

「唔——」

大良儀同學姑且沒有勒住我，但現狀是她隨時可以動手。

假如我認真要掙脫應該掙脫得掉。只是右手打了石膏，力道不好控制，或許會失手弄傷她。

「我不服氣……我實在不服氣……！你只是突然冒出來的，卻能在白白心裡占有特殊地位，成為她崇拜的對象……！」

放在我脖子上的右手正逐漸勒緊。

「像她那麼純粹可愛的女生，別的地方再也找不到了……！所以我才一路保護她到現在……要負責讓她振作的明明是我……！」

啊——

也許我有個天大的誤解。

我一直以為大良儀同學是來監督的。因為她穿女僕裝，我對她的印象就難免傾向於白草家請了個「有毛病但忠於職務的傭人」。

不過這個女生——她是「白草的童年玩伴」，也是「看守者」。況且大良儀同學有一路看顧、幫助白草至今的自負心理。

大良儀同學會討厭我，難道不只是因為她討厭男性，當中還包括自己該擔起的職責被我搶走，而我還在白草內心占了特殊地位……？

「真的嗎……？你真的沒有對白白亂來……？」

她完全是懷著要殺人的念頭在瞪我……

我為了開脫而舉起手機。

「我這裡有照片可以作證……妳看。」

我急忙秀出在東京鐵塔幫白草拍的照片。以瞭望台為背景，我拍到了笑得燦爛無比的白草。

大良儀同學先是睜大眼睛，然後就搶走我的手機，玩味似的巴著那張圖不放。

「好、好、好可愛～～～～～～～～——！」

「…………嗯？」

奇怪，她是會做出這種反應的女生嗎……？

「啊～～白白簡直太可愛了！這是哪一家的千金啊？是我們家的千金啦！嗚嗚嗚嗚，可愛到嚇人……這足以征服全世界……」

原來如此。大良儀同學對白草溺愛到這種地步啊……

這可是寶貴的情報。因為大良儀同學看似破綻百出，然而實際上，我找不到她的弱點。

即使我找她麻煩，她也不當一回事。

『有個傻瓜不知道在講些什麼耶～嘻嘻嘻。』

她都用這種調調完全忽視我。

可是「喜愛」也會成為「弱點」。

我賊賊地笑了笑。

「大良儀同學，要不要跟我做個交易？」

她應該是察覺氣氛有詐吧。

她隨之後仰。

「交、交易……！先、先告訴你，我才不打算回應傻瓜提出的交易！」

「好啦，我這裡有可愛到不行的小白私房照。這是她生平第一次到東京鐵塔參觀而露出的極致笑容。」

「咕嚕。」

大良儀同學吞了口水。

「我只是想過安穩的生活……像這樣老是被人惡言相向或攪局，內心就沒辦法平靜……明天有小桃，後天則有小黑要來家裡過夜，可是妳會一直留在這裡監督嘛。所以希望妳能改一改態度……我就直說吧，這些圖檔傳給妳，可是妳能不能對我友善點呢～～？妳說啊，紫苑～～」

「唔！你、你這惡棍！天才的我不會回應卑鄙的交易！還有，請你不要直呼我的名字！」

「有什麼關係嘛～～妳的名字很可愛啊～～」

「噁、噁心！差勁！請你去死！」

「哦～～妳擺這種態度啊～～那妳不要照片嘍～～剛才妳有瞥過一眼，我想妳也知道啦，這可是極致不凡的一張照片～～現在答應的話，我還可以把白草在其他地方拍的照片一起傳給妳耶～～妳擺這種態度的話就不能給妳看，當然也不能傳給妳嘍～～」

「咕嚕。」

糟糕，這樣超好玩的耶！我快被啟發出奇怪的癖好了！

之前一直高高在上地責備我的紫苑蹙起眉頭，還咬緊牙關，露骨地從我面前轉開視線。

我一面沉浸在優越感當中一面用威迫的態度鄙視她。

「紫苑，答話啊。」

「唔！唔～～～～！」

眼角盈上眼淚的她煩惱了許久，才扭來扭去地嘀咕：

「我想要……」

「嗯嗯～～？我聽不見耶～～」

「我說我想要，你這個人渣敗類！我可以把你當人類對待，你可要心存感激！你這隻在白白身邊飛來飛去的蒼蠅男！」

「ＯＫＯＫ。我是守承諾的男人，既然妳肯把我當人類平等對待，東西可以爽快交給妳。」

紫苑一面淚汪汪地說「要是敢傳白白以外的圖檔過來就宰了你」，一面將HOTLINE的帳號傳給我。

要多拖一陣子也可以，但我乖乖將圖檔傳給她了。老實說，能體驗到主人管教女僕的感覺實在有意思，不過這樣恐怕略嫌沒品，所以我打算到此為止。

「好啦，這樣圖檔就全部傳給妳了。」

我這麼說完，紫苑就發出詭異的笑聲。

「唔呵呵……丸同學，你還是一樣傻呢……這樣我的弱點就消失了……！」

紫苑說著就雙手扠腰，挺起胸脯。由於女僕裝款式貼身，大小適中的胸部被強調出來，但是她好像對此並不在意。

「莫非你以為我會遵守約定……？嘻嘻嘻，天才的我跟你這個蒼蠅男之間的約定，怎麼可能成立呢……！假裝守約將你玩弄於股掌之間……！呵呵，連我都害怕自己過度天才的頭腦！」

「先告訴妳，我早想到會有這種情況，拍下的照片只傳了一半出去。」

「…………」

紫苑保持雙手扠腰的姿勢愣住了。

「……咦？你剛才說圖全都傳給我了吧？」

「我是有說，不過很遺憾，那是謊話。」

「你居然騙人，未免太過分了吧～～～！」

「妳自己說要把我『玩弄於股掌之間』還講得出這種話嗎～～～！」

這個女生真的是傻子耶。起初我還不知道該怎麼應付她，搞懂對策以後似乎就變好玩了。

就在這時候，從一樓傳來白草的聲音。

「小末～～紫苑～～我想請你們幫一下忙，可以嗎～～？」

「「好～～！」」

我們的聲音完全重疊。

我只是訝異得睜大眼睛，紫苑卻擺出好似打從心裡排斥的臉色。

「嘖！」

她朝我大聲咂嘴。

但是我已經不怕了耶，反而還笑出來。

「紫苑她呢，小學五年級時父親因病過世了，母親則是早在那之前就已經離婚而音訊全無，所以她落得孤身一人。我爹地得知以後就領養她。爹地跟紫苑的父親同樣是單親爸爸，彼此似乎很合得來。過去他們父女偶爾也會到我家作客，所以才有了這一層關係。」

當我一邊吃晚餐一邊問到紫苑為什麼會當女僕時，白草就告訴了我這些。

「白白！」

「有什麼關係，他是小末啊。如果妳要求他別說出去，他絕對會保密。」

「那是白白妳的妄想！我一點都不信任丸同學！」

今天晚餐吃火鍋。在超市買來現成的湯底，切好蔬菜與肉，然後下鍋煮熟的單純菜式。去了東京鐵塔後的回程，白草提到：「我想試著煮煮看火鍋。」肯定是沖繩旅行那件事還縈繞在她的腦海吧。

白草聳聳肩，從鍋裡幫忙舀了我的份。

「那我想問，紫苑怎麼會做女僕的工作？照妳剛才說的，紫苑並不是傭人，跟妳的關係就像姊妹一樣吧？」

「……紫苑，我可以說嗎？」

「唉～」

紫苑大大地嘆了口氣。

「反正照這樣看來，白白妳也會趁我不在時告訴他吧？」

「唔，才、才沒有那種事——」

「妳會的。妳一定會。與其那樣，我寧可自己說。」

紫苑私底下對白草疼愛有加，但是她跟白草在一起時就顯得相對冷靜。或許是她有「自己在保護白草」的自負心理所致，應對上似乎想擺出姊姊的風範。

紫苑語帶嘆息地告訴我：

「我媽媽是個差勁透頂的人，她把債務推給爸爸以後就跟男人跑了。因此我爸爸才會操勞到生病過世……走投無路的我被總先生救了。他不只幫我處理放棄繼承等所有手續，還肯接納我跟白白當姊妹。這等恩情，並不是我花一輩子就還得了的。所以我希望多回報總先生，才會盡可能以女僕的身分幫忙做家務。當然他也有要求我節制，因此我多少也有遊玩和念書的時間，請不用擔心。」

「哦～～」

原來紫苑是個苦命人。她這段經歷，老實說沉重得可以跟真理愛的過往爭第一了。

這個女生會把「效率」、「合理性」、「天才」掛在嘴邊，是出於對糟糕母親的反抗心吧。看得出她討厭情緒化的行為，從中卻隱約可見她對父親的愛，還對總一郎先生相當感恩，對白草更是友誼深厚。

極為不協調且極端，傻氣的性格加劇了這一點，導致她溺愛身邊的白草，進而採取行動想把我趕走。

難怪白草會說「她並不是壞女生」。對白草來說，紫苑應該是任何時候都願意無條件為她撐腰的女生吧。

還有在這段經歷中，總一郎先生的事蹟讓我很訝異。他未免太聖人君子了，這已經不是說有錢人經濟寬裕就可以打發的，人好得值得景仰。

「是紫苑太拘謹了啦。爹地他才沒有期待妳報恩。」

「就算白白妳這麼認為，我還是想報恩！這是禮節的問題！」

我懂了，紫苑會這麼呵護白草，或許也有對總一郎先生報恩的面向在。她在各方面都是白草的「童年玩伴」兼「家人」兼「看守者」。

我用湯匙將豆腐送進嘴裡……好燙。

邊呼氣邊設法吞下以後，我嘀咕了一句：

「原來妳們有這層關係……我稍微放心了。」

「咦？那是什麼意思，小末？」

「小白，我認為妳非常努力精進。不過要像那樣獨自奮鬥到現在，想必很辛苦，聽完我才曉得還有紫苑在旁邊支持妳。」

「咦，她並沒有啊。」

「我可沒有支持白白，此話怎講？」

「噗！」

準備把白菜送進口中的我忍不住噴了出來。

「咦！為什麼這麼說？紫苑，妳不是都在呵護小白嗎！」

何況她們情同家人。既然如此，白草努力的模樣應該都被看在眼裡。那麼，紫苑會從旁協助應該是人之常情啊。

「丸同學，我曉得你的腦容量很小，可是你能不能用合理一點的方式思考？」

「或許我腦容量小是事實啦，但暫且不提這個，妳所謂的合理是指？」

「像白白這種生在富裕家庭的美女——哪有必要努力呢？」

「…………啊，真的耶，沒那種必要。」

天大的盲點！我完全沒發覺！

「即使不用功讀書，白白也不會為生活所苦，而且她還長得這麼漂亮耶。就算日本頂尖的男性排成一列來向她求婚，也是理所當然吧？」

「夠了啦，紫苑。怎麼可能會有人來向我求婚。」

不，會有的。絕對會有。假如白草向全國發出徵婚啟事，來報名的應該會有一千人以上。不對，恐怕會有一萬名以上……

「我希望白白過得幸福，所以我跟她說，她只要寫自己喜歡的小說過日子就好。白白連寫小說都一下子就變成職業作家，還拿到馳名全日本的獎項耶。她哪需要多努力呢？可是，白白卻要去嘗試各種不同的事情，吃了不需要吃的苦。」

「這些都是我想做才會做的事！無論妳怎麼說，我都不打算停止！」

「白白總是這樣。我的立場沒辦法禁止她，只好默默讓她去做。雖然我都會用袖手旁觀的方式來強調自己希望她早點停止努力……」

「我知道啊，但是我不會停止的。」

白草轉過頭強調自己的不滿。

我就覺得白草一個人練舞也格外有架勢，果然她都是一個人在練。

現在回想起來，白草會跟朋友峰芽衣子吐苦水，原來是因為她跟紫苑提到這些，得到的回覆卻是：「那妳退出群青同盟不就好了嗎？」……這樣我就懂了。

「被紫苑這樣對待，小白妳也很辛苦耶。」

這兩個人算是互補的搭檔吧。

勤於努力，腦袋好卻心靈軟弱的白草。

講究效率，傻氣又勇於堅持自我的紫苑。

兩個人的思考方式正好相反。

「才沒那種事喔，小末。紫苑幫了我許多忙，有她陪伴，感覺就相當有依靠。」

「就是啊！我們是能相互幫助，既美好又理想的關係！」

「是、是喔？」

我一時間無法相信耶……

唉，不過像紫苑這種魯莽的傻勁……只要知道她保證會跟自己站在同一陣線，或許是靠得住啦，類似衝在第一線的特攻隊隊長。有紫苑不經思考地突擊，就可以探出對方的動向，也許這比我想像中還要可靠。

「可是她魯莽成這樣，善後會很累吧？」

我試著壓低聲音問道。

「紫苑並沒有惡意……只是她會讓事情變複雜，所以我之前都不敢介紹你們倆見面……」

「唉，果然有讓妳費苦心……」

我從隻字片語間就聽出來了。

「畢竟她傻里傻氣的嘛……」

「她是肯為朋友著想的好女生啊……只是比較容易得意忘形……」

從白草打圓場的態度來看，縱使性格不同，她們倆感情要好仍是千真萬確。

「你們兩個在說些什麼？憑丸同學可悲的智商，聽得懂白白說什麼嗎？」

「我才不可悲啦。在我看來，妳的智商也夠……算了，不跟妳多說。」

「請不要把話講一半！這種講話方式會傷人！」

「咦，妳會受傷嗎？」

「嘻嘻嘻，我說說而已啊。啊，丸同學，你又上當了呢！」

我默默對她使出了鐵爪功。

「等、等一下，投降！我投降！」

「知道厲害就好。」

看來我對紫苑可以比照對待玲菜那一套。倒不如說，我應該更加強橫。我開始理解要怎麼應付她了。

「對了，你在不知不覺中改成直呼紫苑的名字了耶，你回想起來了嗎？」

「…………嗯？小白，麻煩妳再說一遍。」

「你會直呼紫苑的名字，是回想起來了嗎？」

「……回想起來？」

「嗯。」

「以前我跟她見過面？」

「奇怪，你並沒有回想起來嗎？」

「咦，什麼時候見到的？」

「你帶我到拍戲現場的時候，紫苑也在場啊。」

「……………啊。」

啊～～有耶！她確實在場！

那時候我以為白草是男生，還冒出「阿白說要帶朋友來，跟他一起來的怎麼會是個女生呢」的困惑。

而且我平時在學校並沒有跟黑羽以外的女生和睦相處過，是個典型的男生，老實說她到場以後挺讓我不知所措。

「原來當時那個女生是紫苑啊……」

「是這樣沒錯，怎麼了嗎？」

「我記得妳當時樂壞了，但是紫苑心情滿低落的吧？」

「因為白白把我晾在一旁只顧自己高興，我又沒辦法插嘴。」

……原來如此，對溺愛白草的紫苑來說，我是個對手、礙事者。而且我還帶白草到攝影棚，當面提升自己在她心目中的地位。這樣紫苑當然會看不順眼吧。

啊～～……積怨的事蹟竟然在六年前就發生了……

「唉，當時我爸爸的身體狀況並不好，所以我也不太有心情玩就是了。但是我絲毫不覺得小學男生能體諒，更別說稍微表示體貼了。」

「啊啊啊～～～……是我不好……」

我越聽越覺得自己跟紫苑犯沖。總之彼此就是不合拍，或者說每一件事都會搞到不對盤。明明我只是跟白草好好相處，卻一再踩中紫苑的地雷，難怪會被她討厭。

「紫苑，這樣的話我也要向妳道歉。」

「咦，為什麼白白要道歉？」

「畢竟我都沒有體恤妳，還興沖沖地跟著小末到處逛。」

「呃，不是的，白白……！事情不能這樣說嘛……！」

白草看到紫苑心慌，就微微地笑了笑。

「……嗯，我明白。不過你們兩個既然小時候就見過面，可以的話，我也希望你們能和睦相處。所以我才使了一點壞心眼。」

白草大概是刻意不把我跟紫苑的關係稱為「青梅竹馬」。

雖然我和紫苑從小就見過面，卻實在稱不上「熟人」。

要說的話，我跟白草小時候也只見過幾次面，能不能稱為「熟人」也有待商榷。

不過，我覺得白草可以算在「青梅竹馬」的範圍內。當然，要是有人反駁「不，我可不覺得你們這樣算青梅竹馬」，那應該也沒錯。

我認為能稱為「青梅竹馬」的標準之一在於彼此有沒有共同的回憶，而且是心靈相通的那種回憶。如果隔了幾年以後雙方都會覺得懷念，也願意聊這段回憶，那我認為彼此的關係就可以稱為「熟人」。反過來講，就算一直都在身邊，卻完全沒辦法心意相通的人，應該就難以稱為「青梅竹馬」。

「紫苑，妳把手伸出來。」

「嗯？」

紫苑一面應聲一面伸出手，白草就抓住了她的手腕。

「小末，把手伸出來。」

「咦？」

我也伸出左手，白草同樣抓住了我的手腕。

「來，握手～～」

白草硬是讓我們在火鍋旁邊雙手相觸。

事發突然，我跟紫苑都來不及反應，因此別說握手，接觸到的只有手背而已。

紫苑的反應卻很過分。

「怎、怎麼這樣，太髒了！手會爛掉！我得去洗手才行！」

「好狠！」

即使知道她就是會隨口講出這種話，還是難免讓我感到受傷～～

所以我也反擊了一下。

「妳說那種話好嗎～～紫苑～～？」

我稍微亮出手機。

看來她到底還記得之前拜託過的「要友善」發言。

紫苑擺出極度排斥的臉色把手伸過來。

「既然白白要我們和睦相處，那就沒辦法了……」

「欸，妳臉很臭耶。」

「這隻蒼蠅好吵……心胸狹窄的男人可是不會受歡迎的喔……」

「在桌子底下偷偷踹男人腳的女生也不會受歡迎啊。」

「我又沒有想要受歡迎，所以無所謂……好，這樣就算和好嘍！」

結果手是握了，卻只有短短一瞬間，紫苑居然還使了好大的勁。明明是女生卻有不小的握力，不過還在可以忍耐的範圍，所以就原諒她好了。

「你們倆真是的。」

白草只是聳聳肩。

但我總覺得她好像很開心。

＊

夜深人靜，在末晴與紫苑熟睡後，白草仍獨自在客廳面對筆記型電腦。

一直夢想跟末晴去的東京鐵塔。願望得以實現，讓白草興奮得無法成眠。

「呵呵呵，這樣我就贏了……」

喜悅化為對勝利的篤定。

名為初戀對象的特殊地位早已得手。

然而緊追不捨的對手正積極活用青梅竹馬的地位。

若要用「青梅竹馬」的名分競爭，自己擁有的回憶確實最少——白草對此有所自覺。正因為這樣，她有必要把這部分翻出來補強。

而在這一次，缺口已經完美補上了，況且她還大大地領先那些對手一步。

「我跟小末有了第一次約會……」

白草不禁笑逐顏開。

這樣一來，已經可說是情侶了吧？約會的樂趣肯定也滲入小末的腦裡了！既然如此，他還會再來邀我，距離也會越來越近，然後——

「——！我太不檢點了……」

儘管臉頰發燙，妄想卻變得更加深刻。

白草一邊享受這樣的妄想一邊不停快速地打字。

第三章 拍檔

＊

「小末，起床。天亮嘍。」

「嗯～～我好睏……再讓我睡一下……」

在矇矓的意識當中，我勉強擠出這句咕噥。

「好吧…………………………………………………………………………………………你還在睡嗎，小末？」

「呼～～呼～～……」

「呵呵，可愛的睡臉……沒有任何人在吧………可以嗎？一下下的話，應該可以吧……機會難得……朝臉頰親、親親、親一下下……沒關係吧……？」

嗯？總覺得好像有溫暖的空氣靠近……尤其是臉頰一帶……

雖然很睏，我是不是睜開眼睛比較好……？

「——早安，末晴哥哥！屬於哥哥的小桃到了喔！」

「嗯……小桃？咦，已經這麼晚了嗎……？」

我揉了揉眼睛起床以後，就看見滿面笑容的真理愛站在房門口。

而且——

「嘖～～～！」

白草不知怎地正在房間角落咬牙切齒。

……到底出了什麼事？

「白草學姊也是位讓人鬆懈不得的對手呢……看來大良儀學姊還是有不周之處。」

「紫苑做早餐很忙。」

「喔，所以學姊才會趁機行動。」

「妳表達的方式欠妥。這叫職務分配，我只是負責叫小末起床罷了。」

「……哎，那人家就當成參考嘍。」

白草看到真理愛賊笑，因而打了哆嗦。

「難不成，妳明天打算——」

「人家什麼都沒說啊，請學姊不要臆測好嗎？」

「妳這個女生……！」

「呃～～兩位，我想換衣服耶。」

「對、對不起，小末。」

白草紅著臉轉過身，可是真理愛反而湊了過來。

「末晴哥哥，人家來幫你。解開釦子就可以了嗎？」

「不用啦。上學時也就算了，假日沒什麼好急的。昨天我也是自己換衣服。」

換衣服會被看見內衣褲，滿不好意思的。睡衣的釦子大又容易解開，穿襯衫和外套也不算辛苦。長褲只有一顆釦子，所以我慢慢來就行了。

「但是需要花時間吧？來，末晴哥哥，人家幫你脫幫你脫～～」

「喂喂喂，小桃！」

真理愛硬是動手替我解開睡衣的釦子。

有果香味逗弄鼻腔。蜜桃類的濃郁香味從真理愛的輕柔秀髮飄來，讓我體認到她是正值青春的女生。因為彼此關係熟稔就差點忘了，然而真理愛的可愛程度足以被封為「理想之妹」，是個惹人喜愛的少女。

「多、多麼色的行為……！」

儘管白草一邊用雙手捂著眼睛一邊這麼嘀咕——

「喂，小白……妳都在看吧？」

「呼咦？」

白草大概是驚嚇過頭，就發出莫名其妙的聲音。

「完全看得出妳正從指縫間偷看。妳這樣『耍色』怎麼行？」

「我、我不懂你在說什麼耶。我、我、我才不是那麼不檢點的女生喔。」

我開始同情白草了……因為我也不擅長說謊，很能理解她這種回話的方式……就不要再吐槽她好了。

「還有小桃，妳不要若無其事地連內衣都想脫掉。」

被她一語不發地把手伸進內衣可是很嚇人的！

「啊，末晴哥哥腹肌練得滿硬的呢。」

「我說妳，把話聽進去啦。」

「難道說，哥哥從六年前就一直持續健身？」

「因為多少練成習慣啦，但是並沒有當時那麼精實。」

「唔哇～～硬梆梆的。好厲害～～摸起來好好玩～～！」

感覺真理愛開心得莫名其妙。

「欸，桃坂學妹？獨占不好喔！」

「沒辦法，人家分一點給學姊。」

「請問，我的意見呢？」

白草完全沒把話聽進去，就伸手摸了我的腹肌。

「……哇，硬硬的。原來男人的肌肉摸起來是這種感覺。」

「……其實人家也是第一次摸……耐人尋味呢……」

我無法動彈……

雖然挺難為情……老實說，被女生摸來摸去倒沒有讓我多反感……

大概是因為我存著這樣的念頭，臉上就盈現了笑意。

踏著靜靜的腳步來到的紫苑出現在走廊。因為門始終開著，我們做的事當然就被她看光了。

「…………」

紫苑的表情悄然消失。

「你這蒼蠅男！做這什麼好色的舉動！小心我現在立刻把你交給警方喔！」

「欸，等等！這次不是我主動的耶～～！還有妳那樣說會讓鄰居誤會吧～～～～！」

於是窗外有聲音傳來。

「喂，末晴！**好色的舉動是什麼意思！**」

「碧，妳為什麼就只有聽見那句啦～～～～！」

那可不是一大早讓人在陽台上嚷嚷的詞！碧，多用點心思啦！之後我真的要對妳說教！給我記住！

…………………

…………

……

結果碧差點衝到我家，不過白草表示是誤會以後，她就爽快地罷休了。

即使我說明了也完全得不到信任耶……下次遇到那女的還是得說教才行。

接著我重新換好衣服，到一樓客廳開始吃早餐。我原本覺得有麥片就足夠了，紫苑卻幫我們做了湯與沙拉。

原來這個女生擅長做料理，還若無其事地做了奢侈的菜色。這部分讓我感到不愧是有錢人家的女僕。

「奇怪，小白妳不吃嗎？」

白草完全沒碰麥片，只是望著冒出熱氣的湯。

「……紫苑，可以給我一杯柳橙汁嗎？」

「妳又熬夜了嗎？」

「我想在寫得出來的時候先寫。」

這代表白草說的是——

「小白，你在寫新的小說？」

「嗯。最近因為有群青同盟跟考試要忙，遲遲沒空寫作，現在總算可以了。」

「但是突然就熬夜，會不會拚過頭啦？」

白草含了一小口遞來的柳橙汁。

「我屬於與其一點一點寫，還不如在有衝勁時一口氣寫完的類型。小末，昨天你跟我去了東京鐵塔對吧？我覺得好開心、好興奮……便按捺不住自己想寫作的心情。憑著那股勁就直接寫到徹夜未眠了。」

「這樣啊？東京鐵塔是嗎？真不錯耶。」

真理愛應該是在自己家裡吃過早餐才來的吧，在沙發上歇息的她帶著沒好氣的眼神嘀咕。

「新作是什麼樣的故事？」

散發出黑暗氣場的真理愛很危險，因此我若無其事地忽略她並發問。身為一名書迷，這是我好奇的部分。

「復仇的故事。」

「哦～～」

「時為大正時代，主角是生於世家的女孩子，她有個鍾情的與她同年的男生。」

「嗯嗯。」

「男生是代代表演歌舞伎的宗家出身，非常受歡迎。住在男生家附近的女戲迷還有乾妹妹都想追求他。」

「嗯………嗯？」

「女主角經過一場熱戀以後，決定與男生私奔，然而之前提到的女戲迷和乾妹妹卻暗中搞鬼，一個不注意，男生就失蹤了。女主角在絕望下讓那個離經叛道的女戲迷，還有那個為人低劣至極的乾妹妹都落得符合本身卑鄙天性的下場，最後便救回了男生，一起迎接幸福結局的故事。」

「欸欸欸，妳是不是只有提到那些立場相對的女角時特別帶勁？」

「是你的心理作用。」

真理愛嘀咕了一句。

「以小說家而言，題材太容易被看透是否恰當呢……」

「難不成妳有意見？」

「沒有。人家覺得只要故事有趣，用什麼題材都可以。」

真理愛身為演員的職業意識高，所以覺得只要故事有趣就一律無所謂。

「……啊，早上九點了。交棒時間到嘍。」

真理愛看向手錶嘀咕。

真不知道她們這套規則是在哪裡定的耶……

黑羽、白草、真理愛三個人應該討論過，可是就她們三個聚在一起講話，難道場面不會像地獄一樣嗎？

……嗯，我不敢問！

「我要回家睡覺了……」

白草打起呵欠。我首次目睹一向神采奕奕的白草打呵欠。

「咦，奇怪了……我總覺得突然一陣疲倦……」

「一夜沒睡的話當然會這樣啊。」

「紫苑，可不可以幫我叫車？」

紫苑點頭的時候，真理愛插嘴了。

「接下來人家要跟末晴哥哥出門，白草學姊在這裡睡一覺再回家會不會比較好呢？反正紫苑學姊要在這裡看家吧？」

「也對呢。白白，要照她說的嗎？」

「好，那就……承妳們……美意……」

烏亮的秀髮落在桌面。眼簾隨之垂下，微微的鼾聲立刻就出現了。

感覺挺新鮮。毫無防備的白草莫名惹人憐愛，我有股想要一直看著她的念頭。

「……末晴哥哥，你會不會看得太入迷？」

「！」

我吹起了口哨。聲音出不來。

「沒有啊，我沒看她耶。」

「人家知道哥哥在私生活的演技很爛，可是看了還是一樣讓人難過呢。」

「那比被人看扁還要讓我受傷，別說了！」

結果連送白草到被窩這件事都是交給紫苑，我就跟真理愛一塊從玄關離開了。

真理愛安排的計程車已經停在旁邊。姑且不提我，真理愛非常引人注目，所以我們不能隨便搭電車移動。

「妳說過要帶我去的地方是祕密對吧？差不多該告訴我了啦。」

我在計程車上問了以後，真理愛就俏皮地把食指湊到脣邊。

「好了啦好了啦，末晴哥哥。再過一會兒就會曉得，你何必急呢。」

「或許是這樣沒錯啦。」

「抵達目的地以前，要不要聊一下往事？回憶人家跟末晴哥哥變要好之後那陣子的事。」

「當然可以啊。」

真理愛笑了笑，然後開始娓娓道來。

她望著遠方的某處，眼裡映著過去。

＊

『人家……會努力。人家會努力到……能追上你的腳步。你願意等到那時候嗎？』

『——當然嘍。』

約定的日子，命運改變的日子。

人家拜託姊姊盡可能找一間口碑好的美髮店，還指名當中最受歡迎的美髮師，請對方幫人家剪頭髮。

『任君處置。請在能想到的範圍內，幫人家剪一個最可愛的髮型。』

以往人家近乎自暴自棄。這種心態會反映在頭髮上，老實說人家一直都是任由它長當成自己的髮型。

即使留那種髮型，讓行家整理以後還是會顯得挺可愛。可是要追上末晴哥哥的話，光憑「挺可愛」想必一輩子也不可能達成。

人家定下自己的求生之道了。人家要以藝人的身分成名，要成名到足以跟末晴哥哥比肩的程度。而且還要賺大錢，報答姊姊的恩情。

假如人家想認真達成這一點，就非得傾盡全力，為此要先琢磨容貌。對當時的人家和姊姊來說，那當然是割肉般的開銷，但人家認為吝於預先投資便無法獲得豐碩的回報。

至於效果——十分顯著。

『咦，那個女生……叫什麼名字？之前有那樣的女生嗎？』

之前人家在末晴哥哥身邊都只能當個附屬品，如今卻可以留住他人的目光了。而且我深思過要有什麼樣的性格才能與自身外貌相符——精確來說，是別人看了我現在的外貌會希望我有什麼性格，並且在言行舉止上予以配合。

於是人家就陸續接到工作了。

『……那個女生不錯呢，感覺很可愛。她是叫桃坂……真理愛？缺個小配角，就找她演演看吧。』

『這個女生真醒目……想看她演台詞更多的角色。』

『戲殺青以後，小桃都會向工作人員一個一個致意耶，她這樣好有心。人跟人要互相嘛，我們也會希望再用這樣的演員。』

『小桃這個女生啊，懂得顧到旁人。她頭腦可靈光了，要她把握住的重點都能確實做好，沒有小學生像她這麼精明懂事了。哎，小丸則是本身傑出得可以帶動旁人的類型，兩者沒法比較就是了。』

起初頂著末晴哥哥的名氣換來的工作，逐漸變成會主動指名找人家了。要說這一點並沒有造成困惑，那就是騙人的了。

畢竟我就是我，本質並沒有任何變化。

又不是脫胎換骨換了個人，對周遭也依舊存著不信任。

有改變的地方是找到了目標，與思考變得正向。還有為了達成目標，人家換了一副外表與展現出來的性格，就這樣而已。

而且光是這樣就帶來了莫大的差異。人家內心感到的「些許」差異，在外界成了「足以改變人生的巨大差異」。

賜予人家契機的是末晴哥哥。

起自排斥心理的這份感情此時已經變成了愛慕。

這再當然不過。

原本對未來僅有絕望，又只會給姊姊造成負擔的黯淡人生突然有了光采。

努力就能成事的喜悅，未來可以變得更美好的希望。

這段體驗簡直足以產生脫胎換骨的錯覺。

要人家不對如此引導自己的同年齡層男生抱持特殊情感反而才是強人所難。

『末晴哥哥，你喜歡吃什麼？』

『嗯？這個嘛，呃——啊，抱歉！有人找我！』

即使我變忙了，跟末晴哥哥比依然差得遠。

末晴哥哥是被封為「國民童星」的正牌大明星，有他演出的作品收視率無不掛帥，甚至有人奉他為低收視率電視台的救世主。

末晴哥哥的忙碌程度更上一層了。以前人家閒著也是閒著，可以在末晴哥哥有空時找他聊天，但現在人家也有工作了，彼此講話的機會就隨之大為減少。

『小桃，我來告訴妳晴晴愛吃什麼。』

『伯母……！』

人家從以前就跟末晴哥哥的媽媽見過面，只是當時人家堅持不對姊姊以外的人敞開心房，相處的機會明明比現在來得多，卻幾乎沒有跟她講話。

反省過這一點以後，人家現在是稱呼她「伯母」好為將來鋪路——但就算撇開這些不談，末晴哥哥的媽媽仍是個好人。

『晴晴他啊，愛吃馬鈴薯燉肉和炸雞塊這類和風菜色。漢堡排與蛋包飯當然也喜歡，不過整體來講應該算偏好和風。他愛喝味噌湯，早上沒有味噌湯的話，還會跟我鬧一下脾氣呢。』

我認為伯母可說是秉性和善的好人。還有她提到末晴哥哥「鬧一下脾氣」而笑著眨眨眼的模樣也頗具風範，即使上了年紀仍讓人覺得討喜。儘管伯母本人自嘲似的說她「志在當女演員卻沒有才華」，但她肯定有待在身邊就能讓大家笑口常開的魅力。

由於人家對母親完全沒有留下好的回憶，起初還對伯母存有戒心，可是在明白末晴哥哥的媽媽是如此溫柔討喜有魅力以後，就變得敬愛她了。

倒不如說，末晴哥哥本身已經是人家的真命天子，連伯母都是個大好人，結婚對象不就非他莫屬了嗎？好，趁現在多討伯母歡心吧——人家也曾這麼想過。

所以——

「末晴哥哥，我們到了。這裡正是人家想帶你來的地方。」

人家下了計程車，按下攝影機的開關進行攝影。

末晴哥哥下了計程車後就杵著連一步也沒有動。

「…………」

「你在生氣嗎？」

「……沒有，我覺得這是自己必須來一次的地方。」

「這樣啊……」

我帶他來到位於某處住宅區一隅的公園入口。

並沒有什麼特別的設施。只不過對未晴哥哥來說，肯定是攸關命運的地點。

這裡是——

——未晴哥哥的媽媽過世的地方。

此刻，人家已經安排好盡量不讓行人從這裡通過，所以短時間之內，我們不用顧忌旁人的眼光。

「未晴哥哥……我想你一定很難受，但是——能不能請你說明伯母當時過世的情況呢？為了讓看影片的觀眾們理解。人家也有聽說事發經過，但實在不了解詳情。」

「……我明白了。」

未晴哥哥閉上眼睛。那段時間，僅有短短的一秒。

然而他在睜開眼睛時，已經換成男人下定決心的表情。

人家對這副表情感到心動，卻掩蓋住內心繼續掌鏡。

「《Child King》這齣戲……不知道各位曉不曉得？當年，我記得收視率不錯。」

「人家認為哥哥可以把大家都曉得當成前提喔。」

「是嗎？那是由我主演的連續劇，大約是六年前播的。而在《Child King》第一集出現的主角母親——其實就是我的親生母親，原本應該要讓親生母子在戲裡也飾演母子來製造話題，可是有成為話題嗎？」

「老實說，不太受注意。廣告及雜誌有提到就是了。」

「我的母親以前志在成為女演員，她演過舞台劇，也有加入經紀公司，最後卻沒能開花結果。我之所以會加入劇團當童星，就是出於母親的意願。」

「順帶一提，人家並沒有加入劇團，而是加入末晴哥哥當童星時所屬的經紀公司，跟他一起被推銷出去。因此人家能走到這一步，末晴哥哥居功厥偉。」

我為觀眾做補充並在心裡點頭。

沒錯，如果沒有遇見末晴哥哥，就不會有現在的我。

「《Child King》是週一的九點檔，卻是我母親憧憬已久的連續劇檔次。我記得當時她很高興自己能演母親的角色。」

末晴哥哥瞇起眼睛，移動到從公園入口出去後位在不遠處的無號誌燈行人穿越道前。

「我的母親在這裡出了車禍。《Child King》主角的母親會在第一集喪命，劇情就是這樣編的，那只是一個場景。之所以沒用到替身演員，也是出於我母親的意願。我認為這一點非得講清楚，事後調查發現我的母親其實跟汽車完全沒有接觸到。換句話說，那場車禍只是我母親演出來的，她應該是為了演得逼真就豁盡全力讓自己飛出去。頭部在落地時撞上了混凝土，還傷到要害……這成了她的死因。」

有什麼樣的情緒往返於末晴哥哥心裡？

……我不曉得。

末晴哥哥露出有些落寞的神情，卻沒有哭，也沒有慨嘆，始終保持淡然。

「就是這裡，媽倒下的地方。」

末晴哥哥單膝跪地，摸了混凝土地面。

「果然並沒有留下血跡之類。想想也是。」

經過六年之久，痕跡應該被時間和雨水洗刷掉了。

「警方也有來到現場，印象中有許多人做了許多討論，可是我不太記得內容。只是談到發表我母親的死訊、停拍《Child King》這件事時，最反對的人是我。母親賭命在她憧憬的舞台上做出了表演，要是就此塵封——唯有這一點我無法忍受。劇組人員並沒有任何錯，我母親的死真的是一場不幸的事故。所以事情才沒有對外發表，舉行葬禮也只找了親人參加，而我把全力都花在《Child King》這齣戲了，因為這是我與母親第一次也是最後一次的合演。」

「末晴哥哥……」

他為什麼能這麼帥氣呢……

這一幕如詩如畫，散發出哀愁的臉龐讓我心跳更快。明明知道這樣並不莊重，心動感卻逐漸加速。

「經過這件事以後，『沒人發現母親喪命，鏡頭仍持續在拍』這一點讓我感到害怕。雖然我死命把《Child King》拍完了，之後卻變得像斷了線的風箏。當我站上舞台或鏡頭開拍時，恐懼就會湧現。後來我在父親的建議下離開了演藝界。因為母親去世這件事一直掩蓋著，在外界看來就像突然消失一樣吧。這就是我實質上息影引退的真相。」

末晴哥哥平靜到詭異的地步。

任誰都聽得出他所談的事情既沉重又難受，可是他沒有表露出來。

「末晴哥哥……謝謝你這段辛酸的告白……你還好嗎……？」

「嗯？是啊，不知道為什麼，試著實際講出來以後，感覺滿雲淡風輕。這個地方也一樣，原本我一直害怕來這裡，實際到現場卻意外發現沒什麼大不了。或許事情已經隨時間經過在我內心消化了。」

「這樣啊……」

末晴哥哥在人家所拿的鏡頭前無力地笑了笑。

我對他的表情感到心疼，卻也在內心如此嘀咕：

——一切都按照計畫……！

聽到要製作紀錄片描繪末晴哥哥的過去時，人家動腦以後就得到了「由群青同盟三個女生各自挖掘相關的往事，藉此拍成一部紀錄片」是最佳方式的結論。

如果要深入挖掘末晴哥哥的過去，人家希望跟他兩人單獨成行。因為那是寶貴的回憶。關於這一點，想必黑羽學姊和白草學姊也一樣。

因此讓所有人跟著末晴哥哥一起去拍攝的普通手法，在當下就遭到捨棄了。

下一個問題在於：「挖掘各自的往事之際，最占便宜的會是誰」？

像這樣思索後，人家得到了自己最占便宜的結論。因為在末晴哥哥的過往經歷中，最重大的一件事當然非「母親過世」莫屬。

畢竟那是讓他實質上從演藝界退隱的事件，人家也知道後來他蒙上了無法站到舞台的心理陰影。先不提正面或負面，這件事在他心中肯定比演出《Child Star》占有更大的空間。

那麼，由此將思路進一步延伸，末晴哥哥面對母親之死時，「將感受到莫大的哀痛」應該是無庸置疑吧。

這一點正是導向——

小　桃　大　勝　利　！

小桃
大勝利！

進而改變局面的關鍵。

末晴哥哥恐怕是以相當於「妹妹」的概念來看待人家。那代表了我和他之間的距離有多近，所以不盡然是壞事，可是要讓他把我當戀愛對象看待的話就必須付出努力。

既然如此，必須付出什麼樣的努力呢？

人家的答案是：「拿出自己在過去從未展現過的一面」。

具體來說——人家想展現「包容力」。因為「包容力」跟「妹妹」的形象是相反的。

人家的優勢在於本業跟末晴哥哥一樣，都是演員。換句話說，我們能夠共享喜悅，我們能成為共度生涯的拍檔。可是我都在接受幫助，並沒有幫到末晴哥哥。

總結來講，藉著見證末晴哥哥「感受到莫大哀痛」的場面——

人家就可以讓末晴哥哥認清我們不只能共享喜悅，還能共同分擔哀痛，然後提升他對我的好感！

況且人家還可以溫柔地接納他，展現包容力！

靠這樣就能脫離「妹妹」的定位！

末晴哥哥會把人家視為戀愛的對象，彼此距離逐步拉近——

小桃完全勝利！

——就是指日可待的事了。

人家對自己這麼會盤算也很傻眼，狀況卻是強敵環伺。

既然這樣，有必要把半吊子的良心拿去餵狗，再確實摘下勝利的果實。

「我有種非常難過的感覺……」

「哥哥說有難過的感覺，那跟哀傷有什麼差別嗎？」

我意識到語氣要盡可能溫柔，如此發問了。

「大概是搞混了吧。我也不太懂，連哀傷的情緒都不太懂。」

「難道說，哥哥在拍《Child King》的過程中也是這樣？」

「……我不記得是怎樣了耶。」

「人家演出《Child King》時是伯父陪哥哥到場攝影的，因此人家曾感到不對勁。但是當時人家並不知道哥哥有那麼哀傷的遭遇，頂多覺得哥哥不時會發呆，跟哥哥現在的狀況有點像。」

「嗯～～我還是想不太起來自己拍攝《Child King》的情形……」

「試著回想以後，人家覺得有滿多地方不對勁喔。劇組人員都不太會開玩笑，輪到末晴哥哥上場時就格外緊張，還有人對末晴哥哥的熱切演技流下眼淚。」

「……這樣啊。」

「就算人家當時才小學四年級，劇組人員說一聲就好了嘛。那樣我也——」

不行，我心想。現在不是抱怨的時機。

趕快回想起來。當下自己需要的是用於脫離妹妹立場的雄厚包容力，還要靠溫柔來療癒被悲傷情緒籠罩的末晴哥哥。

所以自己的怨言根本不值一提。

就算別人沒有告訴我——我也沒有察覺——即使末晴哥哥表示要退出演藝圈時，我講出了那麼過分的話。

『哥哥很厲害！哥哥是人家的英雄！哥哥才不可能變得無法演戲！畢竟哥哥會等著人家在演藝圈趕上你，對吧！』

我才不會流於感情用事，我不會再後悔。

即使會被講成心機重，我還是要力求完美。我要照計畫行事——

「……對不起……」

可是，不知道為什麼。

無意識脫口而出的——卻是謝罪的話語。

「小桃……」

「人家一直覺得應該要好好向你道歉……」

不行不行不行！

不應該是這樣的。負責療癒的一方怎麼可以哭出來。

可是我為什麼在哭呢……？

「明明有許多地方看得出異狀，明明處在可以察覺的立場，當時人家卻什麼都沒有察覺……而且，人家還對受了打擊而無法演戲的末晴哥哥講了那麼狠心的話……」

……真丟臉。

今天，我並沒有打算道歉的。我本來是想另找機會，在更正式的場合道歉。畢竟我今天帶末晴哥哥來這裡，是為了幫他拍紀錄片。

可是——我顧的全是自己。

「跟妳重逢的時候就說過了吧，我並沒有放在心上。」

「——但是！」

我把攝影機擺到公園入口的石碑上。我根本無心掌鏡了。

「因為末晴哥哥溫柔才會那麼說，但是人家無法原諒自己的愚蠢……！」

「小桃……」

「我顧的全是自己！當時也完全沒顧慮到末晴哥哥的心情！現在明明在拍末晴哥哥的紀錄片，我卻只顧說自己想說的話！連我自己都覺得丟臉……！」

「妳依舊是個完美主義者耶。」

末晴哥哥把手擱在我的頭上，溫柔地摸了摸我。

「……唉，講了妳八成也不會乖乖聽進去……但是別在意了啦。」

他那輕撫的手太讓人心安，我又掉淚了。

人家想療癒末晴哥哥，卻被他安慰——

人家想展現包容力，卻反而被他關懷——

結果我體認到自己的不成熟與難堪，因此忍不住拋開了盤算，從嘴裡吐露出原本不打算說出來的話。

「人家……好喜歡末晴哥哥的媽媽……她又溫柔又可愛，對人家來說是一位理想的媽媽……所以得知她過世的時候，人家好難過……」

原本無力地笑著的末晴哥哥睜大眼睛。於是在眼睛睜到最開以後，他愣住了——突然間，一道淚水滑落。

「奇怪……我怎麼，到現在才……」

人家摟住了末晴哥哥。

比記憶中更有肌肉也更為寬闊的胸膛。

於是末晴哥哥也用力摟了回來。

「……抱歉……我總覺得，有股難過的情緒……」

「沒關係……哥哥……你這樣是自然的……」

「……真的，就只是有點難過而已……」

「……不要緊，人家會幫哥哥保密。人家怎麼可能告訴別人呢……」

聽得見末晴哥哥的嗚咽聲。我也哭得更慘了。

為了讓我們向前進，這是必須的重要儀式。

儘管完全沒有照著計畫走——我仍感激末晴哥哥能跟我一起迎接這個儀式。假如就只有我一個人，我大概會哀傷得無力站穩。

＊

我在媽媽過世的地方獻花，然後離開公園。

哭完以後，冷靜下來的我和真理愛重新拍了紀綠片要用的影像。大概是因為情緒用哭的方式宣洩出來了，我的心裡舒坦得不可思議，即使回想當時的事也不會讓內心蒙上陰影，還能夠好好講話。

了卻一樁心事，或許就是指這樣的心境。

後來我們倆吃了午餐，逛了幾個懷念的老地方，到傍晚就回家了。

「謝啦，小桃。妳沒有帶我去的話，我到現在還是不敢去。」

客廳。我遞了紅茶給累得在沙發上舒展身子的真理愛。

原本我即使敢去媽媽的墓前，也還是沒辦法到她過世的地點。因此害怕那個地方的觀念就在腦裡逐步膨脹，變得連想像都會害怕。

現在不會了。心情舒暢。

「要人家安慰你嗎？想在人家胸前再哭一次也是可以的喔。」

「白、白痴……！妳別逗我啦……！」

「呵呵呵，末晴葛格這樣好可愛喔。」

「也不要對我用哄嬰兒的口氣！妳還不是哭了！」

「……人家不懂末晴哥哥在說什麼耶。」

真理愛一向都會把頭轉向旁邊裝蒜，如今臉上卻有些泛紅。再怎麼說，真理愛似乎還是對自己哭泣的舉動相當難為情。

「妳臉紅得掩飾不掉害臊喔。」

「唔～～！」

真理愛像大啖橡實的松鼠一樣鼓起腮幫子，然後用軟綿綿的拳頭捶我。

「壞心眼～～！哥哥，你什麼時候變得這麼壞心眼了～～！」

雖然她用拳頭捶我，但明顯並沒有生氣。那種力道一點都不痛，聲音裡還混了撒嬌的味道。

「哈哈哈，抱歉抱歉。」

「要道歉的話，必須在態度上有所表示吧？」

「我請妳吃布丁。」

「內心受的傷害靠布丁得不到療癒！」

「不然要怎麼辦嘛。」

「要治療傷口，自古以來最好的方式就是用舔的。所以請哥哥舔這裡。」

「為什麼妳內心的傷口會在嘴唇上啊～～～～！」

真理愛用手指了嘴唇。

那樣做的話，根本就是接吻了吧～～～～！

「有誰規定內心的傷口就是在胸前呢？啊，難道說末晴哥哥無論如何都想舔人家的胸口，才會說那種話——」

「都跟妳說過不是那樣啦～～～～！」

真理愛嘻嘻笑了。

我總覺得鬆了一口氣。應該說這樣才像她。

有人可以用相同的觀點與自己共享悲喜，實屬難能可貴。何況真理愛跟我一樣都是演員，因此就更有親和性。無關於情侶或朋友之類的區分，我覺得自己可以跟她相處得快樂長久。

「嗶～～～！」

哨子聲突然響了。吹哨的當然是那個有毛病的女生。

「好了好了，你們兩位！這樣違反『無戀愛協定』了喔！」

我只是板起臉而已，但真理愛更過分。她蹙起眉頭，打量似的把紫苑從頭到腳看了一遍。真理愛似乎是在思考要怎麼教訓對方。

「……人家從之前就感到在意，紫苑學姊會不會太沒禮貌了一點？需要人家來管教妳嗎？」

「嘻嘻嘻，管教是嗎？雖然我並沒有意思要跟妳起爭執，不過要奉陪也是可以喔。妳可別以為能招架天才的我！」

這個女生又做出自踩地雷的行為了……

不過呢，假如這兩個人起衝突，我知道要站在哪一邊。

「欸，小桃，我有件事想告訴妳——」

既然真理愛跟紫苑產生對立，我當然是站真理愛這邊。

誰教紫苑討厭我呢……而且她對我那麼壞……要獨力對付她嫌麻煩，但是有真理愛搭檔的話應該就足以應付。

呵呵呵——我一邊擺出邪惡臉色一邊跟真理愛談起紫苑的弱點。

「……原來如此，紫苑學姊是合理主義者，可是對白草學姊就百依百順……」

「昨天我還秀了白草的照片給她看，結果就……」

「是嗎是嗎？原來如此！不愧是末晴哥哥，這招值得一用……」

「嗶～～～！這違反『無戀愛協定』！之前就跟兩位說過了，別在我眼前打情罵俏好嗎？或者你們連這種事都不能遵守？智商等同猴子耶！嘻嘻嘻，好可憐喔～～」

我和真理愛看了彼此的臉，然後對得意忘形的紫苑賊賊地笑了。

「你、你們想怎樣……」

「沒有沒有，沒怎樣。啊，紫苑學姊該不會也想看末晴哥哥的相簿吧？」

「啥?還以為妳要說什麼……我對丸同學的照片可沒有半點興趣。」

「人家很好奇白草學姊長什麼樣耶～～畢竟末晴哥哥以前不是一直把她誤認為男生嗎？」

「！」

紫苑的眼睛睜大了。

「啊，可是仔細想想，那根本不重要嘛。末晴哥哥，我們還不如來找有拍到人家的相簿。對了，晚餐是紫苑學姊會幫忙做嗎？」

「……我姑且有準備材料就是了。」

「那請妳留到明天黑羽學姊來的時候再用。今天人家找了大廚過來，因此不需要。」

「妳、妳說大廚……！」

突然冒出的陌生詞彙讓我感到混亂。

「之前在可以獲得星級評分的餐廳吃大餐時，那裡的大廚表示自己是人家的戲迷。我們還交換了聯絡方式，剛才聯絡過以後，對方回答要過來做外燴是OK的。」

太猛啦！高級餐廳的大廚要來家裡做菜？多麼奢侈啊……！

可是這也有一點令我在意。

「欸，小、小桃……關於費用方面……」

「今天由人家請客！反正我跟姊姊平常並沒有過得奢侈，這點花費不要緊的。請末晴哥哥安心。」

「可、可是……」

這有點高尚過頭，嚇到節省成性的我。

「畢竟今天是特別的日子嘛。末晴哥哥跟人家審視過去，並且踏出新一步的日子。想到要為這樣的大日子做點綴，花這點錢擺排場算是便宜的了！」

……原來如此，這樣啊。今天的確是特別的日子。

特別的日子要有特別的方式慶祝。這會加深當天的回憶，日後我們就可以笑著談這件事。

那麼——就接受真理愛的好意吧。

「不好意思，下次我再找機會答謝妳。」

「人家會期待的。還有，捨不得把時間分給晚餐也是理由，因為人家想在今天內把這個全部看完。」

真理愛從擺在客廳旁邊的包裹將東西取出。她有另外帶包包，我納悶過那個包裹裡裝的會是什麼。

「噹噹～～這是收錄《Child King》所有集數的藍光光碟收藏盒！」

「啊～～原來如此。對了，我沒有自己看過耶……」

我演的是主角，因此收藏盒應該也有寄一份到家裡。不過我總覺得有股恐懼感，就沒有拆開包裝，不知道擺到什麼地方去了——目前下落不明。由於狀況搞成這樣，我其實沒有好好看過這齣戲。

「總共十集，把片頭曲、片尾曲和下集預告全部略過的話，一集大概四十五分鐘。這樣算起來，合計有七個小時半左右……現在是下午五點，因此包含零零總總的其他事在內，到凌晨兩點應該就可以全部看完。」

「唔哇，感覺好懷念……讀小學的時候，我偶爾會像這樣一口氣看完……」

像連續劇或動畫都是一開始看就停不下來。以我家的情況而言，因為媽媽本來就愛看連續劇和動畫，爸爸跟我也就一起……過去都是這樣的。

「兩位在說些什麼？明天可是星期一喔。還有晚上的念書時間呢？笨孩子就是這麼讓人困擾耶！」

潑我們冷水的是紫苑。

而且難得有道理。這個女生偶爾會講正經話耶，我對她另眼相看了。

「哼哼，真不愧是白白！居然預料到會發展成這種局面，還事先給我建議，白白果然能贏得天下。」

……原來如此，是白草出的主意啊。另眼相看算白費了。

「反正我們星期五才剛考完試，不要緊吧？昨天我也跟小白一起念書了，最起碼的功課還是有做。」

「你沒有從白白身上學到每天持之以恆才重要的道理嗎？蒼蠅男和呆頭女配在一起真是沒藥救耶。難怪白白會懷有戒心。」

「……人家並沒有要徵求妳的許可喔，紫苑學姊。我們會照自己的意思做，所以請妳也自便吧。」

真理把食指湊在下巴，優雅地微笑。

「很遺憾，白白已經託我監督丸同學用功了，恕我拒絕！」

「那我們剛才提到的白草學姊小時候的照片，妳就不用看嘍？」

「唔……！」

真理愛選在這時候拔出寶刀啦……！

不愧是真理愛，觀望到最後一刻才出手。我還以為剛才講到相簿時就會拔出寶刀，但她居然只是確認有無效果，然後就在觀望對方的態度。

「人家正在猶豫……到底要不要看白草學姊以前的照片呢……雖然有興趣……可是人家又想盡快觀賞《Child King》……哎，如果還被要求念書……那實在沒時間找以前的相簿呢……」

「嗚……唔……」

紫苑陷入糾葛。

真理愛看到她那懊惱的表情就嘻嘻笑了。我把手放到真理愛的肩膀上。

「好了啦，小桃，紫苑很煩惱不是嗎？我來決定要怎麼做吧。」

「末晴哥哥……人家明白了，交給你做主。」

「那我們就別找相簿了。本來我是覺得可以一邊看劇一邊翻相簿……可是被人吵著要我們用功，只好放棄相簿嘍。」

「啥！」

紫苑說不出話。

我跟真理愛視線交會，同時露出勝利的笑容。

「就是嘛～～末晴哥哥，人家知道嘍。」

「啊～～不過有拍到小桃的相簿一定馬上就能找到，我會盡快拿過來。」

「好的，麻煩你了。」

「印象中有拍到小白的相簿好像也在旁邊……」

「哎，我們又沒有時間，要確認也嫌麻煩啊。」

「小桃，妳真懂耶～～」

「呵呵，末晴哥哥才是呢～～」

當我們一搭一唱時，紫苑正在旁邊顫抖。

「哎呀呀，瘋狗學姊，妳怎麼了嗎？跟之前彷彿看到什麼都要吠的態度是不是差多了啊？還是妳要回敗犬學姊的家呢？人家可以幫妳叫計程車喔。」

噢噢，真理愛真會嗆人……這種語彙力到底是我所不能及的……可怕的女生……

我會對那些嗆人的字眼有共鳴，肯定是因為那精準地形容出紫苑給人的印象吧。

白草和紫苑都屬於狗狗屬性，骨子裡有著無法變通的頑固性情，只會對中意的人搖尾巴，對他人則不願一顧的忠心者。她們大概就是有類似的本質才會變得要好。

用「瘋狗」一詞來形容這樣的紫苑就相當漂亮，精確表現出失控以後不知道會採取什麼行動的恐怖之處。

「……我明白了。」

好似勉強擠出的一句話，我跟真理愛都確實聽在耳裡。

我們立刻用眼神溝通，在零點一秒內就決定假裝沒聽見。

「奇怪～～人家聽不清楚耶～～末晴哥哥，剛才你有聽見嗎～～？」

「呃～～沒有耶～～頂多只曉得紫苑好像有說些什麼吧～～？」

「就是說啊～～」

紫苑咬牙切齒發抖的模樣，看了就痛快無比。

因此我拍了手給她最後一擊。

「來吧來吧！紫苑，我想見識妳比較好心的部分！」

「請你去死吧！」

「嘎啊！」

……我實在嗆過頭了。

我將脖子伸出去就被手刀劈中腦門，痛得我死去活來。

「我知道了！今天我放過你們！請立刻讓我看相簿！」

「呵呵，真好哄。人家開始喜歡這個人了。」

「唔～～～！難以置信！多麼令人煩躁的兩個人……！一個就難以忍受了，兩個人搭配在一起簡直……！」

「很遺憾！人家跟末晴哥哥可是最佳拍檔！」

拍檔。

對喔，用拍檔一詞來形容真理愛確實最貼切。

因為她年紀比我小，當然會有妹妹的形象，但是她能跟我同心同力。演戲是如此，像這樣的日常片段也是如此。

黑羽能彌補我的弱點；白草能幫助我發揮長處。

真理愛卻又不同，她可以陪我一起行動，藉此得到比孤軍奮鬥更多的成果。

她肯陪我一起整紫苑，換成黑羽和白草就絕對不會這麼做。在這方面而言，或許真理愛的感性與步調跟我最接近。

今天跟真理愛悠哉過了一天，我重新體認到這件事。

大獲全勝的我們立刻把相簿拿過來，並且給紫苑看。

連續劇也立刻就開始播放，在大廚來家裡幫忙做菜的期間，我們基本上還是一直在電視前觀劇。說來或許教養不太好，我們還在沙發上一邊觀劇一邊享受美味至極的餐點——除了上廁所和洗澡休息以外，我們一直在看《Child King》。

『抱歉，我是要成為「King」的男人，可不能在這裡敗陣。』

『唔，給我記住！天才操盤手唐澤雛姬——是不會輸給你第二次的！』

看著看著我就想起來了。這部作品不只是我跟母親第一次兼最後一次合演，也是我跟真理愛首度一塊主演的作品。

要說的話，這是充滿回憶的一部作品。過去我都心存恐懼而將之塵封，對真理愛未免太失禮了。真理愛八成也一直把這當成重視的作品。

另外——我還察覺了一件事。

『呵呵呵……哈哈哈哈！成功了！我辦到了！我就是「King」！錢，錢，錢！看吧！地板都被成疊的鈔票蓋得看不見！那些瞧不起我窮的人，看到了嗎！你們賺得到這麼多錢嗎！活該！誰教你們小看我是小學生！可是……還沒完！還有重頭戲等著……！我終於來到可以跟你平起平坐的地位了……！我要讓你為了殺我母親這件事——後悔到死！哈哈哈哈！』

重新審視自己的演技，我訝異當時原來演得如此逼真。

「末晴哥哥……果然很厲害……」

「咦，這真的是丸同學嗎……？不會吧，小學生會有這種演技……？」

起初紫苑只是在桌前一邊用功一邊瞥向電視這裡，卻在不知不覺間就坐上沙發跟我們一起專心看劇。唉，紫苑偶爾會用斜眼瞄我的臉然後嘆氣，我真的希望她不要這樣，但是她對連續劇似乎姑且還願意讚賞，我看就算了。

快樂的時光轉瞬即逝，連續劇來到最後一集。

高潮戲是主角跟最大的敵人——舅舅對峙的場面。

『舅舅……你殺了我媽媽，還殺了隱姓埋名扶養我長大的爸爸，我只是希望你能為這兩件事道歉……』

『……呵呵呵，蠢材。要我道歉？難道你以為做這種事的人能當上「King」嗎！只有敢於踐踏、支配弱者並且一心向前衝的人才能成為「King」！我到死都不會後悔！我願笑著墮入地獄！無論怎麼粉飾，你依然跟我相同——漣！下次就換你坐到這個位子了！坐上獨一無二的「King」寶座！』

警方衝進大樓裡的一處房間，故事隨之收尾。

一切都已結束，漣準備回到等待他的人身邊而離開大樓。

就在此時——

『唔……』

有人朝漣撞了上來。剎那間，劇痛在他的腹部擴散。

漣抬起頭，就發現那是舅舅的兒子——總是欺負他的表弟。

『唔嘻嘻嘻！你害的！全部都是你害的！我知道喔！你用了卑鄙的手段陷害爸爸！爸爸才不可能被警察抓！所以我這是正義的鐵鎚！活該，你這個壞蛋！啊哈哈哈哈——！』

漣當場不支倒地，血從腹部噴出，將地面染紅。

在因果循環中，漣逐漸失去意識。

『…………我希望，再見她們一面……再一次……就好……』

『呀啊～～！』

衝耳而來的尖叫聲，畫面轉黑，隨後故事便進入尾聲——

「抱歉，讓我把戲停在這裡。」

我按了停止鍵。往旁看去，真理愛和紫苑都在哭。

「欸，你做什麼啦！明明正看到精彩的部分！」

紫苑說出的意外台詞讓我不由得眨了眨眼。

「……我曉得。謝謝妳看得這麼入迷。」

「我、我才沒有入迷！講什麼蠢話！」

「可是妳在哭啊。」

「我又沒有哭！真的！我根本沒有哭！」

說歸說，紫苑還是用袖子擦了眼淚，那模樣有些惹我發笑。

「把戲停在這裡，是因為我不想被之後那個男演員的演技牽著鼻子走。我看著過去的自己，一直到現在，而我非得讓過去與現在銜接。雖然哲彥說過我們要演的是真實版結局，但我此刻才發現這是在『跟過去的自己鬥演技』。所以說——抱歉，先讓我按暫停。等我離開以後，妳們可以接著看下去。」

「人家也決定看到這裡就好。」

真理愛站了起來。

「人家也得在真實版結局演出，因此跟末晴哥哥有一樣的想法。當然了，人家可是有自信能輕易超越過去的自己，還有之後飾演我那個角色的女演員喔。」

「……我明白了。既然這樣，我也不看結局。」

紫苑開始打掃散亂的零食碎屑。

「——不過，請你們要拍出最棒的結局……畢竟這齣戲看到現在姑且都算有趣。」

沒想到個性不坦率的她會說出這種話。

我用視線對真理愛訴說。

讓人熱血沸騰呢——我這麼表示。

真理愛一語不發地點了頭。

光是這樣，我就篤定彼此已經相互理解了。

沒錯，有時候在我們之間不需要話語。

畢竟我們是拍檔。

＊

週六有白草留宿，週日則有真理愛留宿照顧我。

而今天是週一，黑羽會在放學後來我家留宿。

「啊～～總覺得好久沒有得到放鬆耶。」

午休時間，中庭。

我一手拿著從家裡帶來的三明治嘀咕。

今天真理愛並沒有跑到班上找我，黑羽和白草說來也相安無事。多虧如此，我才能夠和哲彥兩個人悠閒吃午餐。

「嗯？怎麼啦，末晴？你那塊豬排三明治看起來亂好吃的耶。真理愛親手做的？」

「沒有，這是她找來的大廚做的。」

「……幸好今天我們到了中庭。在教室的話，光是剛才那一句就能要你的命。」

「的確……」

好險～～我認為這也沒什麼好隱瞞的，就脫口而出了。

大廚這個散發奢侈氣息的詞會造成危險，提到「真理愛找來的……」則會演變成被眾人逼問「明明是週日，她卻到你家嗎！」的局面。

好扯～～我只是照常過生活，地雷會不會太多啊？我得有人在福中不知福的自覺才行……

「說到上次那本週刊雜誌，討論熱度順利消退了喔。」

哲彥說要處理也才幾天，居然已經有成果了……

「快得嚇人耶。昨天我跟小桃上網搜尋，確實發現那家雜誌社被罵慘了……是因為你出手的關係？」

「幸好電視台忽略掉這則消息。假如被談話性節目拿去當題材，我想就實在壓不住了。」

「有日聯通當靠山真不是蓋的。」

該說召集了各家電視台的日本聯通數位電視果真名不虛傳吧。

「哎，這次大義名分在我們這邊也是一大要因啦，畢竟你還未成年。」

「這倒可以理解。」

「不過感覺還有火種悶在底下，輿論沒辦法完全掌控住的啦。因為對方爆出來的料相當讓人感興趣，也有要求後續報導的聲音，所以我們必須盡快上傳紀錄片平息這件事。給對方太多時間的話，誰曉得那個臭老闆會不會又在哪裡搧風點火。」

這次製作紀錄片的是我、黑羽、白草和真理愛，所以哲彥完全處在支援的立場。

哎，對雜誌社反擊還有跟企業行號交涉都是適合由哲彥處理的工作，大家也就覺得交給他辦應該最好。

「確定瞬老闆有參與其中了嗎？」

「『沒，但我篤定他有』。」

瞬老闆跟哲彥之間絕對有怨仇。我一問就會被他敷衍，所以沒證據就是了。

我聽了哲彥講的話，覺得瞬老闆是幕後黑手的說法可以就此定調。

哲彥對瞬老闆異常執著且如此敢言。考量到這些，我直覺認為他判斷得沒錯。

「你有收到小白和小桃的影片嗎？」

「有啊，交給職業的剪輯人員去弄了。東西出來就會把檔案傳給你，到時候要麻煩你盡快做確認。」

「好。今天小黑能順利拍完的話，大概多久可以完工？」

「粗略估計差不多十天以後。」

不愧是職業的。哲彥都還沒剪輯完沖繩旅行的音樂宣傳片，對方卻快成這樣啊。

話雖如此，職業人士在我們上學時仍然可以進行作業嘛，又擁有技術，完工速度快我們一截是當然的吧。

「真實版結局呢？」

「正朝著本週末開拍的方向籌措。日聯通有提到希望可以跟紀錄片在同一個時間點上線，可以嗎？」

「真實版結局那邊來得及就無所謂啦。對了，我跟小桃以外的演員是誰？期程這樣安排找得到人選嗎？」

我張口咬下三明治。

真實版結局裡，漣會在六年後醒來。

在他眼前的是長大變成少女的青梅竹馬、靠漣相救才脫離困境的富家千金，還有少女操盤手三個人。少女操盤手本來就是由真理愛飾演，讓她續演是當然的吧。

問題在於青梅竹馬跟靠漣相救才脫離困境的富家千金，這兩個角色由誰來演？

「日聯通原本似乎希望找來當年的童星，讓所有人都以長大後的模樣入鏡——」

「嗯？辦不到嗎？」

「據說其中一個人目前是以成為體育選手為目標，就表示不希望太招搖而拒絕了；另一個人則是從演藝界退隱了，聯絡不上。」

「噢噢，真的假的……那現在要怎麼辦？找有人氣的女演員嗎？」

「關於這個嘛，打算靠影音串流對抗全球市場的公司說來實在腦袋靈活。他們指定要志田與可知來演剩下兩個女生。」

「……啥！」

喂喂喂，這樣行嗎？與其說腦袋靈活，這已經接近有勇無謀了吧？

「總比隨便找個女演員來得有話題。你想嘛，之前廣告比賽拍的影片，外界對她們兩個仍然有印象。以演出時間來講，比迷幻蛇的音樂宣傳片還短。」

「哎，日聯通那邊覺得ＯＫ就好……不過她們倆……尤其是小黑會答應嗎……」

舉行廣告比賽之際，白草是積極配合演出的，黑羽卻參加得心不甘情不願。出風頭何止不會讓黑羽開心，她本來就是希望低調的類型，何況她對於當演員也沒有興趣。

「所以嘍，末晴，麻煩你，幫忙轉交這玩意兒。」

哲彥從擱在旁邊的手提袋裡頭拿出了兩本劇本。

「這是你跟志田的份。反正你們今天會去拍紀錄片吧？你就趁那個時候交給志田，順便說服她參演。」

「居然全部推給我……」

「我有跟企業交涉啊，演戲和說服女生是你的職責，對吧？」

「是這樣沒錯啦。」

雖然我們並沒有明確分配過工作，細想的話自然是這樣。

「只是我不會強迫小黑答應喔。」

「哎，她那邊就交給你嘍。」

這並不是針對黑羽。對其他成員也一樣，只要當事人不願意，我就不打算讓她們到鏡頭前表演。因為我認為演戲這種事不能硬逼。

尤其我們還要拍成影片對外界公布，會有長相廣為流傳的風險。當事人不接受的話就不應該這麼做。

只是從哲彥的表情看來——他似乎篤定黑羽會答應。

「假如小黑不答應呢？」

「哎，業主會找個適當的人選頂替，所以別在意。我倒覺得不用擔心啦。」

「你怎麼曉得？」

「我並沒有曉得什麼啊。只是任誰都不喜歡被排擠吧。」

我覺得就算黑羽不演，也不至於會落到被排擠的狀況就是了——總之先問問看她的意願吧。

*

我喜歡小晴。

那是從什麼時候開始的，我並沒有記得很清楚，但我想大約是從小學低年級就懷有的感情。

理由要多少都有。

彼此在無形間合得來，還有講話很愉快；生為四姊妹長女的我無法向父母撒嬌，而小晴就是我唯一能撒嬌的對象。

然而不是的。

最大的理由在於——「根本沒理由」。

算計對戀愛不管用。我不否認「長相好」、「頭腦好」或者「會運動」之類的理由會讓人產生好感，卻不認為光是那樣就能讓一個人喜歡上另一個人。要有意欲追求內心更深的情感——我覺得那才叫戀愛。

我會強烈需要小晴，而小晴也強烈需要我，這是從什麼時候開始的呢？

當我試著回想，就發現那肯定是發生在小晴實質上被迫從演藝界退隱的時候。

小晴一直到小學二年級都還是跟周遭沒有不同的普通男生，雖然他算是笨得很醒目。

小晴也會惹麻煩，卻像是大家的開心果，感覺周圍的人都喜歡他。

我大多扮演類似班長的角色，因此在立場上都跟他對立。然而我們倆聯手就管得住全班，所以老師有事情常常會一併拜託我們，彼此的默契想必在這時候就已經培養出來了。

小晴是在小學三年級出道。儘管短期內都沒演到大角色，在四年級被《Child Star》提拔成為主角後，情況就隨之一變了。

小晴變得不太來學校了，到校上課也會被隔壁班湧來的同學圍觀，讓他很困擾。

先撇開當演員的時候，小晴從以前就不擅長在私生活中「耍帥」。他是每個班級都會有一個的「耍寶型男生」。

『耍帥會讓我不好意思。』

『耍寶讓大家笑很開心。』

『有機會的話就應該積極逗人笑。』

小晴有這樣的理念，說得好聽就是「不矯情」。

因此他要是被別人稱讚——

『呼哈哈哈！對嘛，我超強的吧！』

一開始是會像這樣得意起來，然而沒多久就會自覺尷尬。

『呃，沒有啦……那沒什麼大不了的。我們不如去打躲避球吧！』

然後像這樣拒絕讓別人誇獎。

『難得稱讚他一句耶。』

有的同學也會這麼說，然而那是不了解小晴才會說出口的話。

小晴的個性根本就禁不起稱讚。他並不是想被稱讚，只是想跟大家一起玩得開心而已。

或許是因為如此，小晴似乎從成為明星以後就開始感受到跟旁人的隔閡。或許受注目、成為稱羨的目標都讓他不自在。

於是，小晴慢慢被孤立了。

不過關於原本跟他要好的同學，仍有辯護餘地。朋友變成明星，使他們不知道該怎麼跟對方相處才好。

因為彼此是朋友，大力吹捧就顯得奇怪，卻也不能完全不提小晴驚人的成就。沒有人曉得是否可以用跟以前一樣的方式相處，在遲疑的時候就被洶湧而來的看熱鬧群眾擠到旁邊了。因此在小晴實質上息影以後，也有很多原本要好的同學又重新修復這段朋友關係。

不過，他們重新變成朋友是在小晴升上國中以後的事。

小晴於小學五年級時喪母，距離升國中有一年多的時間。小晴在這段期間急遽變得討厭跟人相處，再加上本來就受到孤立，落得沒有人要跟他講話的處境。

『活該，誰教他要得意忘形。』

『感覺超差的。之前找他講話，他還嗆我閃邊去耶。』

『明明在電視裡那麼帥氣～～他為什麼不演了啊～～』

這些不負責任的評語都落在小晴身上。

小晴母親過世的消息並未外傳也有造成影響。在學校談到的話會讓風聲擴散出去，小晴怕這樣會導致《Child King》的影像媒體停止發售。

『小晴，你講話口氣能不能溫和一點？有的女生會怕你耶。』

『有什麼關係。被人稱讚或讓人害怕，還不都一樣。』

連我在教室跟他講話都這樣。

小晴就是這麼受傷，這麼憔悴，陷入了孤獨。所以我反而積極找他互動。

『這我可以了解，但是翹掉班級委員會就太不合理了！』

『真是的～～我知道了啦！』

所幸小晴對我的態度改變得並不多。

除了我，還有少數並未讓小晴改變相處方式的例外。

那就是——我的幾個妹妹。

『喂，末晴！我們來玩傳接球！』

『末晴哥，你可以演家家酒的爸爸嗎？』

『晴哥，來比數獨。』

『……受不了，拿妳們沒辦法。』

她們幾個在小晴變成明星的前後都絲毫沒有改變過態度。應該說，她們還不到能夠理解明星的年紀，這反而是好事。

還有這一點是我擅自猜測的，小晴內心再怎麼蒼涼，他的本性也不會容許自己對純真的晚輩發脾氣，他擁有這樣的溫柔。

小晴在內心蒼涼的那段日子常常來我們家。因為伯母過世以後，伯父就開始拚命接工作。雖然我現在可以了解，伯父應該相當難過吧。從他積極接洽的工作都是「重現交通事故現場的替身演員」，要教導小朋友交通事故有多可怕，明顯可以看出他的心思。

伯父跟我爸爸從小認識又是好朋友，兩家的媽媽也處得很好，交情就像一家人。因此一個人在家的小晴會來我們家可說是合情合理的著落。

他都是在晚餐前後的時間陪我那幾個妹妹。

『唔喔，超猛的！朱音，妳解得好快！原來數獨題目這麼好解嗎！』

『我完成了。』

『朱音好厲害！』

『哈哈哈，末晴居然輸給小自己四歲的朱音～～！』

『妳很吵耶，碧！』

跟妹妹開心玩耍的小晴。

在學校孤立的小晴。

當明星受到讚賞的小晴。

息影消沉的小晴。

只有我看過所有的小晴。無論正面與負面，希望與絕望，我全部都曉得。

因為，我是他的青梅竹馬。

就連伯父也不知道小晴在學校是什麼樣，我是最了解小晴的人。

假如我有對小晴不了解的地方，也僅止於「當演員的小晴」而已。儘管我認為他有演戲才華很厲害，卻沒有積極給予聲援的理由就在這裡。

或許這是我的獨占欲。或許我覺得自己被拋下了，內心感到落寞。

小晴實質上從演藝界退隱後，周遭的人都為他惋惜，但我其實鬆了口氣。小晴變回我認識的模樣了——我有這樣的體認。

因此我打算偷偷貼近小晴的心，盡可能支援他，可是小晴漸漸不肯靠近我家了。

『小晴，你為什麼不來我們家吃飯呢？』

『我總覺得過意不去……』

『哪有什麼好在意。不然你晚餐都吃什麼？』

『隨便吃，比如漢堡或牛丼。』

『笨蛋。反正你來我們家吃飯就對了，那樣會營養不均衡吧。』

『痛痛痛，知道了啦！妳別擰我的耳朵！』

我對逐步想拉開距離的小晴感到擔心，可是光要找理由拉他到家裡就讓我費盡了心思。

身為青梅竹馬——這是我的極限。

幸好小晴在孤立以後也沒有走向歹路，小學生活就此告終。

我和小晴之間的關係有大幅改變是在準備升國中的那年春假。

起因在我，理由是媽媽決定重操舊業了。

我媽媽之前當過護理師，因為家裡生了四個小孩，媽媽才辭職，但是據說她本來就打算在孩子們長大後回去工作。她判斷我升上國中正好是個不錯的時間點，就順利被附近的醫院錄取了。

『我想我以後會變很忙，有許多事要拜託妳嘍，黑羽。』

媽媽隨口說的一句話讓我情緒爆發了。

『為什麼非要拜託我呢！明明我接下來也有社團和學業要忙！因為我是長女嗎！這樣的話，我寧可生作妹妹！』

過去在不知不覺間重重累積的不滿，媽媽無意間的一句話讓這些情緒噴發出來。

『夠了！我才不管！』

我衝出家門。這是我出生以來第一次離家出走。

話雖如此，從小乖乖聽大人囑咐長大的我並沒有勇氣突然遠行。

離家後我先躲在附近的圍牆死角，窺探媽媽和其他家人有沒有追上來。

我觀望了十五分鐘，卻沒有人來追我，這使我更加火大。

『笨媽媽……！哼！以後我要變成壞女生！』

這對我來說就是竭盡全力的反抗了。

話雖如此，身為模範生的我連壞事要怎麼做都想不到。

所以——我決定跟蹤小晴。

我有事先掌握小晴幾乎每天到晚餐時間就會出門，只是我不曉得他去哪裡。因此，我才想到要偷偷跟蹤他然後一起變成壞孩子。

因為我信任小晴才敢這麼做。我有把握他不會涉及犯罪，也不會做出恐嚇他人之類的行為，才會想出這種少根筋的點子。對我來說，「夜深了還不回家」這種行為本身就已經算「壞小孩會做的事」，這樣的話自己還可以接受，便冒出了「跟小晴一起當壞小孩」的鬼主意。

平時小晴都會在一小時以內出來。假如他沒出門，到時就直接進去找他吧。我一面這麼想一面在小晴家前面站崗。

於是不久以後，揹著包包的小晴出來了。他完全沒發現我，還朝著車站走去。

我還以為小晴會在漢堡店吃晚餐，他卻選了外帶離開店家。

他帶著那些食物要去哪裡呢？遊樂場？還是更古怪的地方？

我忘掉離家出走的無助，不知不覺就樂在其中了，感覺像在當偵探一樣。

『奇怪……？』

小晴逐漸遠離車站，還往跟我們家不同的方向走。他踏進住宅區，繼續一直走，接著就這樣來到一間神社。

住宅區裡有一座孤寂的小山丘。神社位在山腰，旁邊還有座別緻的公園。

小晴爬上階梯穿過鳥居，然後我以為他會往社殿走——卻發現他跑進樹林了。

『咦……？』

周遭天色早就暗下來了，小晴卻跑進毫無燈光的樹林，這完全是熟悉環境才有的行動。

我急忙追了過去。小晴走在路不成路的野徑，逐漸看不見人影。

『小晴……！』

我忍不住叫出聲音。

小晴停下腳步，回過頭。

於是他看見我的臉——

『呃！』

還這樣嘀咕了一聲。離家出走的我早就豁出去了，頓時對他發火說：

『呃什麼呃！你怎麼可以這樣！』

『唔哇……』

小晴被我嚇到了，卻沒有逃跑。

『小晴！你在這裡做什麼！』

『那是我要講的台詞吧，小黑！妳跟蹤我來的嗎！』

雖然被戳中了痛處，但我決定跟他硬拗。

『怎樣！不可以嗎！』

『呃，我沒有說不可以啦……』

『所以呢，你來這裡打算做什麼！不講清楚我可不會回去喔！』

『為什麼啦！』

『不用你管吧！』

我們的聲音迴盪在寂靜的森林。多虧如此，可以看見有大人從山丘底下的公園抬起頭仰望，似乎在討論什麼。

『糟糕……小黑，我知道了啦，拜託妳放低音量，我會帶妳一起去。』

『一開始這麼說不就好了。』

我就這麼讓小晴帶著走到了森林深處。

接著我在前頭看見的是——

『洞穴……？』

『嘿嘿，這是祕密基地。』

小晴從背包拿出燈籠。

『我第一次帶人來這裡，妳可千萬不能說出去喔。』

『……我知道了。』

洞穴入口狹窄，連剛從小學畢業的我們都得蹲低身子。不過前進一小段路以後就變得寬廣到可以站直了。

『這裡啊，我猜以前是當成防空洞使用。』

『啊，我懂。畢竟滿寬的，地面也有修平吧？』

『對呀。還有，看過這裡大概就曉得。』

我們抵達了最深處。

以面積來講有兩坪左右，來到這裡的距離約為五公尺。光這樣就讓人覺得挺像一間房間。

小晴已經帶了幾樣東西到這裡。

地面鋪有草蓆，壓著草蓆四邊的是書本。

咦，這表示……

『小晴，難道你後來不常到我們家，就是因為來這裡？』

『……差不多。』

的確，目睹此情此景，連對這種活動不感興趣的我都心生雀躍了。對喜歡冒險的小晴來說，這塊地方應該魅力無法擋吧。

『總之妳先坐吧。』

小晴脫了鞋在草蓆上盤腿坐下。我總覺得髒髒的，就依然穿著鞋子坐到邊緣。

『我問你喔，小晴，你為什麼要來這裡？』

『嗯？其實這個洞穴是我很久以前跟兒童會過來幫忙神社布置祭典時發現的。然後呢，我在前陣子想起有這塊地方，就把環境做了一點改造。』

『我不是那個意思。』

『？那妳想問什麼？』

『你明明有自己的家，為什麼要特地來這麼狹窄的地方？』

即使提燈籠照還是嫌暗，又會冷。就算情境令人雀躍，還是沒有比家裡舒適，這並不是我想多來幾次的地方。

燈籠泛紅的亮光幽幽地照出小晴的臉龐。他看起來比平時成熟，讓我心跳加速。

小晴沉默了一陣子，忽然從漢堡店的袋子裡拿出可樂。

『要說這個，我總覺得不好意思。』

他用吸管喝了飲料，然後呼氣。聽得見冰塊在紙杯裡的碰撞聲。

『因為，我怕待在家。』

『……咦？』

意想不到的一句話讓我無言以對。

『家裡太大了，都沒有人在家會讓我有種說不出的害怕。來這裡就能讓我安心。』

『不、不然你多來我們家就好了嘛！』

『那樣不太好……』

『為什麼！』

『……妳家太熱鬧，去了再回家的後勁反而讓我有點難受。』

我對自己的無知程度感到厭惡。

發生在小晴內心的效應，聽了就會覺得合情合理，完全沒想到的我太笨了。

『抱歉……我根本沒有察覺……』

『欸，小、小黑，妳別哭啦！』

我就是忍不住要哭。

比任何人都親近小晴，自負唯有自己對他在家與學校兩邊的狀況都有了解，卻弄成這樣。

居然會過度自信，還不明白喜歡的人正深受痛苦，簡直讓我想撕裂自己。

『不、不說那些了，妳為什麼會跟蹤我啊？是伯母叫妳來探情況的嗎？為了不讓伯母發現，我沒有關掉屋裡的燈就過來這裡了耶……』

照我的推斷，我們家媽媽八成已經察覺小晴在這裡了，所以她才會放著不管。假如小晴會在車站前找危險分子玩耍，她大概就立刻出面阻止了吧。

啊，這表示媽媽恐怕一直都了解小晴心中的孤獨。

唔哇！這樣的話，該不會我的行動也全在她的預料之中？似乎連我沒有膽量一個人做壞事，就會起意跟著小晴走的思路也穿幫了。啊，所以我即使離家出走，媽媽也沒有追上來？

……大人真恐怖。

『怎麼了嗎，小黑？』

『沒事，沒什麼。我會追著你過來，其實是因為離家出走。』

『啥！妳離家出走？咦，什麼情況！啊，我懂了！妳逼妹妹們吃自己做的菜對吧！所以她們被送醫急救以後，讓妳覺得無地自容？』

『我扁你喔！』

還說什麼你懂了！你根本什麼都不懂嘛！

『……不然是怎樣？畢竟妳是模範生耶，做出這種讓父母困擾的事應該是第一次吧？』

『……其實是我媽媽說她要開始上班了。』

剛得知小晴內心的煎熬就跟他吐苦水很丟臉，即使如此，被問了以後我還是忍不住想起憤怒的情緒，就一口氣把離家出走的經過告訴他了。

『唉，畢竟妳從以前就一直是姊姊嘛，相對吃虧的部分就多，我也都看在眼裡。妳會感到不滿也是難怪啦。』

『……謝謝，但是沒關係了。』

『咦？』

我突然讓步以後，小晴似乎感到疑惑。

但是真的沒關係了。聽過小晴說的話以後，我就有了這種想法。

『因為我先出生是改變不了的事啊。反正我又不討厭當姊姊，妹妹們也都很可愛。跟小晴的煩惱比起來好蠢，反而讓我感覺到自己的煩惱是一種奢侈。』

小晴的痛苦來自喪失家人。另一方面，我的煩惱說起來相當於家人多到煩心，沉重的等級完全不同。

『妳不用跟我的煩惱比較吧。』

『但是沒關係了。謝謝你嘍，小晴。』

我說完以後，小晴就睜大眼睛，突然把臉轉過去。

『白痴。要道謝的是我才對吧……』

『——咦？』

小晴背對著我，一邊掩飾表情一邊繼續說：

『我在發脾氣的時候也有對妳講過不好聽的話，可是多虧有妳，我才能得救……假如沒有妳，我想我肯定已經被霸凌了……妳總是肯找我講話，總是願意關心我，我真的很感謝妳……即使心裡亂成一團，想到妳排斥的臉，我就不敢做蠢事了……目前我勉強還能撐下去，靠的就是妳……真的謝謝妳……』

我的眼淚奪眶而出。

——我的心意傳達到了。

這一點讓我高興不已。

對妹妹們再好，都會被認為是理所當然。社會大眾就是這樣。就算熱心得足以被人稱為模範生，我根本就不會得到他人由衷的感謝。

可是——小晴說的話——全面肯定了我至今以來的努力。他感受到的比我付出的還要多。

（我好高興！好高興！好高興！好高興！好高興！）

我高興過頭，就哭了出來。

『白痴，妳哭什麼啦……』

小晴罵了我。我擦掉眼淚，對他回嘴。

『小晴你還不是一樣在哭……』

『我要哭就哭啊……』

『嗯，要哭就哭……』

牽絆便在其中。

我有體會到相互支持，為彼此提供助力的真實感。

根本不需要照片，更不需要日記，只要我記得當下的心情就好。

實際感受到特殊的聯繫，無從比喻的亢奮。

這就是我最美好的回憶。

珍妮特法則——有這麼一項理論存在。

理論說的是「時間的心理性長度於人生中某個時期會與年齡的倒數呈正比」，對十歲的人而言，一年是人生的十分之一；對五十歲的人而言，一年則相當於人生的五十分之一，其論調便是如此。

我跟小晴相處的時光是從出生後就一直延續至今，套入珍妮特法則的話，假設我跟小晴都有八十歲的壽命，那麼以體感時間來算，我們已經共度一半以上的人生了。令人訝異的是按照珍妮特法則的說法，我跟小晴的交情已經長得可以匹敵老夫老妻。

小時候的體驗會留下格外深刻的印象，還有與兒時玩伴的交情較能維持一輩子，也是因為回憶的密度很高吧。

青梅竹馬之間肯定會共同享有高密度的回憶。

共同享有足以左右人生的悲喜。

回憶永遠不會變。

與此相同，青梅竹馬也是永恆的。

＊

放學後，我被帶到懷念的祕密基地。我從升國中前的春假以後就沒有來過這個洞穴，大概是有人在這裡搞破壞吧，洞穴入口已經被鐵欄封住，讓我感受到時光流逝。

在黑羽掌鏡下，我對以往來這裡的狀況及心境做了自述。

於是我回想起來。那個時候，黑羽給了我多大的支持。

沒有她在的話，我早就步入歧途，別說復出演藝界，恐怕連正常的學校生活都過不了吧。

黑羽果然是我最好的摯友兼恩人，我重新體會到這一點。

「一直以來都要謝謝妳，小黑。」

我用手撥開茂密叢生的樹枝並如此嘀咕。

現在我們走在從洞穴回家的路上。太陽已經西落，腳下路況並不好，挺危險的。以前走起來明明就很順，時光流逝真是不可思議，許多地方都能感受到人事已非。

「原來你會感謝我啊。」

「那還用說，我平常就會。」

「可是你都不太肯說出口。」

「這種話，說出來滿難為情的吧。」

「如果你平常就肯說，更能讓我維持好心情。」

「平常不說才會讓妳覺得有價值啦。」

「歪理。」

「或許吧。」

我們穿過樹林，來到神社。

從小山丘看見的夕陽十分耀眼，同時也十分令人懷念。

「小晴，我……有重要的事要跟你說。」

突如其來的台詞嚇到了我。光聽字音就有緊張感飄散過來。

我不禁聲音發抖。

「重、重要的事……？」

「嗯，沒有錯，非常重要的事。」

我回過頭，看了黑羽的臉色。

嚴肅的表情，絲毫沒有開玩笑的氣氛。黑羽真的準備跟我談非常重要的事。

既然如此，我也得做好心理準備聽她說，用玩笑話糊弄逃避並不禮貌。

話雖如此——

怦通、怦通——

心臟正在猛跳，血液急速從全身流過，連手指尖都有感受到。

重要的事——若有深意的台詞。我不由得產生種種聯想。

腦子裡亂成一片，我忍不住冒出「難道……」的念頭。緊接著這個「難道……」是否會成真的妄想逐步蔓延，讓緊張的情緒進一步提升。

喉嚨渴了。可是心跳聲太吵，讓我連喝水的意願都沒有。

「聽我說，小晴———」

黑羽悄悄地摸了四葉草髮飾，還帶著下定決心的眼神望向我。

「———我很喜歡你。我是把你當成戀愛的對象，對你有好感。」

！———

「難道……」成真了。

這是黑羽對我做的第二次告白。

（唔！……唔喔喔喔喔喔喔喔喔———！）

我在內心吶喊。

這、這是現實嗎……！我居然又被告白了，千真萬確……！

「咳！咳！」

過度驚喜讓我嗆到了。

缺氧好痛苦，感覺快要失神了。

太、太高興了！我當然覺得高興！畢竟是「喜歡的女生向我告白」啊！

黑羽含情脈脈地仰望我。

我心裡高興到不行——

——不要。

然而也不是只有高興。

各種思緒從腦海裡閃過，我卻覺得自己非得提這件事，因而開了口。

「那……妳為什麼要甩掉我，小黑？」

在文化祭閉幕典禮由學生會召開的活動——通稱「告白祭」。

當著全校學生的面前，我被甩了。

假如黑羽現在向我告白，當時為何要拒絕就成了疑問。

「因為你甩了我，小晴。」

「……表示那是報復？」

「也對，或許可以那樣說。畢竟——」

黑羽握緊雙手，宛如狂風地向我吐露出心聲。

「畢竟！我明明這麼喜歡你，你的回答卻是抱歉……！我心裡又難過，又懊惱，都想不出要怎麼辦才好！」

「妳恨我嗎？」

「恨啊！」

黑羽斷言。

「但是——我喜歡你甚於恨你！」

強烈的意念直接打動心坎。

愧疚與喜悅交雜在一起，讓我心跳加劇。

「在告白祭拒絕你，是我忍不住。應該可以說是鬼迷心竅吧。不過用這種說詞，你也沒辦法服氣，對不對？」

唔唔，的確啦……要說是鬼迷心竅，對我打擊未免太大……

「這樣我哪有辦法找藉口呢！要是你曉得我因為這點理由就害你在大家面前丟臉，我想——你就會討厭我了……」

繞了許多遠路以後，我總算明白了。

這就是黑羽內心深處的擔憂。

所以她才會拚命粉飾，設法用別的方式表示好感，還打算跟我重新來過，一路做了各種不同的嘗試。

「我、我是因為妳不肯說真心話，就搞糊塗了啊！」

明明我以為自己比誰都懂黑羽，比誰都能跟她心意相通。

「就跟剛才聊到洞穴的回憶一樣，我在痛苦的時候得到了妳的幫助！有好多事都要感謝妳！妳是我的摯友、姊姊、搭檔、鄰居！但是並不只這樣——」

我開始搞不懂自己要說什麼了。

好多種想法在心裡打轉，而且每一種都龐大得讓我容納不了。

大量的謝意、大量的好感，與大量的混亂。

腦子裡任由這些心思失控狂飆的我開口吼道：

「所以，搞不懂妳有什麼想法讓我好難受，好難過……小黑，無論妳真正的想法是什麼，我都希望妳能坦然告訴我……所以，現在聽到妳表露真心，比任何一件事都令我感到高興……」

淚水盈眶了。

連我都納悶自己為什麼在哭。可是淚水就是停不住，我沒有辦法。

記得有人說，淚水是內心流的汗。

感覺正是這麼一回事。因為內心用全力在奔跑，淚水就停不住。

「小晴——」

黑羽屏息，用雙手捂住嘴巴。

眼淚從她眼裡流了下來。

「對不起……對不起，小晴……是因為我太軟弱，而且卑鄙……對不起！真的對不起！」

黑羽對我深深低下頭，從臉頰滴落的淚珠讓地面濡濕。

我大大地吸了口氣，藉此我才總算講得出這句話。

「——別放在心上啦。我給妳添了許多麻煩，彼此彼此啊。」

要說的話，對於在告白祭被甩掉那件事，我並不是毫無想法。

只是我一開始也拒絕了黑羽的告白。

決定在那麼盛大的舞台上向她告白的是我自己，假如不想被當眾拒絕，我大可偷偷摸摸地在四下無人的地方告白就好。黑羽有什麼不滿的話，明明也可以先保留答覆……雖然我有這麼想過，但是告白祭的氣氛確實沒辦法讓人做保留。

我們搞砸了許多事，繞了許多遠路，但是依然像這樣在彼此身邊。我們需要彼此，希望對方近在眼前，才會留在彼此身邊。

回憶中的地點逛完以後，我重新理解到了。黑羽一直給我絕大的支持，我有這種體悟。

假如沒有黑羽，我就不會在這裡。

無論是克服內心的陰影，或者當下歡樂的生活，少了黑羽就不可能擁有。

恰好就像我剛才說的，黑羽是摯友、姊姊、搭檔、鄰居，但是並不只這樣。

「謝謝你，小晴。」

黑羽用手帕擦掉眼淚，露出微笑。

那副令人憐愛的笑容又讓我內心直打鼓。

（……對喔，雖然話題偏掉了，可是，我被黑羽告白了吧……？）

應該是因為我突然害臊，心思就傳達過去了。

黑羽雙頰泛紅，雙手手指互相撥來撥去，並且仰望我。

「我問你喔，小晴……剛才的告白……你可以給我答覆嗎……？」

被比喻成小動物的可愛臉上交雜著擔憂與期待之色。

她總是擺著大姊姊的架子，但是又無法完全投入那樣的角色，每次我做傻事就會發脾氣。然而她總是會原諒我，還願意幫我善後。

我不可能討厭這樣的黑羽……！

我當然喜歡她……！

所以，我——

『幸好有小末在這個世界上。』

——！

胸口冒出劇痛，痛覺逐漸侵蝕全身，並隨著脈搏讓麻痺感滲入。

我曉得。

這種痛是——「初戀之毒」。

白草她——

沒錯，我無法否認自己受白草吸引。

對旁人嚴厲的她只對我好，讓我十分欣喜，老實說還有種優越感。

但是她一心向前而努力不懈的模樣更有魅力。雖然我不清楚白草的目標是什麼，卻打從心裡聲援她。

只是——

『——請你別得意忘形好嗎？』

紫苑說的話不容忽略。

她說過，「白草對我存有的是尊敬而非戀愛之情」。

紫苑是合理主義者兼戀愛否定派，況且她溺愛白草。因此，這也可以視為牽制我的話語。

然而紫苑跟白草可說情同姊妹，難以論定紫苑所說的完全不可能發生。冷靜想想，我也很有可能冀望白草鍾情於我，就想否定紫苑說的話。

『很遺憾！人家跟末晴哥哥可是最佳拍檔！』

——咦！

先等一下。拜託先等等。

為什麼這時候我會想起真理愛？

這次拍紀錄片，我確實體認到了真理愛的寶貴，以及彼此有多合得來。只要跟她聯手，感覺甚至可以和全世界競爭。

即使不細想也知道，真理愛可愛得轟動社會……長大以後包準會更漂亮……廚藝也不賴……而且什麼事都能不出差錯地辦好……何況她已經有豐厚的收入……咦，要是跟真理愛結婚，我不就可以只接自己想演的角色，然後遊手好閒過日子嗎？感覺這樣的將來未必是痴人說夢……

欸，不行！妄想結束！

首先，我不應該在當下想那些啦！

好，先擱到一邊去吧，就這麼辦。

真理愛，抱歉！我並不是內心有鬼，可是，妳現在冒出來會讓事情無法收拾！

我做了一次深呼吸。

來整理論點吧。這次的課題是「是否要接受黑羽的告白」。

先來一一釐清環節。

——我喜不喜歡小黑？

面對這個問題，我可以毫不猶豫地回答：「YES！」

距離我告白才一個月左右，我仍未忘記自己告白時的心意。

後來因為內心傷得不淺就無法單純予以美化，但是我內心深處對黑羽的感謝，還有情意依舊不變。

——我要不要接受小黑的告白？

……………………………………………………………………………………………………我想接受……………………………………………………………………………………可是——

對，我心裡會梗著一個「可是」。

這個「可是」當然是「初戀之毒」造成的。

跟黑羽肯定會很開心，肯定會很幸福。

但現狀是我沒辦法斷言自己「百分之百只喜歡黑羽」——這樣對她未免失禮吧。那就等於實地示範了女生發飆時常會罵的：「你明明跟我在一起，心裡卻想著其他女生對吧？」

唔哇，我光是稍微想像就覺得那樣超低級的！

心裡還搖擺不定就答應黑羽，對她是既失禮又差勁的行為。正因為我尊敬黑羽、感謝黑羽，才更希望導出一個通情理的結論。

——不然要拒絕小黑的告白再向小白告白嗎？

唔……這一點老實講是「ＮＯ」。

如同紫苑說過的，現在去告白感覺只算是「失控」兼「有勇無謀」。

基本上，我也強烈地被黑羽吸引，因此萬一向白草告白成功了，剛才那種「你明明跟我在一起，心裡卻想著其他女生對吧？」的狀況就會換成在白草身上發生。我必須將心意整理得更明確才能往前進。

這樣的話，我——

啊啊啊啊啊啊啊啊啊啊啊啊啊！到底該怎麼辦才好啦～～～～！

我明明這麼喜歡黑羽！被她告白明明很高興！

唔唔唔唔～～～～實在好為難啊～～～～！

心裡滿滿都是罪惡感與愧疚感！

再怎麼尋思都想不出答案。

但是我被告白了，即使硬擠也得拿出結論，不能懸而不決。

那麼最重要的就是要通情理吧。

我不可以只顧自己，到底還是要思考怎麼做對黑羽最好，從這個觀點來導出結論。當然了，該考慮的不只當下，還要連將來都彙整進去。應該想通一切以後再做出最能讓黑羽幸福的答覆。

……老實說，連將來都考慮的話，答案已經出來了。

即使讓黑羽傷得再深，即使會傷到我自己。

與其用曖昧的態度綁住黑羽，讓她為此受苦，還不如乾脆一點——

我下定決心開了口。

「小黑，我——」

「——好，『時間到』。」

黑羽看向手錶，並且嘀咕。

強風吹過，飛舞的枯葉發出窸窣聲響拂地而去。

我聽不懂她說的是什麼意思。

「…………………………咦？」

只能像這樣發出一頭霧水的答話聲。

「——二十四秒。不好意思，小晴，『在我的潛規則裡已經定好了，當你想超過十秒的時候，我就不會聽你答覆』。所以嘍，小晴——ＳＴＯＰ。我不會繼續聽下去。」

「咦！等等，這算哪招？潛規則？告白有那種規則的嗎！」

我第一次聽說耶！

而且讓我內心混亂加劇的是我看不透黑羽的表情。

日落以後本來就看不太清楚她的表情，但是，她現在八成非常冷靜，沒有憤怒也沒有悲傷，更沒有焦慮和憎惡。

「小晴，我認為自己能理解你現在的心情。」

黑羽露出預言者般的眼神朗朗道來，那種眼神讓我想起她是朱音的姊姊。

「我覺得呢，你是把我當成戀愛對象看待的，畢竟在你告白過後也才一個月左右。我還覺得你不只把我看作戀愛對象，更願意喜歡我。你釋出的好感我都有感覺到喔，還有敬意與謝意也都深深傳達到我的心了喔。」

「是啊，當然了，我怎麼可能討厭妳嘛。」

把喜歡這個詞講明的話，我覺得一切都會面臨瓦解……就沒有說出口。

我也希望靠言外之意傳達自己對她的好感、敬意和謝意。

「而這樣的你之所以沒有立刻回答ＹＥＳ，是因為內心在猶豫……因為你忘不掉『某個女生』吧。」

「！──」

大概得說她果真厲害吧。

黑羽將一切──都看穿了。

「小晴，你肯定是這麼想的：『雖然我喜歡小黑，可是自己該抱著搖擺不定的心意回答她ＹＥＳ嗎？因為對自己方便就帶著迷惘跟對方交往，未免太失禮了。』」

「好可怕！小黑，妳是超能力者嗎！」

青梅竹馬把我的思路摸得太透徹了，好恐怖……我會不會一輩子都在黑羽面前抬不起頭……

「然後我認為，你的想法『某方面來說是對的，某方面則是錯的』。」

「抱歉……我完全聽不懂，麻煩妳說明。」

「那我說嘍，『抱著搖擺不定的心意交往並不妥』，這一點是對的。如果你答應交往，我是會覺得很高興，然而你要是在約會中總想著其他女生，我八成會湧上殺意。」

「呃……黑羽小姐……殺意這個詞恐怖過頭了……」

雖然黑羽嘀咕帶過，我卻在瞬間就明白這是她認真的想法。

「接著，你錯的是『抱著搖擺不定的心意交往並不妥，所以得拒絕』的部分。」

「嗯……？抱、抱歉，小黑，我真的搞不懂意思。難道妳是要我保留答覆嗎？」

「『很接近，但不太一樣』。光是保留的話有點缺乏力道，『彼此的關係太半吊子了』。」

關係會顯得半吊子的說詞就大致能理解。

說起來，保留是相當半吊子的做法。

什麼時候答覆告白才好呢？維持之前的關係可以嗎？

這類疑問會不由分說地湧上。

「首先我想講的一點是——」

黑羽大大地吸了口氣，並且毅然斷言：

「小晴，假如你的心意是這樣——當下『我並不希望你做出定奪』。」

「！——」

多麼尖銳的用詞……！我還以為心臟被人掐住了……！

「半吊子並不好這我也有同感。可是呢，世上並非只有黑與白，實際上灰色地帶也多得是。」

對啊，黑羽說的話很能讓人理解。小時候我認為有勇者與魔王——有絕對的正義與絕對的惡存在，可是並沒有那種事。現實中會有許多要素相互交纏，即使要替問題找一個解決的方案，也少有明確到「唯此一途！」的情形。

黑羽大大地吸了口氣，然後睜大眼睛，一口氣告訴我。

「因此——我要提倡『青梅女友』的概念！」

……嗯？

嗯嗯嗯嗯嗯嗯嗯嗯？

青梅女友……？

「啥！」

太過離奇的發展讓我的腦袋陷入錯亂。

「妳、妳講的『青梅女友』是什麼名堂啊……」

「首先呢，我從以前就在想，有沒有別的詞能形容『朋友以上情侶未滿』這樣的關係。」

嗯～「朋友以上情侶未滿」正是我跟黑羽之間的關係。要用「青梅竹馬」來形容也行，不過那是因為我們從小認識才適用。再說日文的「青梅竹馬」也會用於同性，即使是異性也有無戀愛感情的狀況。這樣的話，應該想不出別的稱呼吧。

「妳想把『朋友以上情侶未滿』稱為『青梅女友』？那是『青梅竹馬型女友』的簡稱嗎？」

「咦，以你的思路來說滿敏銳的耶。」

「什麼叫以我的思路……」

黑羽平時都是怎麼看待我的啊……

「不過那樣只得五十分。雖然也對，但是還藏了另一層含意。」

「那是指？」

「『輕易放掉就再也沒得找』的輕沒女友。」

這就表示……

「嗯～～也包含要把握住的意思？」

「要稱為預約女友或準女友也可以就是了……不過你說得對，那是重點。」

黑羽豎起食指。

「目前呢，你固然喜歡我，『當下卻還』處在迷惘的階段。但是因為被我告白了，就執著自己在這種時候非得在『YES』跟『NO』其中一邊做出選擇，對吧？這大概也可以稱為常識吧？只顧自己方便而保留答覆對告白的人不禮貌，用這種方式把對方當備胎，之後又跟其他女生告白就太差勁了！你有類似這樣的觀念。」

「對耶，我有，真的有……非常明顯……」

嗚嗚，胸口好痛。我拿不出明確的心意，害黑羽受苦了。一想到這裡胸口就作痛，罪惡感強到不行。

「但是為對方著想的話，我非得做決定才行吧……那樣就不叫執著，而是禮節啊……」

「我有個看法。你就這麼做決定的話，是『停止思考』。」

「停止思考……難道說，這還有思考的餘地嗎？」

我並沒有想過這件事仍有進一步思考的餘地。

「你不覺得接近交往階段，好感度是非常高漲的嗎？明明彼此好感度高，卻因為拿不定主意是否要交往就選擇『不』，我認為這樣有點流於極端。」

「唉，的確……」

告白害兩個人之間的關係毀掉！這在戀愛故事是常有的橋段。這應該不只會出現在故事裡，更會出現在現實中。正因如此，在虛構情節當中也常常利用到。

而且男女雙方在這個時候感情當然是要好的，卻因為一句告白就告吹。

……原來如此。

在世上要找彼此合得來或者要好得讓人有意願告白的對象，我想沒有故事裡說的那麼多。可是只因為「告白」就結束關係，讓我覺得既難過又好像還有別的法子。

「當然嘍，我認為完全不打商量還在保留以後找其他女生告白的話，差勁透頂喔。不過『要是從一開始就說好要維持這種關係，我倒覺得無所謂』。」

「難道說，這就是妳提出的『青梅女友』……？」

告白後，如果得到的答覆是NO，一般來想無論關係再親密都會告吹——不，正是因為親密才會告吹。

然而試著冷靜思考看看吧。只要彼此討論過而能信服，關係根本就不用告吹。正因為都把話攤開來講了，更能摸索最理想的關係才對。原來黑羽想表達的是這樣嗎？

「感覺『青梅女友』呢……從我的角度看來就是『青梅男友』，不過這是以相互承認為前提的定義。雖然沒有進展至『交往』的階段，彼此有傳達到『互相在意，還擁有以男女朋友為準的好感』這一點是大前提。再來則是『目前還不能交往，但是已經約好有某種契機的話就可以交往』——這便是『青梅女友』兼『青梅男友』的概念。」

「……那跟保留告白的狀態有什麼不同？」

「保留告白的話，球會留在要求保留的那一方手上吧？」

「是啊。」

比如以這次來說，球是在我手上。

黑羽已經告白過了，接下來看我怎麼答覆——處於這樣的狀態。

「不過『青梅女友』的關係則是雙方手上都有球。因為那只是約定，即使告白的一方表示『還是算了，把這種關係取消吧』也責怪不了。在這層意義上可說是對等的關係，所以要持續或中止這種關係，答覆是沒有時間限制的。」

原來如此，這樣感覺確實就大有不同。

不能讓對方乾等，所以要立刻答覆……像這種焦慮也會隨之消失。反過來說，假如因為被告白就好整以暇，那即使對方決定情盡人散也無可奈何吧。

確實是對等的關係。

「還有，因為這是確認過『雙方都有好感』的狀態，你不覺得就算出去約會也沒關係嗎？想更加了解對方才約會，說起來是積極正面的行動吧？如果換成保留的做法，等於找好備胎還享受約會，之後又跟其他女生玩，那不就成了相當惡劣的行為？」

「聽起來比我想像的更有差異耶……」

「就算對方跟其他人約會，既然從一開始就曉得彼此只是預約了情侶關係，也會覺得那是不得已吧。畢竟自己也能找別人約會。假如想讓對方回心轉意，只要主動邀對方約會就好啦。我認為這種『對等』又『可以靠自己的行動讓關係前進或後退』的特質，就是這種關係的優點。」

該怎麼說呢，這所謂的「青梅女友」好像把互相揭露好感以後的「青梅竹馬」關係原封不動地保存下來了……啊，黑羽要的就是這種狀態吧。

假如表達得再具體一點，「青梅女友」是指黑羽最初提到的「朋友以上情侶未滿」經雙方確認，只要達成協議就可進也可退的狀態。應該可以這麼說吧。

聽到這裡，我好像明白黑羽為什麼會想出這種主意了。

我們的關係才不是用「告白以後就結束！」、「被拒絕的話就到此為止！」這種想法就能劃下句點的。即使之後會尷尬，我們仍是青梅竹馬，關係肯定會持續下去。

正因如此，只搞得彼此尷尬是最壞的結果，我也希望摸索別的解決之道。

既然我們是青梅竹馬，告白後一樣可以推心置腹地講話。彼此好感度高又合得來，已經靠著長年的交情得到了證明。只要能互相討論，必然可以找出對雙方最理想的著落才對。

於是思考過的結果，黑羽預判我的行動並尋找著落就想出了「青梅女友」。應該是這樣吧。

「結果，『青梅女友』跟以往的我們有什麼不同嗎？」

「這個嘛，比如說呢——」

黑羽走過來，突然拉了我的左手。

「像這樣做就沒關係吧。」

話說完，她跟我手牽手，手指還鑽進我的指縫。

這莫名嫵媚，平時沒有體驗過的感覺差點讓我失了魂。

「──！」

黑羽先用這種方式讓我動搖，接著身體就湊向我的手臂。

「因為彼此有好感，因為彼此有協議，互相碰觸就不是什麼壞事。不對，這反而是『被鼓勵的行為』。」

天啊……黑羽都在想些什麼……！這表示「青梅女友」、「青梅男友」對彼此的好感已經取得認同，所以要甜蜜也是ＯＫ的嗎……！

皮膚相觸，傳來的柔軟與溫度。

腦袋似乎快融化了。

「順帶一提……ＯＫ的尺度到哪裡……？」

「……可以喔，說說看你想到的主意。」

唔，要問這個會有點害怕耶。

但我只能問問看了。

「約會是ＯＫ的對吧？」

「嗯，我覺得可以。」

「摸妳的手也……」

「ＯＫ。」

「摸肩膀或腰。」

「……要看時間與場合。」

「……額頭和臉頰之類的部位。」

「……看時間與場合，還有觸摸的方式而定。」

「…………接吻。」

「…………那是成為情侶時的暗號吧。」

臉紅的黑羽好可愛。

嗯，以基準而言應該妥當吧。

還有這點我非問不可。

「順帶一提，摸胸部的話──」

「差勁。」

「………………」

「差勁。」

「混帳～～～～～～！我知道了，妳別再重複啦～～～～！」

黑羽的表情瞬間消失了耶！太恐怖了！

「嗚嗚，饒了我……我是鬼迷心竅……那是高中男生的本能……」

「哎喲～～！你就是這麼笨。」

一如往常的「哎喲～～！」出現了。當我對傻眼與溫柔交織成的那句呢喃感到安心時，黑羽依然牽著我的手，指頭還輕輕遊走在我的手背上。

「──像那種事情，要交往以後才可以期待吧♡」

「────～～！」

這不成……

不成不成不成不成不成不成！

慘了啦！這樣真的慘了！

我會沉淪！應該說，我已經要沉淪了！

「好猛！眼看著我的ＩＱ就這樣融化了！」

「哼哼！你要先有覺悟喔，小晴。要是你吻我或者做色色的事，情侶關係就成立了。」

「唔～～～～──」

真不知道該怎麼形容她的策士風範……我的理性是否撐得住……

小動物般的眼睛彷彿要把我吸入，可愛的舉動震盪腦漿。更重要的是，她那台詞的破壞力！

……難道這表示我會在被擊倒的時間點跟黑羽交往嗎？

感覺這樣的未來也有這樣的幸福。

「關於『青梅女友』，我當然沒有異議。不過妳真的覺得好嗎？」

要說的話，我認為這套「青梅女友」的概念讓我占了便宜。

畢竟以YES、NO、保留三個選項來說，這接近於保留。

黑羽說得彷彿毫不在意。

「當然好啊。因為我已經告白了，卻不會被甩掉，還能保有青梅竹馬的關係又取得接近女友的立場。要說的話，能成為完美無缺的女友更好，但人生又不是事事都能進展順利。既然靠往後的努力就可能企及，也許有目標能拚反而好。交往以後彼此仍要繼續努力，我認為這是很重要的，所以當成準備期間就不至於在意吧。」

黑羽真的好厲害，我尊敬她。

這種積極性、行動力，更重要的是構思力。

她肯思考許多事，幫忙找尋讓彼此自在的立場。

跟我這種不是零就是一，簡直像電腦的思考方式差多了。

我跟黑羽手牽手踏上歸途。

「不過呢——」

黑羽邊走邊嘀咕：

「我當然會努力，可是小晴你也要努力才可以喔。要是你太少理我，也許我就會跑掉喔。」

「那當然，我要努力不被妳拋棄才行。尤其是課業……」

「呵呵，說得對。姊姊會再教你念書。」

「拜託妳手下留情。」

上次我們手牽手回家大概是小學低年級吧。

總覺得不好意思，總覺得心情暢快，總覺得好開心。

「還有——」

黑羽在紅綠燈前停下以後，使勁拉了我的手。

我失去平衡而彎下膝蓋，她的嘴巴就湊到我耳邊。

「——這種關係，是祕密喔。」

可愛的悄悄話讓我的臉一下子發燙。

黑羽說著「害羞了害羞了」取笑我。

我露出掩飾害臊的苦笑，並且覺得——自己的青梅竹馬好像變成了女友。

終章

*

跟黑羽拍攝完紀錄片的隔天上午，我到了預約掛號的醫院，照預定拆掉石膏。

「噢噢……」

動動手，並不會痛。

我不免訝異。才短短一週卻相當不方便。儘管還不能操勞，相隔許久恢復功用的右手讓我有強大的解放感。

我想直接回家休息，但黑羽對我落後的學力百般操心，因此我一面嘆氣一邊前往學校。

到校以後，正好是午休時間。

由於來得太晚，我只能在福利社買剩下的麵包。當我進教室打算在自己的座位開動的時候，哲彥過來了。

「嗨，末晴，你拆掉石膏啦。」

「對啊，鬆了一口氣。」

「那這週末就照預定拍攝真實版結局嘍。志田答應演出，我就放心了。說服她很費勁嗎？」

「沒有，她滿爽快就答應了耶。」

昨天我跟黑羽成為「青梅女友」、「青梅男友」的關係後，就在家裡拜託她參演真實版結局。

後來結果是立刻ＯＫ。我問了理由，她表示：「畢竟可知同學與小桃學妹似乎都要演，再說這也算社團活動的一環。」

哎，雖然稱不上積極，難得有這種機會，我本來就希望黑羽可以參加，這樣的答覆對我來說倒是令人高興。

哲彥占了我前面的位子，跨坐在椅子上跟我面對面。他還啃了一口被我咬過的咖哩麵包。

「早上我從志田那裡收到紀錄片，已經先把檔案傳給業者了。我想週末就可以驗收。」

「你還是這麼有效率……影片預計什麼時候公開？」

「最快下週四吧。紀錄片預定也會跟真實版結局同時公開。」

「原來那麼多事情都已經談好了啊。」

「當然啦。」

哲彥從懷裡緩緩拿出名片，然後擺到桌上。

「瞧，當下氣勢如虹的日本聯通數位電視的事業部人員名片。我沒想到連部長級的人物都會出面。」

「……感覺挺厲害的，但我不太懂。對方很了不起嗎？」

「討論的地點都由對方安排，我去了以後才知道是一間感覺端出來的料理超高級的店。後來我搜尋過就發現，那裡的套餐要兩萬圓起跳。」

「超猛的啦～～～～～～～～～！」

不愧是打算跟全世界競爭的企業……居然肯帶高中生到那種等級的店消費，資本的規模就是不一樣……

「坦白講，到場的人年收大約都在兩千萬圓以上這一點讓我覺得比較猛。」

「啊～～高到那種地步，我就不太有概念了。好比職棒選手的年俸就算有五千萬圓，也不會覺得高。」

「……莫名聽得懂的比喻讓人滿不爽耶。」

「別不爽啦。」

哲彥應該是覺得名片不用秀太久吧。

明明全部都擺出來了，卻又立刻就收回去。

「所以說，結果怎麼樣？」

哲彥一面喝牛奶一面隨口問我。

「什麼怎麼樣？」

「當然是你跟她們三個的同居生活還有拍紀錄片的情形啊。」

因為石膏拆掉了，她們三人與紫苑留宿我家的日子就此結束。今天起我就過回獨居的生活。

我回想起這一星期左右的狀況。

「當初我還以為死定了……」

「對啊，你還做了沒營養到讓我想宰人的妄想。」

「不要說那是沒營養的妄想好嗎？很傷人耶。」

「好好好。所以當初你覺得自己死定了，後來呢？」

「……唉，各別和她們幾個……因為有女僕陪著，嚴格來講每次都有兩個人啦……一起生活相處，一起好好聊天，為了拍紀錄片而回憶過去，並且討論往事。這讓我覺得原來我得到了她們三個這麼多的支持。」

哲彥揚起嘴角。

「你一講正經話，感覺真的噁到令人發笑。」

「我可是在認真回答你的問題耶，臭傢伙～～～～～！」

「啥～～～～～？你有意見嗎～～～～～！我宰了你喔～～～～！」

「我才要宰了你！」「辦得到就來啊！」「你的軀幹全無防備。」「你的腳底全無防備。」

「很痛耶。」「我才痛啦。」

周遭的人都在嘀咕「笨渣搭檔又來了……」、「他們最好鬥到一起倒……」之類的話，但是最近我一直都在出風頭，被人在背後講壞話也習慣了，就懷著「是是是，反正我們就惹人厭～～」的心境隨便聽聽。

我們卯起來互嗆，當彼此都喘不過來的時候，哲彥就說了：

「所以嘍，關於真實版結局……」

「嗯？」

「末晴，你已經放下往事了吧？現在你能超越過去的自己吧？」

哲彥這傢伙果然都懂。

拍攝真實版結局，最要緊的是我能不能接納過去的自己，進而超越過去。

但現在的我毫無不安。

因為——

「廢話。在我身邊可是有願意期待的人、願意一起悲傷的人，還有願意永遠關注我的人陪伴著，我怎麼能輸給過去。」

哲彥搔了搔頭，然後拍了我的肩膀。

「哎，你懂就好。週末拜託你啦。」

＊

我回家以後，她們三個與紫苑的行李都已經不見了。

「什麼嘛，明明可以多留一下啊……」

不知道怎麼搞的，感覺客廳格外寬廣。事到如今我才想起家裡光是沒開電視就這麼安靜。不安與寂寞湧上，讓視野變得狹窄。

啊，我記得這種感覺。小學高年級時，我每天都置身於這種感覺，而我承受不住，就開始住在洞穴裡了。

「但是不要緊。」

我做了深呼吸。

我在腦海裡描繪回憶，於是心悸逐漸平息。

現在我可以自己控制內心的不安，我成功克服過去了。我有如此的體認。

看向桌上，有紫苑留的便條。

『受你照顧了。屋裡已經打掃完畢。這次發生的事，我認為是一個了解你的寶貴機會。只不過我覺得你很下流，因此當你接近白白時，請先做好覺悟。

大良儀　紫苑

又及：針對Child King的真實版結局，我是有那麼一點期待。』

嗯～～結果我跟紫苑既沒有混熟也沒有變得要好……或許只能說我們合不來吧……

不過連她都對我表示期待，那我怎能不加油。

我打開電視當成背景音樂，決定來重讀劇本。

……嗯，沒問題。「腦裡的開關」也能順利切換。

這樣的話，我什麼都辦得到。很期待開拍。

時間在不知不覺中晚了，因此我急忙開始做晚餐。右手剛拆石膏，老實說我不太想拿菜刀，所以我決定煮拉麵，只切一點蔥花。

簡單吃過東西，然後洗澡。

悠哉地泡在浴缸裡，使我覺得這一星期多的風波像一場夢。

雖然不安大致上可以控制了，卻不代表寂寞感會消失。

我在無意間想起媽媽秀恩愛的那句話。

『——因為我最喜歡你爸爸了。』

我意外地不了解自己的期望。

即使被人問到將來想從事什麼行業，老實說，過去的我答不出來。

既然當童星如此成功，難道你的目標不是再度以演員身分成功嗎？即使聽人這麼說，我應該也不會點頭。

畢竟我曉得，以演員身分成功並不等於獲得幸福。喜悅當然是有，不過我也經歷過無法表演的痛苦，更了解演員的工作本身有多恐怖。所以我不會單純期許自己以演員的身分獲得成功。

但是——

回想起媽媽秀恩愛，還有獨自在家的寂寞——我覺得自己對於建立幸福家庭，還有與鍾愛的對象結為連理有了強烈憧憬。

沒錯，我並沒有立刻在演藝界復出，還打算繼續過高中生活，應該就是因為內心有某個角落覺得：假如把「建立幸福家庭」或「與鍾愛的對象結為連理」當目標，不復出是否比較好？

以演員身分成名，在有些狀況下也會讓喜歡的對象變得不幸。看那些談話性節目就曉得了。缺錢固然不幸，發財卻不等於幸福。這也是電視教我的。

「好想交女朋友……」

我從以前就這麼想，但這次有了更深的自覺。

我用浴缸的熱水洗了臉。

應該要效法黑羽，更加認真積極地思考，並且努力。

我如此認為。

＊

阿部充在那一天是看準放學時間才到學校的。

他已經考上大學，所以也不用勉強到校讓出席日數超過底標。

今天阿部來學校，表面上姑且有個幫輕音樂社學弟妹打氣的理由，但是他另有真正的理由。

「啊，阿部學長！」

「學長～～！」

由於被學妹發現，阿部帶著笑容揮了揮手。她們便嚷嚷著湊了過來。

今天他想處理一點事，因此拿捏過時間就打住了。學妹們都顯得落寞，讓他感到過意不去，但實在是奉陪不了。

阿部打了呵欠。其實他睡到中午，卻還是睏。有某件事導致他興奮得到黎明都還睡不著。

其實今天他到學校與愛睏的因素有密切關係。

「啊，你果然在這裡。」

阿部走進前第三會議室亦即演藝研究社的社辦以後，裡頭的哲彥就擺出相當難看的臉色。

端正五官與少年般的俏皮在哲彥臉上並存，但是他面對討厭的人就會毫不留情地變臉。

「……呃，我應該有鎖門耶。」

「我早想到這一點，就事先在辦公室借了鑰匙過來。我表明有事情要辦，老師就爽快地借給我了。」

「學長考上大學了對吧？請問你對合規控管一詞有什麼看法？」

「違反合規控管是最糟糕的耶。」

「學長的行為呢？」

「跟老師借鑰匙違反合規控管？你的思想會不會太標新立異？」

「這樣說吧，要是自己的孩子繭居不出，學長你是不是會神經大條地踏進他的房間講大道理，然後逼死自己的小孩？」

「我會希望當個能為小孩搏命的大人啊。」

唉——哲彥發出沉重的嘆息。

阿部從以往的經驗知道這算是一種認命的信號，也表示對方願意讓他進社辦。

阿部在哲彥旁邊的位子坐了下來。

位於哲彥眼前的是筆記型電腦，畫面上顯示著在沖繩的音樂宣傳片影像。恐怕他是以紀錄片和真實版結局為優先，因此音樂宣傳片仍未剪輯完成。

「先聲明，我今天來不是有事要問，而是有話要告訴你。」

「那我不聽也可以嗎？」

「如果你不想給我回應，請便。我會自顧自地講，你要無視也沒關係。」

開場白講完以後，阿部開了口：

「昨天紀錄片和《Child King》的真實版結局公開了，對吧？我立刻就收看嘍。」

哲彥朝阿部瞄了一眼觀察動靜，卻什麼也沒說。

光知道他有在聽，對阿部來說已經夠了。

「然後……該怎麼說好呢……我極為感動，那讓我想起了以演員為目標時的心境。後來，我就忍不住想重看《Child King》……其實我因為這樣才睡眠不足。你想嘛，有這種狀況吧？一重看……就停也停不住。」

「哎，有是有啦。我本身對此的感想只有考上大學的人空閒真多，令人羨慕。」

「你都聽進去了嘛。」

「不是我要聽，是『學長的聲音會傳過來』。」

阿部不禁笑了出來。

要應付對方彆扭的性子依舊不簡單。

「要聊這種感想，學長直接告訴末晴是不是比較好？」

「哎呀～～我覺得自己在他面前會完全化身成戲迷耶。你想嘛，之前我扮黑臉的誤會始終沒有解開，我不知道該如何啟齒。」

「唔哇！這個人真的把自己當成末晴的戲迷在思考……好噁……」

「我並不會以此為恥。所以嘍，因為直接對丸學弟表達會不好意思，這次我才來向打理所有大小事的你表達感想。添困擾了嗎？」

「我從剛才就一直在講，真的很困擾！」

「幸好。我是有給你添困擾的自覺，假如被你回說沒有困擾，我倒要對自己的判斷力喪失自信了。」

「唉～～」

深深的嘆息。

介意這一點就無法跟哲彥交談，因此阿部有一半是當成尋開心而繼續說：

「接下來是我的考察，這次最大的贏家會不會是你呢？」

哲彥默默地不予回應。

「我聽白草學妹說了事情的一連串經過。你早早就掌握到了吧？掌握赫迪．瞬老闆的動向。

如此一想，就容易看透這次的事情。」

阿部觀察過哲彥的動靜，但哲彥還是不開口。

「瞬老闆的目的在於對丸學弟造成打擊。假如他要針對丸學弟的過去發動攻擊，能用的手段實在太多，實際上防無可防。這樣一來，要保護丸學弟的話，就必須設法讓他自己克服過去。那就要靠紀錄片。尤其精彩的點子就是請了對他懷有情意的三個女生，各自陪他重返回憶中的地點，既能望見丸同學的內心深處，也製造了契機讓他自覺到周遭究竟有多少感情加諸於自己身上才對。」

「那是真理愛提出的方案，她果然優秀。」

「哦～～是桃坂學妹啊……假如不是你出的主意，我還以為八成是志田學妹想的。」

「志田她不太會有創造性的主意，雖然扯上戀愛或末晴的話，她倒是跟怪物一樣。可知則是剛好相反，對戀愛方面出不了什麼主意，身為創作者就給人挺有一手的印象。由此看來真理愛在雙方面都很優秀。」

「聽你的口氣……難不成志田學妹『又』搞了什麼把戲？」

「……你的用詞真是尖銳耶，學長。」

「……畢竟她一直都是奇招盡出，我忍不住說個幾句。」

哲彥聳了聳肩。

「這次，末晴受了傷對吧？學長，你曉得第一天的狀況嗎？」

「嗯，聽白草學妹提過。據說志田學妹和桃坂學妹找上門，讓丸學弟傷透了腦筋？不過多虧事前經過布局，她說只有自己能留下來，還沾沾自喜呢。」

「可知還是輕易就踩到地雷啊……」

「這話怎麼說？」

「感覺是可知刺激到志田的危機意識，讓她動真格了。還有，後續幾件事由志田的觀點來思考會比較好理解，所以我從她那邊說起。」

阿部點點頭，並且豎耳聆聽。

「志田對可知住進末晴家這件事有強烈危機感。不過對她來說，問題點並非只有同居。」

「還有什麼其他問題嗎？」

「三個女生湧進了末晴家，結果就是搶著獻殷勤，讓末晴疲乏了。在志田看來，這一點是大問題。因為她在三個女生當中最擅長獻殷勤，那些示好招式變得不管用對她就相當不利。」

「嗯，的確……」

「然後，還有一個大問題比什麼都讓志田頭疼。」

「你說的是？」

「末晴的心思有點偏向可知那邊了。」

啊——阿部發出感嘆。

「差不多是從上次去了那趟旅行以後對吧。」

「對。志田遭遇到大危機，身為青梅竹馬就住在隔壁的最大優勢被推翻，屬於本身擅長領域的獻殷勤也逐漸失靈，更重要的是末晴慢慢被其他女生吸引。被末晴甩掉以後從未有過這麼危急的情勢。」

「聽你一說是這樣沒錯……」

阿部光是注意黑羽的強悍，便沒有想到她被逼到了這一步。

「因此志田施展的手段是把可知與真理愛找來進行三方會談。她當場解決兩項大問題——『可知的同居攻勢』與『末晴對她們搶著獻殷勤感到的疲乏』。」

「……聽白草學妹提起時，倒是給我以『三方一兩損』各自退讓的印象……」

「嚇到我的癥結在於，『那一點是志田引誘在立場上最吃虧的可知主動提出的』。志田和真理愛虧到的部分頂多只有『減少獻殷勤的機會』，學長你發現了嗎？可知讓出了同居優勢，這明顯要比另外兩個女生虧得多啊。」

「的確，『白草學妹可以效法另外兩人的做法，另外兩人卻不可能效法她』。」

「可知有自尊心，所以她實際上不可能去模仿別人，這就是她被戳中的要害。我猜真理愛在中途有發現這一點，才會轉而附和。」

「是啊，聽白草學妹提到這件事時，我總覺得有哪裡不對勁。原來就是因為『三方一兩損』的做法並非由志田學妹提出，而是她引誘白草學妹提出的……真不得了……我有點理解你為什麼會用『嚇到』來形容了……」

黑羽手段高竿。明明是個可愛的女孩子，有時候卻高竿得嚇人。若要說那同樣是她的魅力，倒也無可反駁。

「所以，當三個女生有了露骨地爭著獻殷勤並不討好的共識以後，我才提出拍紀錄片的事。說穿了，這就是要讓她們去想『不露骨的獻殷勤方式是什麼』，結果三個女生想到的都是『回憶往事』。由於她們各有深刻的回憶，說起來算是順水推舟，順利把這些連接上紀錄片的人則是真理愛。只不過，志田讓我覺得像怪物的是──她在後來採取的行動與主意。」

「咦……難不成她還有招數……？」

「倒不如說接下來才是重頭戲。」

阿部有點不敢聽了。然而事情已經聽到這裡，他不認為自己避而不聽還能夠成眠。

「我懂了，麻煩你說吧。」

「志田在拍完那段紀錄片以後，又向末晴告白了。」

太過震撼的一段話讓阿部瞬間失去言語。

「咦！你說的是真的嗎！」

「不會錯。然後，被告白的末晴猶豫再猶豫，準備給出答覆的時候，似乎就被志田阻止了。她還說時間到。」

「嗯嗯？我、我完全聽不懂是怎麼一回事耶……」

「後來她似乎向末晴提議了『青梅女友』的相處關係。」

接著哲彥對阿部說明了「青梅女友」一事。

於是全部聽完以後——他果然有點受到驚嚇。

「……換句話說，志田學妹告白的結果就是讓自己得到了『準女友』，或者說『青梅竹馬型女友』，還兼『輕易放掉就再也沒得找』的『輕沒女友』名分嘍？」

「唉，末晴不可能拒絕那樣的提議啦。」

「『雖然告白了，但是在得到答覆前就察覺會被甩，所以在取消告白以後還提出了新的關係讓對方首肯』……哎，志田學妹真是驚人……」

「戳中我個人笑點的就是『取消告白』，讓我聯想到連打B鍵來取消寶可夢的進化。」

「唉，難怪白草學妹會陷入苦戰……」

白草具備許多足以讓男生憧憬的優點，正常來想是有大勝其他人的規格。

情敵卻很難纏，難纏過了頭。

阿部從以前就把白草當妹妹疼愛，便同情她的厄運而嘆氣。

「說到『青梅女友』，我個人覺得這算是沒有交涉力與相當好感度就無法達成的概念，志田卻可以切中要點。」

「怎麼說？」

「戀愛不就是從『對方是不是喜歡自己？』開始意識到的嗎？換句話說，我認為『喜歡上一個人的感情，大多是從意識到對方喜歡自己起頭的』。你想嘛，常有這種說法不是嗎？因為對方肯對自己笑而意亂情迷；因為對方不假思索地發生身體接觸，就覺得那是對自己有意思。」

「哎，的確。」

「換句話說，『讓對方意識到說不定有好感才是戀愛的真正起點』，這是我的見解。只是擅自將對方擺在心上，根本就不會有進展，突然被不認識的人告白也無從判斷是否要接受吧。因此，『不經告白就將喜歡之情傳達出去』便成了戀愛中的重要技術。」

「嗯，雖然稱不上絕對，擅於戀愛的人是有這種特質。」

「志田一邊動用破壞力最強的『告白』，一邊將關係保存在那樣的狀態。換句話說，她讓末晴『對自己意識到不能再高的地步』了。正常來想，告白後只有ＹＥＳ或ＮＯ兩種選擇，她卻擁有更進一步的做法當保險。這是可以坦然佩服的部分。畢竟青梅竹馬的關係太過親近，要掌握『意識到彼此的契機』無論如何都有困難。志田本身可說是不得已才踏出這一大步吧。」

「原來如此，目前的結果對志田學妹來說屬於次善之策，原本我覺得是她出於無奈才祭出的手段……考慮到這能讓丸學弟對她『意識到不能再高的地步』，也可以說局面在最理想的狀況下重新來過了嗎？」

「就這麼回事。這正是她可怕的地方。明明差點被末晴甩掉，志田何止沒有失分，還替自己加了分。現在發展成這種關係，末晴應該不會有怨言，對志田來說也比過去更有進展，照理說絕不算壞。所以說，學長，你的感想是？」

「『青梅女友』是我根本想不出來的主意，而且我應該也沒有膽量提出，更無行動力付諸實行才是。」

「我有同感。基本上，換成我來提『青梅女友』，女生就會要我死的啦。」

「哎，應該也是。可用的條件相當有限，當成著落倒是絕妙。」

「學長明白我為什麼叫她怪物了嗎？」

「……老實說，我也想這樣稱呼她了呢。大概丸學弟就是被愛得這麼深吧。」

「學長不用那麼護著他們喔。把你對末晴的評語也老實說出來如何？」

「你要我說什麼？」

「我是指，那傢伙終究是條靠著自認沒女人緣來自我保護的懦弱蟲。」

「用詞真是辛辣耶……我倒覺得丸學弟既慎重又謙虛，像他那樣肯定不會落入自我意識過剩吧。演藝界多得是自認受歡迎或有才華的人，雖然他事實上就是受歡迎又有才華。正因如此，丸同學的處事方式要讓我有好感得多。」

「是喔。」

哲彥拿起擺在手邊的瓶裝咖啡，然後喝了一口。

「雖然這次是志田技壓全場，坦白講，我覺得可知與真理愛也沒輸。」

「嗯，白草學妹跟我說過，她這次『留下了特別的回憶』，『說白了就是贏了』。」

「我跟真理愛探了幾句口風以後，她也大方表示『這次的事情成了大獲全勝的伏筆』。」

「要把誰視為贏家就有點不好說了。」

「就算附有保險，我個人認為還是祭出告白這項最後手段的志田領先一大步。不過這也可以當成她已經用掉大招，狀況不容論斷……要判定的話就是這樣吧。」

阿部交抱雙臂，深深點了頭。

哲彥用食指彈了瓶裝咖啡的瓶子。

「不過這次的事情讓我覺得志田就某方面來看『只是個拚命的高中女生』。」

「從哪個觀點？」

「畢竟她現在的處境又繞了一圈回到告白祭之前啦。」

「具體而言？」

「『告白了卻沒有成為情侶』、『即使如此仍留在末晴身邊』。雖然也有細微的差異，最主要的這兩點卻完全退回去了。」

「嗯，的確。但是我個人覺得虧她能撐到現在。」

「不過『她還有其他更好的方法』。告白祭結束以後，只要志田拋開自尊一直向末晴道歉，現在他們已經在交往了。哎，她那時候道歉的話，肯定會鬧得比沖繩旅行時更凶，或許還會多花一點時間就是了。」

「那是你現在才說得出的推測吧。當時她道歉的話，白草學妹與桃坂學妹肯定會當成機會加快進攻的腳步啊。何況要人拋開所有自尊可不是那麼容易……」

「對，所以我才覺得她『只是個拚命的高中女生』。志田太過追求贏得漂亮了。」

「不過，那不是很正常嗎？人類就是割捨不掉那種感情。」

「對，學長說得沒錯，很正常。因此我不能指著這一點稱作失誤，可以說的就只有志田仍然不成氣候。即使看了不禁讓人感覺到她的厲害，又看似盡善盡美，但是從結果來看就是不成氣候。之前並未察覺這一點的我也還有得學。真讓人厭煩呢，受不了。」

阿部聳聳肩表示附和後，卻突然發現某件事。

「話說——」

「怎樣？」

「關於志田學妹告白的事，你怎麼會知情？」

剛才講的那些理應不是能輕易向外人透露的內容。

「難不成是丸學弟告訴你的？」

「學長猜得太單純啦。反了，是志田告訴我的。」

「咦！這是為什麼！」

「她似乎是判斷我遲早會看穿，要不然也會從末晴口中問出來。既然到頭來都要穿幫，因為不希望被人胡亂插手打亂局面，我才會收到說明與警告。順帶一提，她給我的警告是『敢跟別人說的話就要有心理準備』。」

「呃，那個……等一下行嗎……？剛才，你都告訴我了吧……？」

「是啊，如此一來，當這件事洩露出去時，『學長也會成為共犯』。到時候我打算託辭：『我本來並不想講的～～都是被學長威脅～～！』還請關照嘍。」

阿部扶額嘆息。

糟糕，任由好奇心聽對方分享，就捲入其中了。

「那是你口風不緊露餡時才會用的藉口吧。」

「啊，學長發現啦？如果沒這點利因，我怎麼可能爆這種料呢？」

「哎……我大概可以理解……」

爆這種料實在太危險，何況當事者如此凶猛。

總之自己絕對要守住祕密——阿部在心裡如此打定主意。

「那我身為共犯想問你一件事。」

「我不會說自己不想說的事，如果學長仍然要問就請便。」

「雖然我還看不出當中的關聯性，但『你是認真的』。」

「學長是指什麼？」

「你想搞垮瞬老闆。」

「…………」

哲彥一臉若無其事地喝起咖啡。

「那個真實版結局，我認為是精心思考的企畫。當中的內容讓人覺得身為戲迷務必要看，而實際看了以後也大受感動。你能靠這樣的企畫釣到日本聯通數位電視也是可以理解的。不過呢，即使不公開真實版結局，也一樣能讓這次的事平息吧？」

「…………」

「畢竟你們那邊有總一郎伯伯和桃坂學妹在吧？這次是日聯通出手就及早撲滅了火頭。據說真實版結局這項企畫，你一開始是向無線電視台提議？你是不是想在電視台建立人脈呢？這次不僅是電視台，連日聯通都讓你搭上線了，對你應該算是成果豐碩。所以我才說這次最大的贏家會不會是你，不過這樣的人脈——老實說對學生身分的你太過龐大了。」

「我可是『群青頻道』的開創者。為了擴增規模就需要人脈，我倒不覺得這說起來有什麼奇怪啊。」

「即使你聲稱想擴增『群青頻道』就要在大企業建立人脈亦然。在We Tube找活路，基本上是為了讓社團活動無拘無束吧？我還是難以認同。聽說你跟瞬老闆之間有怨仇，既然這樣，想成是為了認真搞垮仇家而多方建立人脈才自然吧？」

「……原來如此。我只能說，學長的推理很有意思。」

阿部一直在觀察哲彥的表情。

談起這件事以後，哲彥的表情就文風不動到可怕的地步。他用冰冷的眼神來抹煞情緒。

「可是呢，你在背後另有不同的理由——這就是我真正的推理。」

「唔……！」

雖然只有些許，哲彥的臉頰抽動了。

阿部立刻對他質疑：

「畢竟就算你跟瞬老闆有怨仇，即使說你恨到要搞垮對方，哪有理由要以學生的身分冒這種風險？就算沒有丸學弟的存在，憑你應該也能在十年後爬上高位。二十年後，你就可以遠遠勝過瞬老闆吧。或許苦忍並不容易，但我不認為你缺乏那樣的眼界。換句話說——『你急的理由是什麼』？」

哲彥彈掉擺在桌上的咖啡空瓶。

空瓶發出叩隆的乾響滾遠。

哲彥站起身，鋼管椅被碰倒。他眼裡滿布血絲。

阿部沒有看過這種表情的哲彥，他理解到自己不慎踩了老虎尾巴。

「囉哩囉嗦的煩死了！」

哲彥用右手揪住阿部的前襟一拉，然後使勁將他推開。

背撞在牆面的阿部身體癱軟，哲彥就低頭對著他吼：

「『是又如何』！」

他拐彎抹角地肯定了阿部的推理。

阿部察覺了這一點。

「——我會協助你。」

首先，阿部明確道出了自己的心意。

「彼此交談至今，我對你有了跟丸學弟一樣的興趣。假如你需要幫忙，我想『以朋友身分』提供助力。」

哲彥愣了大約三秒以後就默默調頭了。接著他撿起掉在地上的寶特瓶，扔進垃圾桶。

「——我就是這樣才討厭乖乖牌。」

哲彥頭也不回地直接從房間離去。

阿部無法追上去，只能一臉愕然。

*

……

…………

…………

幾分鐘前仍手忙腳亂的拍攝人員已經準備就緒，目前正默默守候。

可以感受到有視線聚集。

大家滿懷期待。對此我並不是沒有感覺到壓力。

但是，當下的昂揚感更勝於彼。

我對導演點了一次頭，然後躺上床，閉上眼睛。

寂靜降臨，上戲前的短暫空白。我由衷喜愛這段讓緊張感刺激皮膚的寂靜時間。

開拍的聲音傳來。

於是我成了《Child King》的主角——漣。

「我是……怎麼了……？」

光亮得讓眼睛睜不開。

身體沉重得起不來。

喉舌渴得沒辦法順利講話。

「奇怪……？」

能看見模糊的身影——年紀約為高中生的女孩。

不，不只一個。有三個女孩在。

三名少女都睜大眼睛，說不出話。

「小漣……！」

其中一名少女開口。

接著我回想起來，自己的名字叫「漣」。

沒錯，我是「Child King」。

母親遇害身亡，為了復仇而追逐金錢的男兒。

有醫生過來為我進行觸診。

三名少女只好離開，但我不記得她們是誰，因此一直感到混亂。

醫生診察完畢後，先是用了奇蹟一詞，又告訴我只要逐步接納現實就好，隨後就讓三名少女進了病房。

有一名少女說道：

「漣，你睡了六年——」

這句話讓我的記憶甦醒。

跟舅舅的對決了結。復仇完的我準備離去時被人捅了。

「難道，妳……」

「我是仁菜喔。」

當我身心皆為復仇念頭所染時，一直守候在旁還成為我的良心，如今已經長大的青梅竹馬就在眼前。

「那麼，這個女生該不會……」

「我是美鈴。漣……」

苦於舅舅的計略而受我幫助的富家千金。在她成為同伴以後，我得到了許多協助。

「你總不可能忘記人家吧？」

起初跟我敵對的少女操盤手，雛姬。但是她在對抗舅舅時助了我一臂之力。

「妳們幾個，怎麼會……」

「我們在等你。」

身受重傷的我沉眠不醒，而她們三個一直在等我。
長達六年的漫長歲月，她們始終為我祈禱，為我帶來支持。
身為男孩——不，「身為男人的我」——察覺了。

——我就是因為這樣才能回歸人世。

我悄悄閉上眼睛。
跟她們三人的回憶閃過腦海。
我感慨萬千地告訴她們：

「——我才不需要錢。有妳們在就好。」

還附上滿腔感謝，帶著此刻最開懷的笑容。
雖然不知道是否能順利傳達，但我有想要表示的心意。
我想將這句話獻給她們。

「因為有妳們在，我才能回來……謝謝妳們……」

她們三人各以最棒的微笑收下我的答謝，眼裡泛著淚水。

在笑容的圍繞下，我打從心裡感到幸福。

…………

……

……

《Child King》到此結束，我們的故事卻還有後續。

不過我希望能永遠保有這份感謝的心意。

若是忘記初衷，似乎就會失去以往累積起來的事物。

「──對了……」

紀錄片與真實版結局公開後過了幾天。

一如往常，在教室坐到我面前的哲彥隨口嘀咕：

「現在有為你成立的粉絲團了，你曉得嗎？」

「…………………………………………………………………………嗯？」

「看你的反應，果然是不知道。」

「…………………………當真？」

「這是似假實真的消息。那段紀錄片和真實版結局好像打動人心了。」

「…………………………呼呵呵呵。」

「末晴？」

我禁不住從全身湧現的喜悅，站了起來。

「呵呵呵呵呵呵呵呵呵呵呵呵呵！咦，真的假的！會有這種事？哎呀～傷腦筋耶～～這下我不就有女人緣了嗎～～哪裡哪裡，我明明沒有拿出多大的本事嘛～～」

「你的反應真的一看就曉得沒人要，簡直矬到讓我想把你幹掉。」

「啊，不過這該不會是夢吧？哲彥，麻煩你揍我！」

「這就來！」

「好痛！臭傢伙，你下手太重了吧～～～～～～～～！」

「不是你自己叫我揍的嗎～～～～！」

「就算這樣也該有輕重之分啊～～～～！」

當我們一如往常地互相叫囂時，後頭有人影在蠢動。

「啊，哦～……小晴的粉絲團是嗎……」

「表示有想要勾引小末的野女人冒出來嘍……」

「看來得讓她們有自知之明才行呢……」

三個女生之間多少有些距離，也沒有認出彼此，可是在同一時間得知這件事的三個女生有一模一樣的反應。

她們三個板著臉，握緊了手。

「這粉絲團我拆定了！」

「我會讓她們絕滅！」

「人家要那些女生後悔莫及！」

於是她們三個總算在這時候察覺彼此的存在，還互相對看。

「「「嗯……？」」」

後記

大家好，我是二丸。這次有幾件值得紀念的事，所以請容我記載於此。

第一，出到第四集是我的史上最高紀錄！我會繼續努力！

第二，這是累積第十本著作！出道之際，我設下的目標就是「十集出版」。花費了八年七個月不知道算快或是慢，但是我對達成目標感到大為滿足！

第三，我在二〇二〇年三月底辭去工作，成為專職作家了。

從出道以來，我一直都有跟職場取得兼職當作家的許可，但是多虧有青梅不輸，我下定決心當專職作家了。我會更加奮發地從事寫作活動，若各位願意聲援便是甚幸！

因此，我本來預定要在四月中從岐阜搬到東京……卻因為新冠肺炎疫情而延期了……

當這本書於店面上架時，不曉得狀況會是如何，但是因為我人在岐阜而久久沒機會見面暢聊的各位朋友，等我遷居東京，不嫌棄的話請陪我喝一杯。

提到遷居至東京一事，這跟我的筆名「二丸修一」的由來有所關聯。

取筆名之際，我想了幾個條件。

「不耍帥（耍帥不合我的性子）」、「他處不常見的名字（便於搜尋）」、「可以的話要加上一點巧思（我想這樣在談由來時會比較有樂趣）」。

我讀大學＋成為社會人士的三年期間曾在東京度過，住了共七年的公寓房間編號就是二〇三號室……是的，二〇三→二丸三→二丸桑——就這麼回事。

別說巧思，連玩笑都算不上嘛！（絕望）

另外修一是因為我本名叫秀一，查了筆畫之後發現修一比較好，明快單純的理由。

再談到為何要用住東京時的房號取筆名，因為我在各方面太過胡來，身心方面變得不太好，就從東京回到了老家岐阜。可是我忘不掉懷抱夢想奮鬥的心情，便打算在筆名納入挑戰的意志，也叮囑自己不可太過胡來……由來就是如此。

如今，經過了生肖輪完一遍的歲月，我已實現當時的夢想，可以再次啟程到東京，還可以跟同伴切磋琢磨，這比任何事都讓我欣喜。

這些全都是拜聲援我的各位、黑川編輯、小野寺編輯與繪製插畫的しぐれうい老師所賜。誠摯感謝各位！還有於Comic Alive連載中，井冬良老師繪製的青梅不輸漫畫版第一集已在五月二十三日發售！漫畫裡還附有新撰極短篇《～睡昏頭的黑羽絕對會來黏著我的戀愛喜劇～》！請各位務必一讀！

二〇二〇年　四月　二丸修一

下集預告

OSANANAJIMI GA ZETTAI NI MAKENAI LOVE COMEDY

私立穗積野高中。
可說平平凡凡的這所升學取向高中
即將翻天覆地。

丸末晴粉絲團成立！

末晴有潛在的支持者，
卻因為他平時犯蠢的言行舉止，
使得這群女粉絲猶豫著不敢露面。
而紀錄片與真實版結局的感人內容
刺激了這個隱藏的客群，
現在她們正準備成長為一大勢力。

對此產生危機感的
黑羽、白草、真理愛。
關係險惡又互為天敵。
吳越同舟。
不共戴天。
狐與狸互欺互騙。

萬萬沒想到！
搬弄計策的三個人
竟帶來驚天動地的奇蹟——

聯合戰線，成立。

NEXT
SHUICHI NIMARU PRESENTS
VOLUME

「就這次而已喔。」「沒辦法呢。」「因為事態緊急啊。」

然而學校裡卻已經混沌至極……

擁有粉絲團的人可不只末晴！

【志田黑羽粉絲團】——通稱「不要同盟」

【可知白草粉絲團】——通稱「絕滅會」

【桃坂真理愛粉絲團】——通稱「大哥哥公會」

妒意交錯，發展成大騷動。

「噁心到嚇人耶，這些傢伙。」

混亂就在傻眼的哲彥眼底逐漸加劇。

下回第五集是
學園大亂鬥篇！

青梅竹馬絕對
不會輸的戀愛喜劇 5
VOLUME : FIVE

敬請期待！

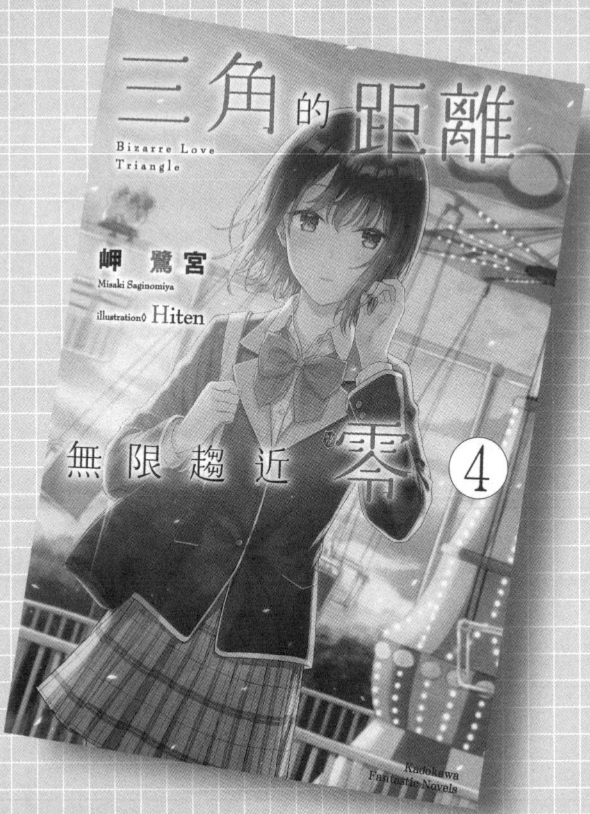

三角的距離無限趨近零 1~4 待續

作者：岬鷺宮　插畫：Hiten

我愛上的那個女孩體內住著兩個靈魂——
與雙重人格少女譜出的三角戀愛故事。

矢野在跟春珂與秋玻接觸的過程中，戀情也在心中萌芽——又在某一天突然宣告結束。然後他變了。所以，為了找回剛認識時的「他」，我——我們展開了行動。在沒有交集的教育旅行途中，我們努力追逐矢野同學，就算我們已經不是情侶——

各 **NT$200~220/HK$67~73**

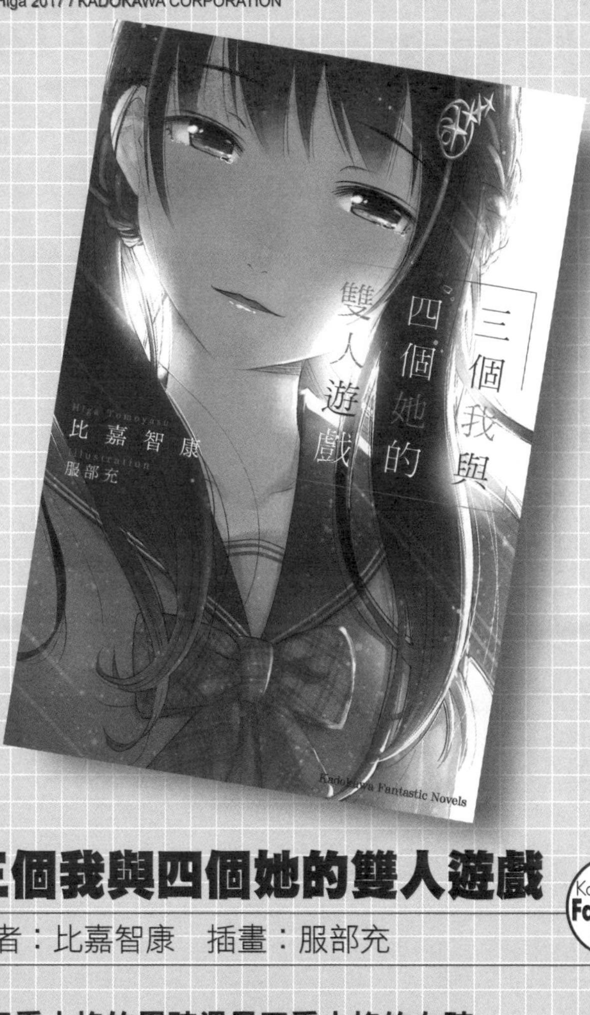

三個我與四個她的雙人遊戲

作者：比嘉智康　插畫：服部充

當三重人格的男孩遇見四重人格的女孩，
織成了純度100%的愛情故事。

　　一色華乃實與囚慈、θ郎和輝井路三個人格相依為命的市川櫻介隊在高中重逢，提議重玩他們在小學時玩的多重人格遊戲，並且聲稱想實現這些人格以前的夢想。囚慈在這段不可思議相處中喜歡上了華乃實，但是，在第二度的流星雨之夜，他們迎來的是──

NT$190/HK$62

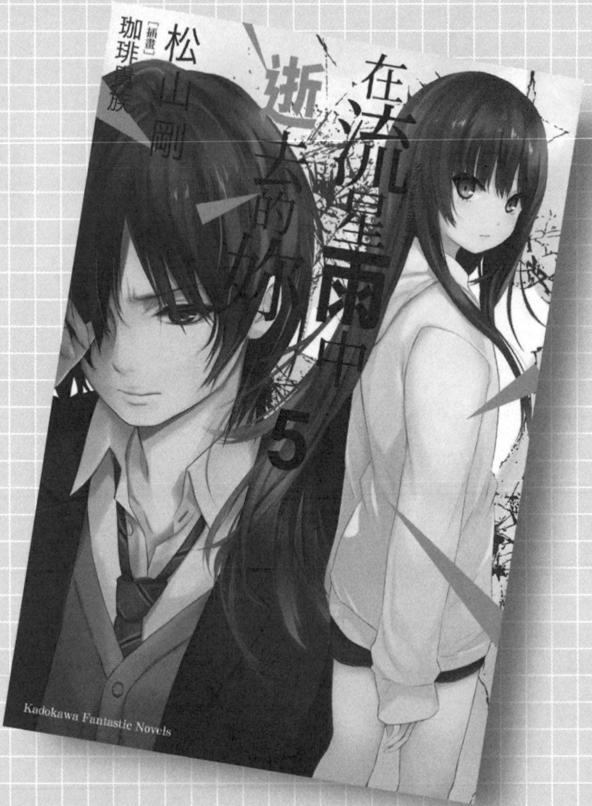

在流星雨中逝去的妳 1~5 待續

作者：松山剛　插畫：珈琲貴族

「夢想」與「太空」的感人巨作，
迎來最高潮的第五集！

平野大地回到高中時代。神祕學妹「犂紫苑」出現，說了「我就是蓋尼米德」告知自己的真面目……與幕後黑手「蓋尼米德」的對決、伊緒的失蹤、潛入Dark Web、黑市拍賣、有不死之身的外星生命、手臂上出現的神祕文字、來自過去的可怕反撲——

各 **NT$250/HK$83**

刮掉鬍子的我與撿到的女高中生 1~4 待續

作者：しめさば　插畫：足立いまる　角色原案：ぶーた

上班族 × JK，兩人的同居生活邁入倒數計時!?
日本系列銷售突破70,0000冊！

沙優的哥哥一颯突然來訪，兩人的同居生活突然面臨結束。回家期限在即，沙優緩緩道出自己的往事，關於學校，關於朋友，關於家庭。沙優為何會離家出走，而來到這麼遙遠的城市呢？這段日子跟吉田住在一起，她所獲得的又是什麼？事態急轉的第四集！

各 **NT$220~250/HK$73~83**

我喜歡的妹妹不是妹妹 1~7 待續

作者：恵比須清司　插畫：ぎん太郎

「你們應該沒有兄妹之外的可疑關係吧？」
就說取材別太積極，這下得嘗試偷偷來了!?

祐與涼花的校園生活正式開始，隨著小說進入高中篇，涼花取材也更加帶勁！然而這些努力活動的結果……害祐在校內被人家亂傳跟涼花有糟糕關係!?祐不願讓涼花被人講閒話，要涼花取材克制點——拜託，「隱密甜蜜蜜作戰」這行不通的啦！

各 **NT$220/HK$68~73**

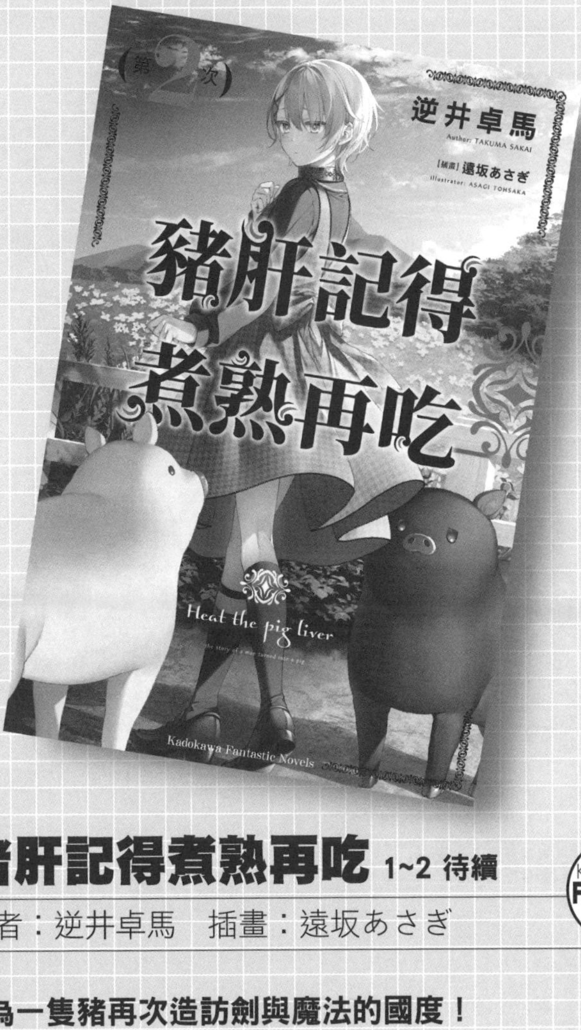

豬肝記得煮熟再吃 1~2 待續

作者：逆井卓馬　插畫：遠坂あさぎ

作為一隻豬再次造訪劍與魔法的國度！
最重要的少女卻不見蹤影……？

在我稍微離開的期間，聽說黑社會的傢伙造反王朝，目前情勢似乎很緊張。而我……我才沒有無法克制自己地想見到潔絲呢。而在這種局面中奮戰的型男獵人諾特，試圖拯救被迫背負殘酷命運的耶穌瑪們。王朝、黑社會、解放軍——三方間的衝突一觸即發！

各 **NT$220/HK$73**

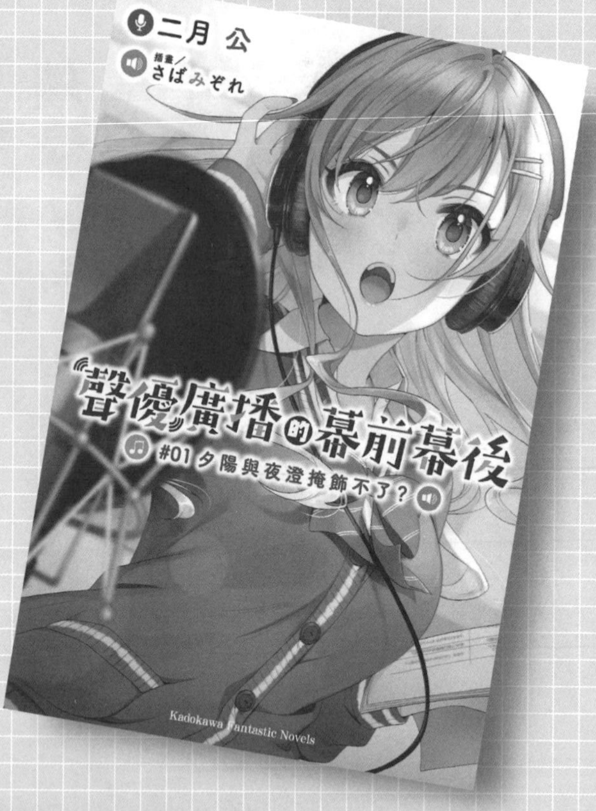

聲優廣播的幕前幕後 1 待續

作者：二月公　插畫：さばみぞれ

台前好姊妹，幕後吵翻天……
拿出職業聲優的骨氣騙過全世界吧！

碰巧就讀同一間高中的聲優搭檔——夕暮夕陽與歌種夜澄將教室裡的氛圍原封不動地呈現給聽眾的溫馨廣播節目開播！然而兩位主持人的真面目跟她們偶像聲優的形象恰好相反，是最合不來的辣妹與陰沉低調妹……？

NT$250/HK$83

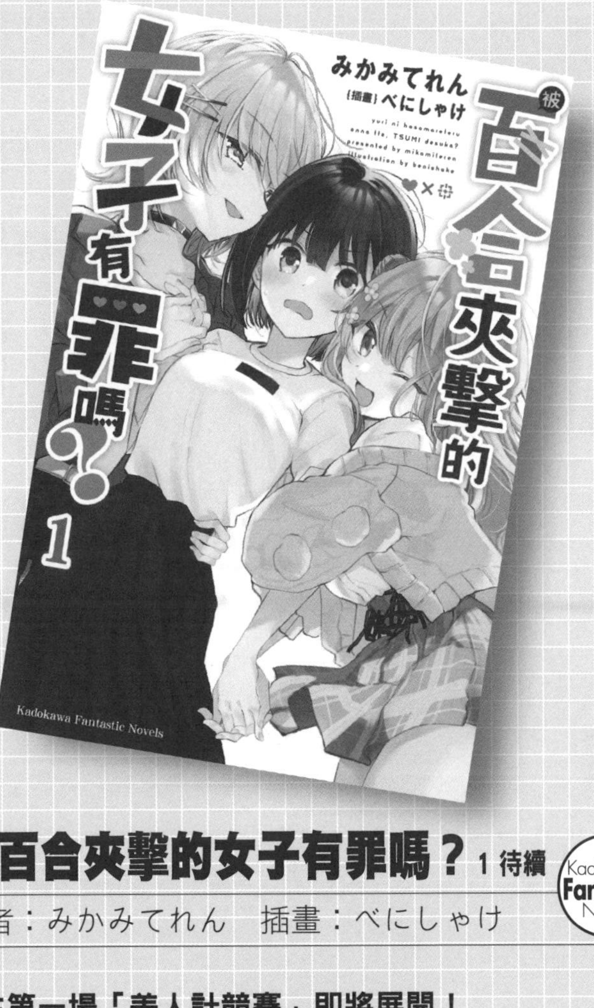

被百合夾擊的女子有罪嗎？ 1 待續

作者：みかみてれん　插畫：べにしゃけ

人生第一場「美人計競賽」即將展開！
三人交織而成的百合戀愛喜劇開戰！

楓與火凜是兩名學過誘惑異性技巧的美少女。然而不知為何，她們首次任務的對象竟然是一名女性……？先讓目標對象墜入愛河的人就能贏得勝利，可是她怎麼好像從一開始就墜入愛河了？三人三樣情的戀愛劇就此開幕！

NT$220/HK$73

「尾尾守……不要突然亂塞東西到別人嘴裡……這樣吃起來很累……」

「呀哈哈！抱歉嘩☆」

還拋媚眼咧。那也算是道歉嗎——算了，反正我也沒那麼生氣。

話說我好像可以一陣子不用吃生菜了。

從指縫間偷看我們的水月對尾尾守問道：

「一咲同學，我也對那個青木瓜沙拉很有興趣！有機會可以教我怎麼做嗎？」

「咦～！小鏡花想做啊！好哇～！真的簡單又好吃喔！啊，我馬上傳食譜給妳！」

尾尾守從口袋掏出手機，迅速操作。

「好高興喔！謝謝妳這麼快就教我！」

「傳嘍～！」

「一咲同學打字好快喔！果然厲害！」

看著她們笑嘻嘻地分享食譜，感覺就像普通女高中生一樣。而我也像夾在女生聚會中間的男生，感覺有點尷尬……

「……那個，原來妳們有手機啊。」

「是啊，雖然訊號過濾得比較強，學校也會檢查傳輸內容，基本上還是可以上網啦～」

「是喔……」

羽根田邊喝著鋁箔包果汁邊告訴我。

那這裡的生活其實沒想像中那麼不方便嘛。

「一咲同學之前告訴我的那個美容餐食譜，根本是我的寶貝呢！」

「啊！那個雞肉的？」

「就是呀！我隔天晚上就做來吃了！」

「小鏡花做菜很仔細，我真的超佩服啦！根本神！」

「沒有那麼誇張啦！也是因為有妳，我才做得出來呀！請妳下次再來吃喔。」

「好哇好哇～！謝謝喔！到時候再聊～！」

「好，沒問題！我再找時間約喔！」

她們是烹飪同好嗎？只聽對話，兩人似乎都喜歡下廚。我聽她們聊著，手裡的甜麵包也吃完了。其他還有很多，所以下意識就拿了明太子法國麵包。

「老師會自己下廚嗎？」

「幾乎不會耶。」

哎呀呀，沒想到會問我這個。

「呀哈哈！我就知道！那老師在家都在做什麼？」

「打電動吧。」

「啊～滿像的～」

尾尾守不出所料似的點點頭。像什麼像，妳說啊。

「尾尾守在家……在宿舍都在做什麼？」

「一咲嗎？一咲都在看美容資訊、可愛的衣服和化妝影片喔！啊！對了對了！剛才的口紅我選珊瑚紅了！顏色是不是很可愛～？」

尾尾守笑嘻嘻地指著自己的嘴唇說道。

啊，所以我才挑明太子法國麵包啊。

「不錯嘛，很好吃的樣子。」

「好、好吃？」

我剛說了什麼？

……啊？

剎那間——

「嗚哇～！老師！你真的是蘿莉控耶～！」

「沒有！等等！不是啦！搞錯了啦！這說來話長！我說好吃不是說妳！是說明太子！明太子法國麵包！我之所以搞錯是因為……啊啊啊好麻煩啊！」

「原來人間真的是蘿莉控。」

「老師原來有這樣的嗜好呀。」

「嗯……請恕我無法苟同～」

「妳們也太配合了吧！」

平常明明是一盤散沙，專挑這種時候團結也太有事了！

後來我仍拚命解釋想洗清蘿莉控嫌疑，卻被蓋上化妝品色盲和沒神經人類的烙印。

女生真的是……女生真的是……！

這些傢伙搞不好比我還能夠在人類社會生存。

不，不太對。

不是人類社會，是少女社會。

與我此生無緣的世界。

＊＊＊

我天生有缺陷。

整個族群只有我這樣。

只有我得在滿月的日子躲起來。

獨自關在冰冷的牢房裡。

月亮大人啊，我問您。

這是我的錯嗎？

我做錯什麼了嗎？

為什麼整個族群都說我是「半吊子」呢？

為什麼我不能跟大家一樣呢？

告訴我為什麼。

為什麼只有我會在滿月的日子變成人類呢？

＊＊＊

今天感覺特別漫長。

應該說，好像整天都被尾尾守牽著鼻子走……

放學前班會結束後，我在教室看著學生一個個準備回宿舍，輕聲喘息。

尾尾守好歹是高級班學生，自然相當優秀，至於滿月的人格「一咲」也是如此。可是有件事讓我很在意——

「老～師！好好的嘆什麼氣呀？讓一咲分一點精神給你吧！」

尾尾守出現在我眼前。來得正好，我有話想跟她說。

「尾尾守，可以占用妳一點時間嗎？」

「咦！老師這麼積極呀～！要在放學後的教室跟我獨處嗎？好哇！我超閒！說吧，你要做什麼？」

「是關於『妳想成為人類的原因』。」

「啊，抱歉嘩☆我突然想起有急事！掰啦！下個月見！」

「慢著慢著慢著慢著。」

尾尾守吐個舌頭，轉身就往教室外跑，我趕緊攔住她。

「這很重要吧？」

「唔————」

尾尾守兩耳低垂、尾巴晃來晃去，以含恨的表情瞪著我。明顯是不高興的樣子。

「……我說啊，有需要這樣嗎？一咲的私事應該跟老師沒什麼關係吧？」

「……唔！」

——跟老師沒關係。

這句話使我什麼話都說不出來。

難道我又像當年那樣多管學生的閒事，結果傷害了她嗎？

過去的情景浮現腦海。

尾尾守有話想說似的看著突然沉默不語的我，最後彷彿放棄般低語：「好啦，真沒辦法，說就說嘛……」咚一聲坐回自己的座位。

「——所以呢？你要說什麼？」

我不免又對該不該問有所猶疑，最後還是審慎地進入主題。

「……妳說妳的原因是『不想再不上不下』究竟是什麼意思？要統一人格嗎？」

尾尾守的耳朵跳了一下。

「就是這樣啊？」

「能告訴我具體要怎麼做嗎？」

「啊？不說不行嗎？」

「……是不強迫啦。」

倘若無論如何都不想說，我自然不會逼她。自己還沒有強硬干涉的勇氣。尾尾守看著我，稍微猶豫了一會兒後輕聲嘆息。

「唉……你這樣子說，我不就要詳細回答嗎……你想想，正常人都很討厭自己在滿月的日子變換人格吧？『小一咲』也是這麼想。在入學前就聽說『小一咲』討厭我到想把我殺掉了——那時候是真的有點難過，原來她那麼討厭我啊。可是我本來就是多餘的，把身體完整還給『小一咲』還是比較——嗯～怎麼說呢，正確？感覺就是這樣。而且一咲很喜歡『小一咲』——所以一咲只是想實現『小一咲』的願望而已喲。」

「願望？」

「消除一咲，讓這副身體只有平常的『小一咲』。」

尾尾守直視著我的眼睛說道。

她傾吐而出的話語，不知有多少是出自現在的她的想法。

「那就是『小一咲』的願望喔。」

她又哀傷地笑了。

——對喔。這個尾尾守時常會露出放棄了什麼，什麼都不想要的哀傷表情。

「……妳自己怎麼想？」

「啊？」

「我不是說平常的尾尾守。現在的尾尾守……滿月的日子才會出現的『一咲』怎麼想？」

「一咲……」

聽到目前為止，「一咲」都是表現出自我犧牲的態度。

這個尾尾守認為只要沒有她，就什麼問題都解決了嗎？

「一咲……一咲害『小一咲』一直很痛苦——所以一咲沒什麼好說的喔。」

「——害她痛苦？」

尾尾守瞥了我一眼繼續說：

「……嗯。一咲雖然是狼人，可是跟人類說的狼人有點不一樣。呃……你也知道，人類世界的狼人平常是人類，滿月才變成狼嘛？一咲剛好相反，平常用狼的樣子跟狼群生活，只有滿月才變成人類。」

一直垂著眼說話的尾尾守忽然轉向我，悲淒地笑著說：

「那個啊，老師。『滿月的一咲』從生下來就一直是人類喔。」

＊＊＊

——久遠的記憶。

那是新月之夜，在母親懷裡入睡的記憶。

還記得母親身體的溫暖和毛茸茸的尾巴。

「媽媽我問妳喔，為什麼我會在『滿月的日子』變成不是我自己呢？」

我的問題使母親僵了一下。

「……因為我們這一族身上混有人類的血喔。」

「人類的血？」

「對。妳知道什麼是祖先嗎？」

「嗯！就是媽媽的媽媽的媽媽對不對！」

「對，妳好聰明喔。我們的祖先裡面啊，曾經有人類。」

「人類！」

「所以，有時候……會有妳這種體質的小孩出生喔。可是很少很少。」

「這樣啊～！那我們這個族群裡有跟我一樣的嗎？」

我天真的笑容使母親說不出話來。

就只是緊緊抱著我，讓我感到疼痛。

＊＊＊

「——原本是到了滿月的日子耳朵和尾巴也會不見，只有在學校裡面，一咲的外表會變得跟『小一咲』一樣。耳朵和尾巴是不是很可愛？」

尾尾守搖晃身體給我看。

「妳想成為純粹的人類嗎？」

「……嗯～不知道耶。」

她露出為難的笑容，輕柔地撫摸自己的尾巴。

彷彿是她的寶貝。

「可是啊，老師。」

她停下手，往我看過來。

「一咲的願望，是希望『小一咲』不要再因為我而難過了。就只是這樣而已喔。」

——原來如此，我好像開始懂了。

「妳是希望滿月時以外的尾尾守能以人類身分活下去才來到這裡的，這樣想對嗎？」

「沒錯喔。」

「我之前認識的尾尾守也是這樣想嗎？」

「咦？應該是這樣沒錯……嗯～我們只是共享記憶，感情和思想都是分開的，細節不太清楚耶。要是搞錯了，你再自己問『小一咲』喔……這樣你問完了沒？一咲是看老師的面子才留下來跟你聊的，不然我其實挺忙的喔。每個月只有二十四小時可以自由活動而已嘛，要多看一點化妝影片了解現在的流行什麼的才行。啊，還有很多東西想買呢！真的很抱歉！」

「好、好吧，抱歉留妳這麼久。」

我想問的事真的都問完了嗎？

——滿月的日子即將結束。

＊＊＊

「喂～！人類！妳根本是人類！」

「才不是！我從生下來就一直是狼喔！」

「我都知道啦！媽媽都跟我說了！妳身上有人類的味道！不應該在狼群裡！」

「奇怪的傢伙！」

「我才不怪！我就是狼！你看！我有耳朵跟尾巴，還有獠牙！都跟狼一樣！」

「我看那是假的吧～？」

「拉拉看就知道了～！」

「不要！住手！」

「喂！你們幾個在幹什麼！」

「啊，糟糕！快跑喔！」

「快跑快跑～！」

「媽媽……」

「還好嗎？有沒有怎麼樣？」

「媽媽……！為什麼，為什麼，為什麼我會跟別的狼不一樣？為什麼別的狼在『滿月的日子』都還是原來那樣？為什麼只有我，為什麼……」

——為什麼只有我跟大家不一樣？

＊＊＊

隔天，難得下雨了。

下雨總讓我很不舒服。

我怨恨著濕濕黏黏的空氣和降雨的天空來到教室，照常進行早點名。

尾尾守向學校請了病假。

＊＊＊

再隔一天，大概是因為今年梅雨來得比較早，又是下雨天。

尾尾守又請假了。

我不由得擔心起來，向學生打聽尾尾守在宿舍的狀況——可是這兩天好像沒人見過她。聽說水月敲門有人回應，表示她的確在房裡以後，我稍微安心一點。

——然而，我覺得狀況有點不太對勁。放學後去看看她好了。

宿舍離學校有一小段距離，自上任第一天起，我是第二次來。

「啊！人間老師！等一下等一下！」

我為探視尾尾守而準備走進宿舍時，有個穿傳統廚袍的女性叫住了我——是舍監寮子阿姨。

「人間老師！老師禁止進入學生宿舍喔！第一天校長帶你來的時候沒說嗎？」

「啊，對不起……」

記不太清楚了，好像有一點點印象……每天都發生很多事，一下就忘了。對了，這裡的確是女子宿舍沒錯，差點就要被當變態了……

「那個，我有點擔心尾尾守的狀況。妳也知道她請假兩天了吧，而且聽學生的描述，感覺有點不太對勁。」

「喔，這樣啊……小一咲她啊……」

舍監阿姨長嘆一口氣，垂落視線。

「我也很擔心……因為連著兩天也沒看到她了……而且她都沒吃我準備的飯，很擔心她到底有沒有攝取充足營養……有的學生會自己做飯，不過她除了滿月的日子以外不是那種人。我也上門問了幾次，可是她都只說她沒事……你也知道，我不能太過干涉學生嘛？所以真的很傷腦筋呢……」

——原來如此，更教人擔心了。

不過我礙於身分不能進宿舍，再說她也只是請了兩天假。說不定明天就忽然好端端地來上學了。

儘管掛念，我仍向為我說明狀況的舍監阿姨道謝，離開了學生宿舍。

——接下來大約兩個星期，尾尾守都沒來上學。

＊＊＊

新月之夜。

即使夏至將近，這時間也已是一片漆黑。

晚間八點五十二分，我難得準備教材和辦公到這麼晚，辦公室只剩我一個。

好，今天進度來到一個不錯的段落，差不多該走了……

但是在那之前——

學校有規定，留下來加班的教師在下班前需要巡校舍一圈。有義務把還逗留在校內的學生趕回宿舍，或者向仍留在教室裡的教師報告自己先回家了。

校舍裡絕大多數區域都已經熄燈，我實在很不想在裡面走動……但規定就是規定。

於是我一手拿著手電筒離開辦公室。

夜裡學校涼颼颼的，自己的腳步聲響得有點恐怖。我為何挑昨天玩恐怖遊戲啊……搞得什麼也沒有的暗處都感覺有問題。不是會有東西跳出來，就是會突然發出巨大聲響——

我就這麼帶著滿腦子無謂的想像，慢慢地走進校舍。

現在一個人也沒有，什麼都沒有。

很好很好，這樣就對了……

就這樣巡完校舍，當成遊戲破關吧……！哇！這樣想以後突然好好玩啊！實境恐怖遊戲！好像會成為一種主題啊！不過仔細想想，這該不會只是單純的試膽——

鏗——————————鏗……

「噫！」

夜晚的校舍裡爆出響亮的金屬撞擊聲。好像有東西砸在地上。

我不禁停下腳步，往聲音望去。

——撤回前言。

一點都不好玩，好想趕快回去。

我就連風稍微吹動窗戶的聲音都能嚇得發抖，依然硬著頭皮繼續巡校舍。

這個樓梯上去就是高級班教室。

對了，我傍晚離開教室時曾開窗換氣。後來有關嗎……記不起來。

管他的，沒關就把它關好吧。

說不定先前的聲響就是因為我忘了關窗戶，有東西跑進來造成的。

——這樣事情就有點麻煩了。

我提心吊膽地拉開高級班教室的門。

窗戶都是緊閉的。

啊，太好了……

就在我放心時——

——呼。

右側視野的角落，似乎有一大片黑影晃過去。

不會吧……「看」到了……？

血液唰一下整個倒流，心跳驟然加快。

有黑影。是人影？還是——

我想起昨天玩的恐怖遊戲。

記得遊戲裡有個壞結局是跟著引誘人的影子走過去，就會被拖進影子裡而Game over。

——該不會就是那種影子吧。

心跳聲愈來愈急，身體開始有些發冷。冷汗慢慢滑過太陽穴，讓我把手電筒握得好緊。

我用力嚥下口水，輕微呼吸，希望一切都只是錯覺並咬牙望向黑影。

那裡什麼都沒有。

手電筒只有照亮教室牆壁。

什麼嘛……我看錯了啊。

不知不覺緊繃起來的身體瞬間放鬆了。

是恐怖遊戲害我這麼杯弓蛇影嗎？

唉，誰教我有點遊戲腦。無論如何，沒事就——

——一轉頭，就看到有個蓬鬆長髮的白衣女子站在眼前。

「哇啊啊啊啊啊啊啊啊啊啊啊啊啊啊啊啊啊！」

「呀啊啊啊啊啊啊啊啊啊啊啊啊啊！」

完了完了完了完了完了完了！

我摔倒在教室地上，還撞倒了課桌。

看到了……！我、我有生以來第一次……！怎麼會這樣，不會吧，還以為自己出生到現在一點靈異體質都沒有——結果還是看到了。白衣女鬼拖著長長的亂髮，高聲尖叫朝著反方向跳走——

嗯？朝我的反方向跳走？

我慢慢將手電筒照向白衣女鬼跳走的位置確認。

——有腳。

「……老、老師？」

疑惑又帶點安心的聲音呼喚了我。

是耳熟的聲音。

我用手電筒把她照清楚。

只見那裡有一名身穿寬鬆連帽外套和短褲，淚眼汪汪的少女。

……看來夜間的入侵者不是恐怖遊戲類的。

兩星期不見的尾尾守一咲，好像瘦了一點。

＊＊＊

閃閃發光呢。

滿月的日子。

我獨自關在牢房裡卻沒有那麼冷。

「人類的我」和我用同一雙眼睛，望著懸在夜空中的月亮。

和我一樣卻又不同。

這樣的她仰望著月亮，大口深呼吸。

她究竟在想些什麼呢？

這世上只有我和月亮認識她。

明明她是那麼美。

這世上除了我和月亮，沒人認識她。

——明明她是那麼美。

都是我的錯。

只要成為人類，我這個狼的部分就此消失。

除了我和月亮以外，還有人願意欣賞這麼美的人類嗎？

＊＊＊

「呃……真的很對不起……」

我和尾尾守擺回撞倒的課桌，隨手抓了張椅子坐下。

「不……是我這麼晚還來學校，對不起……」

「跌倒的時候有受傷嗎？還好嗎？」

「抱歉讓老師擔心了……我沒事……」

尾尾守表情僵硬地扶正歪掉的眼鏡，滿懷歉意地說道。

……她的情緒實在是非常低潮呢。

雖然想問她為何請假，這麼晚了在教室裡做什麼等很多很多，但是該如何開口呢……

尷尬的沉默流過我倆之間。

啊——要找點話來說才行……

我拚命地想，卻覺得怎麼開口都不好。

「——那個，窗戶——」

反倒是尾尾守先開口了。

「我路過的時候，發現窗戶沒關。」

——我果然忘記關窗啦。

「然後突然想知道教室在晚上是什麼樣子，就……」

我也懂受到好奇心驅使的感受。就跟探險欲差不多吧。自己也是會把遊戲地圖全部逛一遍的類型。

只是，我有個疑問——

「這裡是三樓耶……」

她是怎麼從窗口進來的……

「啊……就是……」

尾尾守的嘴開開合合，不太想說的樣子。

「……我想說距離夠就跳進來了。先爬到樹上再跳過來這裡。」

她像是知道這樣不對，坦白得很小聲。

這是「濫用野獸體能，在校內出現有違常人之舉」。

——需要扣分。

我邊思考著如何處分尾尾守，邊往窗外望去。拉開了窗簾的窗外，是一大片星空。

最近都在下雨，好久沒看見星空了。星野老師好像說過，這個時期的北斗七星和春季大曲線很有看頭。沒有月光的天空，星星似乎比平常還多。

「——尾尾守。」

我將視線移回尾尾守身上。

「這麼晚了，妳到教室裡做什麼？」

錶上時間是晚間九點十七分。

我們學校學生是全員住宿制，若沒記錯門禁時間是晚上八點，十點半熄燈，十二點完全熄燈。上次去宿舍時，舍監阿姨提醒了很多，我就把宿舍制度的資料重新看過一遍，應該不會錯才對。

面對我的質問，尾尾守抓著外套下襬低下頭。

我靜靜等待她回答。

尷尬的沉默使我好幾次想開口，可是這段沉默與先前不同。感覺要是說了話，就會讓尾尾守再也不開口。

眼前的少女一動也不動，我也只是默默地看著。

——不知過了多久。

好像已經有很長一段時間，實際上說不定只有五分鐘。

「啪答」一滴水珠落在尾尾守的手背上。

「啊、對、對不……對不起……嗚，我……」

尾尾守拚命擦臉，卻追不上不斷滾出眼眶的淚珠。

「不、不是這樣……對不起……我、我不是想造成老師的困擾……嗚嗚——唔……」

我差點就忍不住擁抱努力解釋卻泣不成聲的尾尾守，幸好在最後一刻恢復理智。

自己是教師，不能亂碰學生。

……要表明立場才行。

我將舉起的手放回自己大腿上，用力握緊。

「不用怕，沒事了。」

並儘可能輕聲安慰，想讓尾尾守鎮定下來。

「這樣不會造成我的困擾。」

接下來，尾尾守在只有我們的校舍裡盡情大哭。

＊＊＊

「——對，這樣說沒錯。我『只想要一個人格』，這就是我想成為人類的原因。不要緊的。我到現在每個月都會變成人類一次，所以我相信自己很快就能畢業……我在狼群裡已經待不下去了……也知道媽媽和長老他們沒辦法再保護我。今年冬天的糧食問題一定也會很嚴重，大家都要挨餓。我還能活到現在一定是奇蹟。所以……所以我要成為人類——啊哈哈，怎麼了嗎？連理事長的表情也這麼嚴肅……咦？有兩個人格也能成為人類？謝謝您的建議。那個……我……我想想……可是我也知道，不管是人類還是狼都對異類很有攻擊性，沒錯吧？只會在滿月的日子改變人格這種事……不是一個很大的靶子嗎——我不想變成那樣。變成人類以後，我再也不想管那麼多，幸福地活下去……所以……所以我只想要一個人格。一切的錯誤，都是從這個身體有兩個人格開始的。所以……請讓我變成只有一個人吧。理事長，求求您了，請讓我成為人類吧。我厭惡自己到想把自己給殺了。」

＊＊＊

「——因為我誰都不想見。」

當尾尾守的哭聲變成啜泣，她才慢慢開口。

「我經常不能把重要的事說清楚，所以才會造成那樣的誤會。」

我不否定也不肯定，只是默默聆聽尾尾守的話。

「之前滿月那天『一咲』跟老師的對話我也有聽到——她以為我討厭人類的她，到了想把她殺掉的地步……」

說到這裡，尾尾守又垂下眼睛，語尾顫動。我等她繼續說下去。

「……明明沒有那種事……我討厭的是我自己，現在跟老師說話的自己，討厭到想把自己殺掉……所以我想成為人類，只留下『一咲』一個人格。」

淚水在尾尾守的眼眸裡晃動。

「可是……可是『一咲』為什麼會誤會成我討厭她呢……？她以為我是為了什麼努力到現在的？——這都是為了把一切的一切讓給她啊。為什麼……為什麼她不懂呢？明明最了解我的就是她啊！我怎麼會想用我的人格成為人類呢……！我這麼差勁、一點優點都沒有、膽小懦弱、老是給人添麻煩、扯後腿、傷害我重視的人就逃避——像現在，也只會說這種不知道是自暴自棄還是埋怨的話……！害老師操心，對誰都不好！不能為任何人著想的這個自我中心的自己，我真的好討厭！討厭得要死……！」

「——尾尾守。」

聽到我呼喚她的名字，忍不住渾身一僵……大概是以為自己說得太過火了，或是覺得我生氣了吧。也許兩者皆是。

——感覺有點像前陣子的我。

「我們人類，也很容易誤會別人呢。」

「啊……？」

尾尾守的聲音像是沒料到我會這樣說，而我繼續說下去：

「我們很容易只看見眼前的東西，並對看不見的東西胡思亂想，造成誤會。」

——我也是這樣，一廂情願地臆測他人的想法。

「所以，我們要把心裡的想法用言語表達，讓對方正確地看見你想讓對方看的東西。」

——如果當時的我做得到，會有不同的人生嗎？

「與其去猜想別人的想法這種模糊不清的東西，首先我覺得更重要的，是把自己真正的想法正確地說給對方知道。」

——沒錯。如果能對當時的自己這麼說就好了。

「尾尾守，可以把妳最想說的話，說給我和另一個尾尾守聽嗎？」

我不想見到尾尾守重蹈我的覆轍。

——因為她還來得及。

「我……我……」

尾尾守顫抖著摸索怎麼開口。

「……我想讓『一咲』成為人類。」

「嗯。」

「……我比誰都更重視她……也覺得她會熱情地去做喜歡的事，很有個性。」

「嗯。」

「可是我……我最想說的，最希望她知道的，大概從一開始就只有一句話……我……我……」

尾尾守的眼眸又泛起濕潤的亮光。

「我真的很喜歡『一咲』……嗚！」

斗大的淚珠滾滾而下。

「——嗯，謝謝妳說出來。」

尾尾守她們一定都很疼惜彼此，才會造成這種誤會。

常人會因為事情太過基本而疏漏。說不定用言語表達出來，才是對了解彼此來說最重要的事。

尾尾守哭個不停。

但是她的眼淚比先前溫暖多了。

＊＊＊

「……真的很對不起。」

「嗯？不用放在心上啦。」

我們從教室來到教職員辦公室。

尾尾守哭到眼睛都腫了，所以我拿辦公室冰箱裡的保冷劑給她敷，順便看一下冰箱裡的東西。

喔，有運動飲料耶。

「……我是第一次慌亂成那樣。」

用保冷劑敷著眼睛的尾尾守自言自語似的低語。

「這樣啊。」

「對不起，給您添麻煩了。」

「不會啊？那也不是妳的錯——還滿像人類的呢。」

我將從冰箱拿出來的運動飲料交給尾尾守。雖然亂拿人家東西不好，明天再拿一瓶一樣的放回去就行了吧。尾尾守小聲道謝並接過飲料。

「老師，我明天一定會來上學。」

「……不要勉強喔？」

「放心，我沒事——先前到教室裡，也是因為有點想念教室，想替重回學校作預習。」

「這樣啊。」

我把自己的包包整理好，準備下班。

「好，差不多該走了。啊，那瓶運動飲料妳拿回去喝沒關係。」

「謝、謝謝老師。」

已經很晚了，現在是晚上十點五分。尾尾守兩手抓著還剩三分之二的寶特瓶站起來。

「我送妳回宿舍。」

「咦！不用啦，我沒關係！應該說……那個……」

尾尾守尷尬地移開視線。

「我……是從宿舍窗戶溜出來的，不能從正門回去……」

「……原來如此。」

不曉得尾尾守的房間在宿舍幾樓。不過憑她的體能，感覺不管幾樓都可以自由進出。

「——知道了。違反常人的行為，我會照例依校規予以合理處置。至於舍規不在我管轄之內，就當作沒聽見了……可是話說回來，這麼晚了還讓學生單獨走夜路，有種很不負責任的感覺，就讓我送妳到附近吧。」

宿舍在校地內，再怎麼樣也不會出事才對。若要問我為什麼，就當是以防萬一吧。對，以防萬一。

「啊，對了，舍監阿姨也很擔心妳喔。有好好吃飯嗎？」

「算是有……我偶爾會做『一咲』找的減肥食譜來吃。」

「這樣啊，算是有吃飯，那就好。」

尾尾守聽到我的回答，放心地點了頭。我繼續完成下班前該做的事。

最後一班公車是晚上十點四十分。

好像勉強來得及。

於是我們就此踏上歸途。

＊＊＊

隔天，新月的第二天放晴了。

我到教室開朝會，果真見到了尾尾守一咲。兩週沒上學的她表情略顯僵硬，讓人有些在意。不過現在就過問未免操之過急，也會讓她覺得我逼太緊吧。

所幸班上同學都跟平常一樣。不對，水月好像有點開心……？總之看樣子，尾尾守不需要多久就能恢復正常了。

我今天也簡單講幾項通知就開始點名。

許久不見的柔和陽光，將教室照得通亮。

＊＊＊

六月十一日。

應該說「幸會」嗎？

這樣子寫信是第一次，說幸會沒關係吧。

給一咲：

上次滿月的日子，妳跟人間老師說的話我都聽到了。

首先，很抱歉造成妳的誤會。

我以為說「我想成為人類」，妳自然會了解我的意思。因為妳是人類的部分，所以以為妳會知道那句話是我要消除我自己，只剩下妳。

可是，事情並不是這樣呢。

妳對老師說，覺得自己害我一直很痛苦。

我則是覺得害妳吃了很多的苦。

兩邊都以為是自己的錯呢。不說出來不會知道的事，真的太多了。

我一直認為這世上沒有我的容身之處。

所以才想成為人類。

至於未來要成為什麼樣的人類，我想再跟妳一起討論。說不定事情就像那天理事長給我們的建議一樣，繼續維持這樣也不錯。我現在稍微會這麼想了。

我想多了解妳的想法。

我覺得，我們因為離得最近，反而對彼此有很多不了解的地方。

所以，要不要和我寫交換日記呢？

期待妳的佳音。

＊＊＊

「好熱……」

六月下旬早晨。

夏至過去，梅雨季也在今天結束。天氣預報表示，這次比往年早了很多。

等太陽真的開始發威以後，像我這種西裝族就要熱死了。

這麼早就這麼熱……差不多該換季或是改清涼辦公了。話說星野老師都沒打領帶呢……

就快到達名為辦公室的綠洲了。

辦公室有開冷氣，超棒的。早乙女老師是女性，冷氣太冷恐怕不好受，可是她說自己比較怕熱。

「啊……好想趕快到辦公室吹涼涼的風……嗚哇！」

「──老師！可以借一步說話嗎？」

「啊？」

背後有人穿著室內鞋跑來，然後一把揪住我的西裝，我還搞不清楚狀況就被帶走了。最後把我拉到校舍三樓的空教室，粗魯地扔進去。

「哇！」

我被講台絆了一跤，可是對方理都不理，若無其事地進教室關上門。

「──妳這是幹什麼啊，尾尾守？」

豔麗妝容，沒穿好的制服，整理得很漂亮的蓬鬆秀髮。對喔，今天是滿月。尾尾守頂著一張像是生氣又像害羞的複雜表情，姿態忸怩。

「──嗯！你看！」

尾尾守拿出一本筆記簿。

「上個月啊，一咲不是說了很差勁的話嗎？就是說『小一咲』討厭一咲的那些。後來『小一咲』跟老師說了很多對不對？然後今天起來，桌上就多了這本筆記。因為一咲跟『小一咲』會共享記憶，內容不用看也知道，但一咲還是自己看過了。」

尾尾守珍惜地撫摸筆記封面。那是本普通的橫行簿，學校發的學雜用品。雖然現在尾尾守是辣妹人格，注視筆記的眼神卻與文靜的尾尾守沒有差別。

她輕柔地呵呵笑道：

「──那個啊，老師。一咲開始跟『小一咲』寫交換日記了！以後要聊很多心情跟想法喔！其實，一咲以後還是想跟『小一咲』在一起啦！啊，可是我還是想成為人類呢！我想穿很多可愛的衣服，也想化各種妝！所以我們要用這本筆記討論很多很多以後要做的事！我們兩個一起！」

那笑容比過去都還耀眼，是亮粉的緣故嗎？接著，她極其珍重地將筆記抱在懷裡。

「老師！謝謝你聽一咲說話喔！這件事感覺就是要跟老師好好報告才行！就這樣——掰啦！一咲要回教室蒐集夏妝情報了！謝謝老師！以後也要多多照顧我們喔！」

——好一串猛烈的報告。

尾尾守說完就飛也似的離開教室，不知道她未來會往何種方向走。

她所選擇的路，肯定不是一朝一夕可以決定。

如果她們能慢慢討論出雙方都能接受的答案——

不，我相信她們一定能選出對自己最好的路吧。

能夠守望這結果，即是教師的特權。

我也該面對過去了。

空教室開了窗，陣陣大自然的芬芳隨風而來。

那是茁壯成長的樹木與綠葉的香氣。

夏天就快來了。

厭世教師與河畔暑假

MISANTHROPIC TEACHER IN DEMI-HUMAN CLASSROOM.

企盼已久的夏天來了！

藍天！白雲！光說不練的我！

此刻，我正在毒辣的盛夏烈陽下帶領著學生。

假日都宅在家的我，為何會在這種日子外出呢——

這得從暑假前說起。

＊＊＊

「老師，我們暑假啊，想到河邊玩。就是森林外緣那條河。」

「河？」

「對對對，這裡。」

羽根田邊說邊拿出校區簡介圖。圖上的森林外緣的確有一條河，與學校有一小段距離。

我都不知道耶。說不定是學生遊憩的好去處。

「喔，就去吧。好好玩喔。」

「哎喲，不是啦。我是請老師帶我們去。」

「啊？」

「這邊啊，其實剛好在校地外面一點點呢。」

「這樣嗎？」

那張圖不是全都是校地嗎？我再度查看校區簡介圖。

「話說，剛才結業式上校長不是有說過嗎？只要提早兩週加上有教師帶隊，就可以申請特別外出，租借理事長寶玉戒指到結界外最多兩公里的範圍內。」

「原來妳有在聽啊。」

「哼哼，我可是高材生喔～好啦，總之就是這樣。話說老師暑假有什麼安排？」

「在家打電動。」

「嗯，幸好你很閒——那麼，申請表我來跑，麻煩老師在這裡簽名。」

羽根田隨手又拿出一張紙。她什麼時候連申請表都準備好了……

申請表上有各式各樣的待填項目。除了必要的名字和人數外，還有租借戒指的尺寸，租借日期要同時填寫格里曆和儒略曆（註：現行曆法為格里曆，又稱公曆。與儒略曆差別在於，若遇一百可整除的年數，必須同時能被四百整除才算閏年），簡直像在考試一樣。其中大概是有審查意義，只有能夠理解並妥善回答這些問題的學生可以外出。

「……這些妳都會寫啊？真厲害。」

身為教師的我不能太馬虎，大致看了一遍。就我會答的項目，她寫的全部正確。

「咦？不就是寫一寫而已嗎？學過以後誰都會啦。」

——羽根田帷果然是個高材生。

我也很想說說看這種話啊。

「話說回來，這是八月八號啊。」

「咦，你該不會那天剛好有事吧？」

「呃，不算啦……」

騙人的，其實有事。

那天正好是家族聚會。老實說我很不想去。家族聚會不只不好玩，還會單方面被知道我小時候的親戚圍著嘲笑從小就一直打電動，或是在他們家尿床等一堆亂七八糟的事，徒增討厭的回憶。

既然這樣，不如帶她們出去玩還比較好……不過啊……

「夏天我實在不想出門耶……」

「咦～？你也太廢了吧～」

軟爛的我惹來羽根田的抗議。

「帷，人間不簽申請表嗎？」

「老師！河邊很涼很舒服喔！」

「右左美……水月……河邊很涼啊……對喔，說得也是……」

——那麼單純陪她們去，我一個人在樹蔭下打電動也可以吧……嗯……可是路上還是會熱……家族聚會又……啊……

「好像還欠臨門一腳呢。」

「一咲同學！這是滿月那天『一咲』同學給我的字條！」

「咦咦！這是什麼，真的可以唸出來嗎？」

尾尾守也加入了說服我的行列。滿月時的尾尾守留了字條？

「我看看——『老師～♥一咲幫大家挑了可愛的泳裝，好想聽聽你的感想喔♥泳裝是什麼樣式，就請你到時候自己看喔！想、看、就、帶我們去吧～♥』」

「呃，我才不想被這種話釣中咧！」

目的太露骨了吧！別想用泳裝釣我！這樣更難答應了吧！

「老師，您想太多啦！」

「……妳們知道北風和太陽的故事嗎？」

沒錯，現在的我就是被北風呼呼地吹。看，右左美的眼神就跟暴風雪一樣冷。我明明什麼都沒做，就被視線刺得不成人樣。

一旁看著我們的羽根田輕咳一聲說：

「——好啦，玩笑就開到這裡。」

這玩笑也未免太惡質了……

「我們一直都待在校地和宿舍裡，實在很膩。所以偶爾一下～下就好！讓我們出去玩嘛——好嘛，老師……不行嗎？」

唔……現在明顯是在撒嬌。

我注視著高級班的學生們。仔細想想，她們和每天都在學校內外進出的我不一樣，只有在特殊情況下才能出去。對我這種家裡蹲來說，或許沒什麼——可是她們不是我。

「唉……真沒辦法。」

這些學生平常都很努力，偶爾陪她們玩一下也好吧。

在學生們的注視下，我總算在申請表上的帶隊教師欄簽了名。

「嗯嗯，謝謝老師～」

我將文件交還給羽根田。

她笑嘻嘻地接下，嗯嗯有聲地用手指划過紙面作確認，最後輕快地一個甩手彈指。

「好，應該沒問題了！啊，對了老師，當天早上九點在校舍正門集合，嚴禁遲到喔～那我去交申請表給校長了，敬請期待～」

羽根田笑呵呵地帶著剛完成的申請表離開教室。

雖然我不太想外出，至少是個現成的好藉口，不用去家族聚會給人嫌。就這樣吧。

——於是乎，我與學生的暑期河畔一日遊就這麼敲定了。

＊＊＊

「老師，太慢了吧～？」

「肯定是昨天三更半夜還在打電動。」

八月八日上午九點，我勉強趕上約定時間。

「哪有，是妳們太早了。現在是暑假耶，熬夜睡過頭不是很正常嗎？」

「是這樣嗎？」

「只有你吧。」

「我不是說過嚴禁遲到嗎～」

「唔……這種時候我就是少數劣勢……」

「啊，這、這我懂喔！因為白天沒必要早起，晚上就會過得特別散漫呢！」

「尾尾守……！就是這樣沒錯……！」

「老師，那種廢話就免了，可以趕快去跟校長拿理事長寶玉戒指嗎？沒有那個，我們就不能出結界耶？老師也知道我們沒戴理事長寶玉就離開結界會怎樣吧？」

「對、對喔，就會失去現在的樣子，變回原形吧？」

「嗯……大致算對吧。沒戴戒指離開結界，不只會恢復入學之前的模樣，而且無法回到結界裡。所以戴好戒指非常重要。老師，帶隊不只是看好我們，注意戒指也一樣重要。絕對不可以忘記喔～」

羽根田像是覺得我很不可靠般反覆叮嚀。

話說上任第一天，校長也跟我說明過戒指的事……從那時起，戒指就不曾離開我的左手小指。

內側鑲有紅色寶玉的銀色戒指。

我跟羽根田說自己會小心之後，就前往校長室了。

＊＊＊

「人間小弟！我等你好久了捏！」

校長還是一樣圓滾滾的，一看到我就帶我去後頭的保險櫃。

「申請的是四枚戒指捏？」

「啊，是。沒有錯。」

羽根田、右左美、尾尾守，與水月四個沒錯。校長從保險櫃裡取出四個裝飾精美的小匣子交給我。

「這個戒指萬一弄丟了，責任都算在你頭上，千萬小心捏。要是真的弄丟……會有很——重的處罰等著你捏。」

「處罰……？」

糟糕，戒指的管理責任愈來愈重。

感覺超級不想去了。

「處罰內容將由理事長視情狀而定捏，不會一概用哪個罰則處理捏。總之，要小心保管捏！」

「我、我知道了。」

又是理事長啊……

話說第一學期都過完了，我還沒見過理事長。究竟是怎樣的人呢？會不會根本不是人呢？畢竟是這樣的學校……到底是何方神聖？我想著這些事，帶著四個小匣子回到高級班學生所等待的校舍正門。

「老師，你好快喔～」

羽根田從正門樓梯站起來走向我。

「——啊，那是戒指的盒子？謝啦～」

「嗯，對。」

匣子上貼了寫有學生名字的便條紙，我一一交給對應學生。

她們都好奇地捧著匣子看。

「有了這個，就能維持這個樣子到結界外面了呢……！」

「……有點緊張。」

「跟老師戴一樣的不太舒服就是了～」

「可以戴上去了嗎？」

「可以喔。」

對了，申請表上要填戒指尺寸嘛……

戒指都和她們的手指相契合。

我的沒有指定尺寸也沒有匣子，就只是裝在信封袋裡，待遇比較馬虎，因此快忘了那是特殊戒指。

看到學生們開心的樣子，我才再次想起來。

「好，那我們走吧。」

前往結界外的河川。

為高級班留下一段夏日回憶。

＊＊＊

「真是的！帷同學，妳很大膽喔～！」

「啊哈哈！鏡花濕身真的特別美耶！」

「右左美同學！我已經知道妳在那裡喔！」

「哼，天真。右左美在這裡！」

學生們在玩水，我卻只是在塑膠墊上，用自己的包包當枕頭，躺在一邊懶懶地看著。

到河邊之前被路標騙，多繞了一大圈，真是累死我了。希望下次之前會修好。不曉得會不會有下次就是了。

「——老師？我看您一直在休息，您累了嗎？」

「唔哇！我、我沒事。」

眼前突然冒出一個泳裝巨乳學生妹，嚇我一跳。

「老、老師……？看起來還滿有精神的嘛……？」

水月看到我反應得那麼快，顯得很疑惑。不、不是的……我只是對泳裝沒抵抗力而已……

「是、是啊……妳們也很有精神，太好了……」

「呵呵！都是託老師的福喔！我對海洋比較了解，對河流就所知甚淺了……可是河流也很棒呢！而且一咲同學替我選的泳裝也很可愛，感覺玩水更有趣了！」

水月開心地轉來轉去。

「是喔……我對女性泳裝不太了解……」

「咦咦！這樣啊！」

水月的表情一下子變得好落寞，讓我有點心痛。

不是啦，水月。雖然我是真的對泳裝不太了解，可是不誇妳主要是因為有性騷擾嫌疑，實在不方便發表意見啊……唔！

水月在我面前垂頭喪氣了一下子，卻又忽然靈光一閃似的，表情恢復燦爛神采。

「對了！既然這樣我就把大家的泳裝跟老師介紹一遍吧！難得是滿月的一咲同學替大家選的嘛！」

「咦！」

這樣……！可以嗎？

水月對慌亂的我繼續說道：

「一咲同學也說過想聽您的感想呀！而且泳裝是一咲同學從經典款到流行款之中精挑細選出最適合我們的喲！她真的好會打扮，好厲害呢！」

啊，這倒是不難想像。辣妹尾尾守感覺就是喜歡思考這種事。

「好！那首先呢，我的泳裝是掛頸比基尼再加上最近流行的層疊風的搭配！這兩組肩帶交叉的部分現在很熱門喔！一咲同學還說中間稍微露出來的皮膚很萌呢！」

我是不太懂啦，只知道繩子很多條。還有水月說得沒錯，微微暴露的地方不少。是最近的寫真集和萌圖也很常見的設計。

對，長話短說就是——這件泳裝設計得真的非常好呢。

「然後呢！右左美同學的是有白色滾邊的洋裝式泳裝！白色滾邊在皮膚白白嫩嫩的右左美同學身上特別好看喔～！那件泳裝最可愛的部分，是透明的袖子和背後的蝴蝶結！」

的確，右左美的泳裝乍看之下是暴露度很低的兒童泳裝。

不過背部卻露得很大膽，有著前面清純可愛，背面大膽成熟的反差。要是一個恍神，搞不好會在她背對自己的瞬間怦然心動。

「帷同學的泳裝呢，叫做高領比基尼！風格比較成熟，把肩頸一帶明顯地露出來，也是最近特別熱門的款式喔！」

經她一說好像真的是這樣。造型單純，給人活潑的印象。而且由於泳裝重心較高，有種強調腹部的感覺。

這下……眼睛忍不住往那裡飄也是沒辦法的事。

「一咲同學的泳裝呢，也是愈來愈常見的一字領比基尼！這是滿月的一咲同學為了讓平常的一咲同學也敢穿，花了很多心思挑選的呢！顏色是穩重的暗色系，同時用格紋突顯出少女氣息！正好抓到成熟和可愛的平衡點！真是太棒了呢～～！」

水月說得沒錯，真的是大膽又不失可愛。

……這只是我自己胡思亂想，所謂一字領這種肩膀和鎖骨整個露出來的衣服，會不會很容易滑下來啊？其實很危險吧！每次看到我都忍不住這樣想。是那樣嗎……「胸部很大所以卡得住，不會滑下來！」之類的嗎……

「那個，鏡花同學。」

說人人到，尾尾守同學過來了。

「我剛才看到鏡花同學在跟老師說泳裝的事，所以也想來道謝一下……那個，上次滿月的時候，妳在挑選泳裝上幫一咲提供了很多想法，真的是太謝謝妳了！」

「哪裡！我自己也聊得很開心呀！而且一咲同學那件泳裝真的很漂亮、很可愛喔！太美了呢！」

尾尾守受到水月當面誇讚，難為情地當場縮成一團。

「咦、咦咦……？真的？」

水月也在她身邊蹲下，注視她的眼睛認真地說：

「當然是真的呀！我有生以來一次都沒有說過謊呢！」

四目相交的兩人同時噗嗤而笑。

「呵呵，假的吧～」

「真的啦～」

這個幸福的空間是怎樣。

我有點受不了這種相親相愛的場面，不曉得該怎麼辦。

……待在這裡改變不了什麼，眼睛又不知道要看哪裡，移師到遠一點的樹蔭下好了。

就在我付諸行動收拾行李和塑膠墊時——

「人間，你要去哪裡？」

右左美來了。手上抱了個大游泳圈。

「啊……這裡有點熱，我想到陰涼的地方去。」

「哼……右左美也來幫忙。」

「咦！」

真教人意外。今天是吹什麼風啊？

大概是不小心表現在臉上，我被右左美瞪了一眼。

「……怎樣啦？」

「啊，沒事……」

「有話想說就說清楚啦。」

儘管右左美態度和平常一樣凶，仍然俐落地收拾攤在塑膠墊上的雜物。

「反正你八成是在想右左美怎麼會難得幫你。」

唔，猜對了……

「……你是拿假日來陪右左美幾個的，所以稍微來幫你一下，就這樣而已。」

右左美……妳還是有溫柔的一面嘛……

「如果你能幫右左美加分就更好了。」

不，依然是正常運轉。可是——

「……謝謝妳來幫我喔，右左美。」

右左美仍是一臉不悅地幫我搬小東西。

我也將不曉得為什麼這麼重的行李和塑膠墊移到樹蔭下。

——好。

「據點．改，完成！」

「好遜的名字。」

「呃，右左美，這種名字就是要直截了當才好。」

「是嗎……？」

右左美不解地看了看新據點。

話是這麼說，其實也只是把行李擺在塑膠墊上。

「老師？」

羽根田也來到新據點旁。

「換個位置而已。有遮蔭就好多了。」

「右左美也有幫忙。」

「咦～很棒喔。」

「真的省了很多力氣。謝啦，右左美。這樣我就能心無旁騖地打電動了～～～」

我立刻躺上剛設置好的據點・改，從自己的包包拿出掌上遊戲機。

「……很享受呢。」

「……就是啊。」

我兩隻眼睛都盯著螢幕，不知道右左美和羽根田的表情，不過想必很傻眼吧。

「難得來河邊玩，右左美先回河裡了。」

「喔喔，慢走～要小心喔。」

我對眼角餘光處手拿飲料和泳圈的右左美應個聲。

「叫人小心就要自己看好啦～！」

「就是啊，老師。既然你都來了就跟我們一起玩嘛。」

「我沒帶泳褲，不可以下水～」

「守得很緊喔。」

也沒什麼緊不緊，沒有就是沒有。

「羽根田，妳也要休息嗎？」

「嗯，就是這樣。」

「是喔。一直玩到現在，累也是正常的啦～」

我忽然想到尾尾守和水月而側眼一看，發現她們依舊在打鬧。右左美在淺灘坐在泳圈上，望著天空發呆。

「那個啊……」

羽根田表情有些靦腆地開口。

「今天謝謝你喔。」

什麼啊，突然這麼老實。

我還在想該怎麼回答，她又接下去說：

「今年夏天只有一次，所以我想製造一點回憶。說不定明年就有人畢業而不在了嘛。」

她又補一句：「但是還不曉得啦。」並對我笑了笑。

「還有，鏡花喜歡玩水，我很想帶她來這裡呢。」

「這樣啊。」

老實說，我實在很不想在大熱天走山路。可是這裡風景的確很秀麗，水邊空氣也比較涼，還不知為何對時下流行的女性泳裝多了點認識——最後可能是多餘的。

總而言之——

「妳們玩得開心，我就開心了。」

況且還因此迴避了麻煩的家族聚會。

「——老師！小心！」

「噗哇！」

突然一團水砸在我臉上，上半身都濕了。

幸好這台掌上遊戲機有防水……

「啊嗚嗚嗚！老、老師對不起……！沒事嗎！」

尾尾守大概是不小心用水槍射中我，淚眼汪汪地道歉。

「喔，尾尾守，我沒噗哇啊啊啊啊！」

「啊哈哈！老師好好笑喔！」

身旁的羽根田故意拿水槍射我。

「弄濕我有什麼好玩的……」

「嗯～？沒有這種事喔？」

羽根田抱著水槍賊笑。

這傢伙……是喜歡戲弄人取樂的那種類型……

「右左美想要打西瓜了。」

在河上漂啊漂的右左美也不知何時回來了。

「好哇！那我去拿西瓜過來！」

水月往自己的行李噠噠跑去。

「水月～小心不要跌倒喔～」

「感謝老師的關心！」

水月就這麼從自己的背包搬出一顆小西瓜。

——是夏天啊。

原以為暑假就只是很熱而已，在家打電動最好。

不過呢，偶爾一天也好——

過個像這樣活潑的假日，或許也不壞。

非人學生與厭世教師

人間老師，可以教我們何謂人類嗎……？

厭世教師與天使的彗星

MISANTHROPIC TEACHER IN DEMI-HUMAN CLASSROOM.

「小兔美！今天啊！老師說我很棒喔！就是小彗子的字啊，被老師說是全班最漂亮的喔！」

是嗎，那真是太好了。

「呵呵，然後啊，小彗子啊，平假名全部都會寫了！好開心喔，今天要來給小兔美摸摸。欸嘿嘿，小兔美毛毛的好可愛喔～」

我知道，因為小彗子把我照顧得很好。

「小兔美，今天也要跟小彗子一起睡覺覺喔！」

真拿妳沒辦法，小彗子就是不能沒有兔美呢。

「小彗子最愛小兔美了！要跟小彗子永遠在一起喔～」

那是當然的啊。

兔美也最愛小彗子了！

＊＊＊

我來到這所學校已有將近半年時間。今天是九月一日，第二學期的開始。

暑假一過就覺得渾身無力的不僅是學生，教師也是。如果可以，我好想一輩子打電動……

很多遊戲和ＤＬＣ都專挑暑假推出，無論後果幸或不幸都能過得很充實。

真是的……明明時間有限，好傷腦筋啊！就算是遊戲公司的圈套，我也要買買買！照樣買買買！就是要買買買！然後在假日整天消化這些山積的遊戲，人生一大樂事也……嘿嘿……超爽……

「——你傻笑得很噁心耶。」

「哪、哪有啊……唔！」

糟糕，完全恍神了。

第二學期開學典禮後回到教室的路上，思緒飛回快樂暑假的我，被白眼兔——更正，是右左美冰冷的視線射得一縮。

「怎麼看都是暑假放到傻了。人間這種人一定過得很邋遢。」

「……拜託喔，妳以為老師可以跟學生一樣過暑假嗎？」

「不能嗎？」

右左美表情純真地看著我。

哎呀～這傢伙該不會是看我暑假裡有時間帶她們出去玩，就以為老師都很閒吧？雖然難得外出，是玩得挺愉快啦……也好久沒吃西瓜了，真好吃——不對不對，我不是要說這個！

我誇張地用力乾咳一聲說：

「呃，妳們休息的時候，我們老師也要來學校。要辦公、進修什麼的，很多事情要做喔。」

最後我嘆一聲：「唉，當學生真好……」頭搖得像輕小說主角一樣。

右左美也覺得自己說錯話，平常的凶臉中依稀多了點罪惡感。啊，好像說得有點太重了。

「那麼人間你暑假有在工作嗎？」

「偶爾而已啦，我瘋狂請假。」

右左美的表情使我乖乖坦白。

沒錯，這所學校請假超容易啦……！

我在暑假期間居然請了三週假，都在家裡的涼爽房間裡當電動廢人……！第一學期忙到堆積如山的小型工作室遊戲，被我沒日沒夜，甚至廢寢忘食地瘋狂消化掉了……！墮落到極點的假期實在太爽啦！

「……明明在休假還裝忙，有夠爛的。噁心。」

右左美冷冷罵完就快步進入教室。

啊……看來真的有點過頭了……

看著教室裡的右左美不高興地趴在桌上，我有點後悔。

「……真是白擔心你了。」

誰都沒聽到她說的這句話。

＊＊＊

「奇怪？羽根田呢？」

從第二學期開學典禮回到教室後，所有學生都坐在自己位置上，唯獨少了羽根田帷。她在典禮上雖然顯得昏昏欲睡，至少確定有到校。究竟怎麼了呢，會是繞去其他地方了嗎？還是出了什麼事……？

才剛開始擔心，教室的門就「喀啦喀啦」地滑開了。

「啊～抱歉抱歉！有點遲到了。哎呀～因為發現了個稀奇的東西。」

「羽根田……妳手上是什麼……？呃，哇！好噁！」

她手上的是光形容就令人發毛的東西。

——蟲子。

體節中間還長出蕈類。不……是被侵蝕了嗎……？

真的好噁心。實在有夠噁心。

羽根田敢碰蟲啊……？啊，她是鳥嘛……慢著，我不想再直視它，也不想再描述了。欲知細節者，請自行查詢，不要怪我。

「冬蟲夏草耶。」

這教室的女生們與從頭到腳都是雞皮疙瘩的我相反，全都興沖沖地聚到羽根田身邊。

——冬蟲夏草？我有聽過。好像是某個遊戲的稀有物品。

「我是第一次看到真的耶！是這種感覺啊。」

「我也是第一次見到～！之前都只是聽人家說，原來是真的存在耶！令人震驚至極呢！」

咦咦……怎麼大家對蟲菇那麼感興趣啊……

高級班學生竟以聊化妝品的熱度圍繞著蟲菇……

話題中央的羽根田很是得意的樣子。

「嘿嘿，剛剛在學校的樹林裡撿到的——既然有這個機會，我們來玩個遊戲吧，給贏家當獎品。」

羽根田歪起嘴唇，笑得很賊。

「我要！」

「參加！」

「我也要比～！」

看來所有人都要參加這場遊戲。主辦人羽根田迅速決定遊戲內容與規則。看到高級班同學熱衷於一件事，我也很高興。

——可是，這幾個丫頭好像忘了一件事。

「妳們幾個——」

所有人似乎聽到我的聲音才想起來現在是什麼時候，全都在乾笑。

「——要開始上課了耶？」

我們的第二學期就這麼和蟲菇一起開始了。

＊＊＊

放學後，羽根田主辦的遊戲由右左美得勝。

「好耶！冬蟲夏草Get！」

這是我第一次聽到右左美這麼開心吧……

平常總是渾身是刺，這麼開心感覺好新鮮。

「恭喜喔～這是獎品冬蟲夏草～」

「謝謝！」

右左美從羽根田手中接下蟲菇。

我還是一樣不懂那個到底哪裡好，她們真的都不覺得噁心嗎……

「尾尾守，我問一下。」

「好的，什麼事……？」

「那個蟲菇有什麼好的？」

「當老師還不知道冬蟲夏草的功用，真是太蠢了。」

右左美聽見了我的聲音，小心地捧著冬蟲夏草罵人。

「別這樣，這要特別學過才知道吧？我還想問妳們為什麼知道咧？」

「冬蟲夏草在人類世界也是中藥藥材喔。」

尾尾守和右左美不同，細心地替我說明。

「一般而言，大多是跟肉一起煮。呃……好像是對肺和腎功能有幫助吧！是上好藥材的樣子喔！」

最後她淡淡微笑著小聲說：「其實我也很想要呢。」

這樣啊。雖然外觀很那個，其實是稀有藥材嗎。那也難怪她們會想要……真的嗎？

在這方面，可以窺見她們與所謂「普通」高中生的差異。

啊，可是話說回來，我們人類也有很多有怪癖的人。那麼……很了解蟲菇算是很普通吧。不知道我那個發表洗髮精食後感的朋友好不好。

仔細想想，某些人類的嗜好還比較奇怪。

「哎呀～好開心呢。下次找到再一起玩喔。」

「我也好想把冬蟲夏草納入我的陸地收藏裡喔～」

「收藏起來太可惜啦。這種東西就是要拿來用啦。」

「哎呀，右左美同學身體有哪裡不舒服嗎？」

水月的話使右左美同學總是嚴肅的眼眸閃過溫暖的光芒。

「不是右左美要用的。」

好柔和的語調。右左美不高興的表情也稍微放鬆。

她珍惜地輕握手中的冬蟲夏草。

彷彿是個易碎的寶物。

「要給右左美最重要的人用的。」

＊＊＊

第二學期過了幾天。

暑假痴呆退得差不多，覺得特異的一般日常就要回來時，有事情發生了。

「右左美同學，人間小弟，我有重要事項要通知你們，請到校長室一趟捏。」

在一個天還亮得像上午的放學後，校長表情肅穆地找我們過去，只是語調還是那麼不正經。

——右左美也要去？

是要糾正她的言行嗎？不是吧，由我這導師來看，右左美只是刀子嘴而已，求學態度非常認真，說她一點毛病都沒得挑也不為過。「遣詞用字」的方面，就我所知並不至於造成大麻煩，講得太過頭我也會說她兩句。

——那麼，究竟是什麼事呢？右左美沒有平時的氣焰，安靜乖巧地跟我來到校長室。

「……是怎樣。不要一直偷瞄啦。」

啊，太好了。還挺有精神的。

「請進捏。」

校長請我和右左美進門。那個外表與面試時一樣的蠟像依然站在房間角落，昂貴的陳設亮得嚇人

——不管什麼時候過來，這房間品味都一樣差。

嗯？難道是蠟像變多了？門邊的那個上次有嗎……？

右左美與不知為何腳步沉重的我相反，快步走向會客椅輕輕坐下，我也坐到她旁邊。

校長坐到我們對面，緩緩開口：

「——這件事是關於木崎彗子女士捏。」

木崎彗子？

「小彗子怎麼了嗎！」

右左美對那個名字反應巨大，手「砰」地一聲撐到桌上，彷彿要撲上去似的逼近校長。

即使右左美近到呼吸都會打在臉上，校長也不動如山，平靜地說下去。

「……這消息是理事長接到的捏。木崎女士因年事已高，健康狀況下滑好多年了捏。而最近檢查出罹患重病，便開始住院了捏。」

「……狀況怎麼樣？」

「不太樂觀捏。」

這個回答使得右左美渾身一繃，眉間緊湊，雙唇緊抿。

「……唔！小彗子……嗚！」

右左美用快聽不見的聲音低語那個名字。她低垂著頭，用力握緊自己擺在桌上的手。

「——因此，跟理事長討論過之後，我們決定為妳開特別許可捏。」

右左美忽地望向校長，期待與不安交織在臉上。

「特別許可……？」

「就是『二十四小時外出許可』捏。」

「要讓右左美去見小彗子嗎！」

右左美興奮得幾乎打斷校長，但校長表情依然凝重。

「是這樣沒錯捏，但是——」

校長的眼鏡映出寒光。

「——妳不能這樣去，要用『來這所學校之前的樣子』捏。」

品味差勁的校長室裡，校長的聲音無情響起，右左美則倒抽一口氣。

校長請右左美儘快決定是否接受特別許可，就要她離開了。

現在房間裡只有我和校長。

「那個，校長。這位木崎彗子女士該不會就是——」

「就是『右左美彗』想成為人類的原因捏。」

——果然。

「礙於隱私問題，我一直在猶豫要不要告訴你捏，很抱歉到了現在才讓你知道捏。木崎彗子女士，今年七十六歲，是右左美的所有人捏。」

所有人？喔，是指飼主啊。

「至於這個特別許可捏，只要右左美同學答應，就會由我帶她去見木崎女士捏。人間小弟身為班導師，需要對這件事有一定的了解，所以才請你一併過來捏。」

＊＊＊

離開校長室後，我回教室拿留下來的資料，並想著右左美的事。

——右左美彗。

兔子，在學三年。於今年升上高級班，和水月同樣是應屆晉級。想成為人類的原因是「想對照顧過她的人類報恩」。

這個報恩對象想必就是木崎女士吧。

先往最壞的情況想。假如木崎女士病況急速惡化，右左美來不及報恩，她以後該怎麼辦呢？再說報恩是怎麼個報法？右左美難得有如此不具體的目標。

身邊空氣都好像帶電的她儘管嚴以待人，但她對自己更嚴厲。比誰都還要努力。

課業和品行都沒話說，只要遣詞用字上不扣太多分，想今年畢業也不是夢——目前大家都這麼說。

我想，右左美八成會接受特別許可。

就我所知，這次處置已是這所超現實學校在這種狀況下所能做的最大協助。右左美平常那副兔耳美少女的模樣，無論如何都會引人注目。因此，校長才指定她必須以「入學前的模樣」外出。

高級班教室到了。

——沒錯，這班級的學生們原本也不是我見到的這樣。

我開門進去。

「——妳還沒回去啊？」

右左美獨自在教室裡心事重重地望著窗外，外頭傳來其他學生的喧鬧聲。她一注意到我進教室就急忙轉過來。

「人間……老師。」

這是她第一次喊我老師。

「右左美，呃，抱歉喔，我幾乎什麼都不知道，不曉得這樣說好不好。不過妳應該是隨時都可以去找校長接受特別許可，所以——」

「——那沒意義。」

右左美秀麗的臉龐逐漸扭曲。

「用原本的樣子，就算見到了小彗子也沒意義。」

她聲音發顫，站姿搖擺不定，彷彿隨時會倒下。

「……右左美，不至於沒有意義吧。妳不是兔子嗎？跟她見面，蹭蹭她叫個幾聲之類的，應該有辦法傳達妳對她的感情吧？」

即使不能說話，能做的事還有很多。光是陪在她身邊就能傳達一部分了吧。

——可是，右左美反而更受傷似的怒目瞪視。

「……唔！你什麼都不懂……右左美……右左美……嗚！」

她的紅眼睛裡堆起淚水。

「右左美不能像『真正的兔子』那樣，自己蹭蹭她叫個幾聲，讓她知道右左美還活著啦……嗚！」

右左美視線看向課桌，那是高級班四名學生的桌椅。

「……右左美真的好羨慕別人。就算變回原來的樣子——鏡花至少能把身體藏起來，用聲音來表達；帷也是愛飛到哪裡就能飛到哪裡；一咲原本就幾乎是人類。太不公平了。」

右左美的眼睛藏在頭髮底下看不清楚，只看得到嘴邊有悲哀的笑。

「右左美……『兔美連生命都沒有』。」

連生命都沒有。沒有生命，不能自己動。也就是說右左美是——

「——兔美不是普通的兔子，是兔子布偶。」

＊＊＊

「小兔美！我跟妳說喔！那個啊，彗子有喜歡的男生了！」

哼～是怎樣的人呀？

「他是坐我隔壁的阿健！彗子啊，幫老師搬作業的時候，他都會幫我一起搬。然後啊，彗子喜歡看的書，阿健也都喜歡，還有……看到他笑，我就會好開心。」

……怎麼兔美聽妳說都快比妳害羞了。

「然後啊，之前我們還一起去喝可爾必思耶……呵呵，我緊張到都喝不出味道了。啊，可是阿健那時候看到我的衣服就說跟他妹妹很像！是不是說我像小孩子啊，好過分！」

真是沒神經的傢伙，不過小彗子好像很幸福的樣子。

小彗子幸福，兔美也開心。

兔美只能聽小彗子說話。

所以……雖然不太情願，兔美還是希望他能給小彗子幸福。

＊＊＊

表明自己其實是布偶後，右左美像是下了某種決心，靜靜地用力深呼吸。

「──人間。」

目光不再像先前單獨待在教室裡時那樣矇矓，筆直地射穿了我。

「右左美想用這個樣子去見小彗子，可是校長和理事長一定不會答應。」

……我有不好的預感。

「所以，我要請你幫忙。」

「……具體上是怎麼個幫法？」

「右左美要借你的理事長寶玉戒指。」

「右左美……妳知道自己在說什麼嗎？」

有了戒指，右左美就能以人類姿態離開結界，可是這是違反校規的行為。一旦違反校規——

「——想畢業就更難嘍。」

這所學校的晉級和畢業都是採取積分制，違規被逮就要扣分。

「……右左美來到這所學校不是為了畢業。」

她的聲音充滿力量。

「右左美只想變成人類，待在小彗子身邊而已！」

然後彷彿祈禱似的在胸前十指緊扣。

「所以……人間，右左美已經沒時間了！說不定明天就再也見不到小彗子了！現在能拜託的只有你而已！只要你願意幫右左美，右左美什麼都願意做……嗚！所以……嗚！」

最後已經是哭聲了。

右左美這樣子，讓我愈來愈不知道該怎麼辦。

「人間，幫幫右左美吧……嗚！」

她的泣訴，勾起了我的回憶。

——想起當時向我求助的學生。

背叛了我，而沒能拯救的學生。

「人間……？」

右左美不安地窺視突然沉默不語的我。

我的呼吸愈來愈淺，額頭和背上冒出一顆顆冷汗。

我——

「好吧，那你跟右左美一起去。這樣就等於有老師帶了。右左美不會一個人亂跑，會待在你的視線範圍裡。放心——兩個人一起就不怕了。」

為何右左美會這樣說呢？

我像是在害怕、抗拒些什麼嗎？

——害怕？

對，害怕。我害怕又讓學生難過，害怕又有人因為我遭逢不幸，害怕遭到背叛。與其遇上那種事，不如單獨過自己的生活，不和任何人往來要好得多了。我是為了某人去努力就會給別人添麻煩的人。遠處不斷傳來哭聲。刺骨的寒冬教室。哭號著痛罵我的學生。啊啊，對不起。都是我的錯。都是我的錯。都是我的錯——

「——人間。」

右左美有力的聲音將我拉回現實。

雲高風輕，陽光略顯西斜的夏日天空。

放學後的悶熱教室。

遠處傳來學生在操場的玩鬧聲。

然後，眼前有個兔耳美少女。

——對了，這裡不是那個教室。

我深深吸一口氣，恢復鎮定。

「——人間，右左美再拜託你一次。」

右左美的雙眸緊盯著我不放，表示她就是如此堅決吧。

在我眼前的不是當時的學生，而是右左美。

渴求積分，比誰都想快點成為人類的右左美彗。

接著，右左美慢慢把手伸到我面前。

「拜託你幫幫右左美！」

始終為畢業而努力的右左美，如今不惜違反校規也要爭取時間。

能實現這個願望的教師，恐怕只有我。

一旦牽了她的手，我和右左美都會受到重罰吧。

——儘管如此。

「妳以後，說不定再也沒機會見到她了嘛。」

右左美的身體動了一下。

假如，我現在握起右左美的手。

假如，我現在不握右左美的手。

我努力思考究竟該如何選擇。

選哪一邊，比較不會後悔。

——這次和那時不一樣。

右左美是抱著明確目的來向我求救。

不惜犧牲她在這所學校建立的一切。

只為了「到恩人身邊」這一個目的。

——嗯，不用怕。

「妳應該有心理準備吧？」

「那當然。」

好，那就走吧。

潛逃出校。

我握起右左美伸出的手。

＊＊＊

我和右左美的計畫大致如下。

首先右左美需要變裝藏起耳朵。

接著我利用戒指效果，以戴戒指的手牽住她並離開學校結界。

然後就此一路前往右左美的所有人木崎彗子女士住院的醫院。

我們知道木崎女士的所在醫院，就列在先前校長對我們說明特別許可的資料中。

「——人間，久等了。」

「喔，滿快的嘛。」

帽子壓得很低的右左美來到眼前。

「宿舍那邊沒問題嗎？」

「萬無一失，沒有被任何人看見。」

「……這樣啊。」

右左美回宿舍換裝後，到樹林裡與我碰頭。

這裡可以遠遠望見結界邊緣那棵櫻花樹。

「呃，那我從現在開始要跟妳牽手了……話說，表情不要那麼抗拒好不好？」

妳這樣無言瞪我，在某種層次上對我的傷害比溜出學校還重。

「唉……真沒辦法。」

「什麼沒辦法……剛才在教室不就握過手了嗎……」

「……牽法不一樣啦。」

「啊……」

說得也是。

在教室只是握手，接下來可不同。由於鬆開的後果很嚴重，我和右左美得像情侶那樣十指緊扣。

右左美輕嘆一聲，對我伸手。

「……來吧。」

總覺得各種意義上很難牽下去。

——這樣真的好嗎？

疑念從腦袋角落鑽出來，問我有沒有更好的方法。

牽住她的手，就只剩前進一途了。

不能回頭。

右左美像是看出了我的遲疑，煩躁地粗魯抓住我的手。

「受不了……不可靠也要有個限度。」

她用受不了的語氣罵完人，就拉著我往結界邊緣大步前進。

毫不猶豫一路向前的她，肯定一心只想與恩人見面。速度比平時還快，跟起來很勉強。

就快過櫻花樹了。結界邊緣就在眼前，過得去嗎？

經驗上而言，「戴了戒指的我」和「與我接觸的東西」都能離開結界。我的衣服、公事包與內容物每天都在進出結界。

——可是，右左美又如何呢？

來到櫻花樹旁了。

我們終於要踏出結界——

——果然是只要戴著戒指的人所碰觸的範圍就能干涉結界。

我和右左美離開了覆蓋學校的結界。

她仍是結界中的模樣。

「……出來了呢。」

真的不能回頭了。

「人間，絕對不可以放開右左美的手喔。」

右左美將我的手握得更緊。好像有些發抖。

一旦放開手，她就無法維持這副模樣，變回兔子布偶。

屆時若不將她送回結界裡，她就不會變回「右左美」。

如果失去戒指的效果，我也會遺忘右左美和學校的事。

如今我們身在同一艘船上。

我們甘冒重罰的冒險就此開始。

＊＊＊

「小兔美，跟妳說喔，健一跟我求婚了耶。就是請我跟他結婚喔。」

結婚？就是永遠在一起嘛！那真是太好了！

「可是，我有一點猶豫……」

為什麼呢？小彗子不是一直很喜歡阿健嗎！沒什麼好猶豫的！

「我……不曉得自己配得配不上健一他們家……」

兔美不太知道他們家的事……不過只要妳幸福，我也為妳高興！

「學生時代，我都沒想過這種事。健一家裡是歷史悠久的資產家，他姊姊還告訴我，他以前有過一個未婚妻，可是因為我告吹了……」

阿健的姊姊是壞人嗎……？小彗子好難過的樣子。

「我真的，可以嫁給他嗎……」

當然可以呀！阿健一定也會這樣說！

「小兔美……我們好久沒一起睡了，今晚陪陪我吧。」

咦！真的嗎！好開心喔！好久沒跟小彗子一起睡了！

「如果能真的跟小兔美說話就好了……」

兔美也是這麼想。兔美也好想把心裡的話都說給小彗子聽喔。

可是兔美……只是一個布偶。

能夠被小彗子抱，卻不能抱小彗子。

小彗子有體溫，而兔美沒有。

如果有一天，兔美的願望可以實現。

兔美有好多好多話要跟小彗子說。

＊＊＊

離開學校結界兩小時左右。

我和右左美坐上了公車。

木崎彗子女士所住的醫院從學校出發要先搭公車再轉電車，然後現在還距離三個公車站的樣子。

右左美好奇地注視著窗外風景。

我查到的醫院探病時間到晚上七點，我們是在下午四點左右離開學校，右左美和木崎女士大概有一個小時可以見面。為了這短短一小時，我們冒上了恐怕會把未來搞得一塌糊塗的風險。

——這其實很不划算吧。

即使不划算，我們能與他人一起生活、交談的時間就是那麼有限，而且比我們想像中更短。

公車靠站。

「下一站嗎？」

帽子戴得很低遮掩兔耳的少女對我小聲詢問。

「下下站。」

我也小聲回答。

不曉得其他乘客怎麼看待我們。

我與右左美。

中等身高中等體型的男子，和瘦小可愛的女孩。

搞不好會以為是援交……唔……希望至少當我們是兄妹……不，以顏值來說有困難。啊，開始難過了，不要再想下去了。

公車再次靠站。

「下一站嗎？」

右左美以更緊張的語氣問了同樣的問題。

「對。」

簡短答覆的我似乎也受她感染，牽著右左美的手多施了點力。

從小學以後就不曾和女孩子牽過手吧……現在大概不是想這種事的時候。一想到我的左手握著女孩子的手，甚至比違反校規更讓我緊張。

我的手可以把右左美小巧又有些溫暖的手整個包覆起來。

右左美對我的異樣緊張渾然不覺，依然望著窗外。

映在窗上的表情，似乎比前些時候還要遠。

＊＊＊

「媽……妳一直擺著這個布偶，都這麼舊了，該收起來了吧？」

「這個嘛……」

兔美是很老了沒錯……可是小彗子經常會幫兔美清理身體啦！還可以陪她很久很久啦！

「媽……妳又在咳嗽了吧？房間放布偶這些東西就是會製造灰塵，對身體不好吧？」

咦……？小彗子身體不好是兔美害的嗎……？

「可是啊，小兔美從媽媽小時候就跟我在一起了，現在怎麼捨得放手呢？」

就、就是說啊！在這個家裡，兔美跟小彗子在一起的時間比誰都久耶！所以——

「……妳珍惜物品的精神是很值得敬佩啦，可是這麼多年也夠了吧？妳看，這隻兔子也在說已經夠了喔～」

兔美才沒有那樣說！不認識兔美就不要亂說啦！

「可是……」

「啊～我知道了！那收到看不見的地方就可以了吧？又不是要叫妳丟掉，只是擔心妳的身體。」

為什麼要做這種事……？兔美待在小彗子身邊就心滿意足了。

——那就是兔美的一切。

＊＊＊

「好像……就是這裡呢……」

九月的傍晚六點零三分，天還很亮。我和右左美來到一所大醫院前方。

「右左美，還好嗎？」

身旁的少女沒有半點平時的氣焰，表情僵硬。

「……我沒事啦。」

她強裝平靜，聲音卻在發抖。

這也難怪。

她就要去見在校期間一直見不到的人了，更遑論還是她想成為人類的原因。

「右左美……」

——然而，有件我剛剛想到的疑問。

「什、什麼事啦……？」

右左美對難得如此嚴肅的我感到疑惑，但仍認真地注視我。

我吸氣準備開口的同時，右左美嚥了一下口水。

「——這間醫院這麼大，妳知道從哪進去嗎？」

「啊……？」

右左美尷尬地笑著，身體似乎放鬆了不少。

「……人間，你真的很白痴耶。」

＊＊＊

我們總算找到入口，辦理探病手續。

右左美在路上發現的商店買了些甜點當伴手禮。不愧是高級班，知道用錢，付帳的過程也很完美。若是初級班，還得從貨幣的概念教起。

多半是右左美原為人類的布偶，有很多學習人類文化的機會。我們購物的途中當然也都是牽著手，惹來收銀員阿姨的懷疑眼神。

——沒錯，只要有我在就避不了其他人類的目光。

等我在護士站辦好探病手續後，我的任務就告一段落。其實在大眾交通系統上，我始終很擔心右左美自己會在種種手續上碰到麻煩，可是接下來去病房以後的事，「她一個人」也沒問題吧。

——打從離開學校，我就一直在想這件事。

「右左美。」

「什麼事？」

右左美需要的不是我，只是我手上的戒指。

「接下來，妳一個人可以嗎？」

「你……！」

我的問題讓右左美感到困惑。這也是沒辦法的事。

「我不在那裡，妳跟木崎女士也比較好聊吧？」

「咦……？那戒指怎麼辦……？」

右左美似乎以為我要在這裡拋棄她，手握得更緊了。

「——戒指先交給妳。」

這個回答使她睜大了眼。

沒錯。交出這枚戒指，我就會忘了右左美和自己來此的理由，還有之前關於這所學校的一切，全都會被替換成其他記憶。

——但那只是暫時的。

「只要碰到戒指，我就會全部回想起來。可是，妳不一樣吧？」

右左美像是明白了我的想法，眼中帶著不安。

「你是要右左美單獨去見她嗎……？」

正是如此。

「哎呀～其實我昨天熬夜打電動，本來就想睡得不得了呢～後來又突然陪妳到這麼遠的地方，真的很想休息一下～畢竟沒有加班費嘛。所以說……那個，呃，啊～我就在那張沙發坐一下！妳趕快去跟那個朋友講講話再來叫我吧。」

這幾個月下來，我也從右左美身上看出了一些事。

其實她不太會掩飾自己的心思。

即使沒有其他方法，她對自己要我捨命陪君子還是有點過意不去。現在也懷疑我是不是真的熬夜打電動。假如是真的，讓我休息一下的確比較好。可是一個人去見她還是會怕。最後是她的個性老實認真，絕不會做真正無法挽回的事。

「啊～可是我不太好睡，吃點平常吃的安眠藥好了～右左美，妳就等我睡著以後牽著我的手拔下戒指，再自己戴上去見木崎女士吧。妳出來以前我都會在這裡睡得舒舒～～～～服服的。」

「可是……」

「右左美。」

右左美很聰明，應該知道再猶豫只是白費時間。

「……知道了啦。」

就這樣，我暫時踏上夢鄉之途。

晚安啦，右左美。

希望妳可以和木崎女士聊得開心。

順道一提，右左美或許會以為我說的都是善意的謊言。

但由於我這個人實在頗渣——

熬夜打電動和想睡到不行，全都是實話。

＊＊＊

「小兔美。」

……？

「好久不見呢。」

……小彗子。

「對不起，把妳關在這裡這麼久。」

不用在意啦。

「呵呵，看到妳的臉以後，我就好放心喔。」

出了什麼事嗎？

「我這個人一直是這樣呢，一有事就會來跟妳說……」

小彗子？

「那個啊，今天，健一走了。」

阿健不在了嗎？

「我們都超過七十歲了，或許該說是壽終正寢……可是他跟我在一起後，和家裡的關係變得很糟，一直在孤軍奮戰，勉強自己，以致弄壞了身體……現在想想，說不定健一真的不應該娶我的……」

沒有這種事啦，兔美都曉得。

阿健只要能跟妳在一起，就好幸福的樣子。

所以我才覺得能放心把妳交給他。

「現在女兒也已經離家，這個家只剩下我一個人了。」

妳不是一個人，還有兔美在啦。

「我以後該怎麼辦才好呢？」

小彗子……？

「如果小兔美能活過來就好了。」

兔美也……

「小兔美是我最重要的好朋友。我真的好希望妳是人類，是我的青梅竹馬喔。」

兔美也……兔美也好想跟妳一樣是人類喔。

兔美也好想在小彗子身邊，跟小彗子一起生活。

＊＊＊

——晚霞漸漸地染紅了天空。

我還能看著這片天空多少次呢？

我是木崎彗子，今年七十六歲。丈夫在四年前過世，獨生女嫁到國外去了。朋友又少，根本沒人會來探病。

當我望著夕陽，想著該不該開燈時，有人敲響了房門。是護士嗎？可是晚餐時間還沒到……總之我應了門，讓對方知道我在房裡。

隨後，對方慢慢地推開了門，好像在害怕什麼。

門的另一邊，孑然佇立著一個國中年紀的瘦小女孩。

——我還以為是天使呢。

她的皮膚好白，淡紫色的頭髮輕盈亮麗，紅色眼睛宛如寶石一般。

「——是不是記錯房間了？」

我對門前的少女問道。

「沒、沒有記錯。」

女孩的聲音好像跟我以前有點像。不，這樣想太失禮了。

也許是錯覺吧，她一看到我，眼睛就泛起淚光。一和我對上眼就猶豫地移開，把帽子用力往下拉，好像在忍耐些什麼，將嘴抿成一條線。

她對我的反應這麼強烈，我對她卻沒有印象。啊，孫女跟她體態完全不同，但年紀差不多。

「妳該不會是孫女的朋友吧？」

「不是。」

哎呀，猜錯了。原以為是人在國外的孫女託人來看我，不過回頭想想，好像沒人會這樣。

——那麼，會是真的記錯了嗎？

「這間病房只有我一個喔……」

「我沒記錯。我是來見小彗子妳的。」

小彗子。

已經好久沒人這樣叫我了，只有小時候的朋友會這樣。然而當初的朋友，都已經疏遠到不知該如何聯絡了。

那麼這個叫我「小彗子」的女孩究竟是誰呢？

「小彗子……嗚！」

少女用微弱卻激動的聲音叫我。

「……妳可能很難相信，不過我是兔美。一直在妳身邊的那個兔子……布偶，兔美。」

＊＊＊

小彗子。

兔美呀，決定要變成人類，變得跟妳一樣。

這樣就能對妳說出心裡的話。

小彗子寂寞的時候，兔美也能抱抱妳了。

所以——

所以兔美要暫時說再見了。

其實兔美也很想永遠待在妳身邊。

可是，只要兔美變成人類來陪妳，就能為妳做更多事情。

小彗子，請原諒兔美突然不告而別。

請不要忘了兔美喔。

兔美最喜歡小彗子了！

＊＊＊

「小兔美……？」

如她所說，兔美是我從小珍惜到大的兔子布偶。我也覺得這個名字取得很隨便，因為是兔子，就叫兔美。大小與真兔子相仿，有著淡紫色的毛與短短的腳。

可是小兔美早在兩、三年前女兒回家時私自處理掉了才對……

發現小兔美不見而澈底慌了的我，還打國際電話向女兒確定是不是她丟的，可是她堅決否認……

──然而這個女孩，居然聲稱自己就是那個小兔美……究竟是什麼意思呢？

小兔美已經不在這裡了，而且小兔美是布偶啊。

「突然說這種話，真的很抱歉……」

「自稱」小兔美的女孩見我不明就裡的樣子，急得都快哭了。

她是從哪裡知道小兔美的呢？

「……我也知道一時要妳相信這種事非常困難。」

說到這裡，女孩從手上的塑膠袋中取出一支寶特瓶。

「那個……慰問品，就是，小彗子喜歡的可爾必思。妳說這是妳第一次跟阿健出去玩時喝的。」

少女的話喚醒了久遠的回憶。阿健就是我那位四年前過世的丈夫。

那是國中的時候了，我和丈夫都還沒那麼熟知彼此。我因為第一次和他單獨出門而非常興奮，絞盡腦汁打扮自己，期待得不得了。

原本是計劃看電影，結果客滿了進不去，只好到附近的咖啡廳聊天。

當時喝的──就是可爾必思。

這種事，我早就忘記了。

這個女孩怎麼會知道這種我幾乎不記得的事呢？

女孩怯生生地將可爾必思遞過來。

……我應該收下嗎？

女孩提心吊膽的樣子，彷彿就像第一次送情書那樣，表情交雜著祈禱、遲疑和一點點的期待。

雖然不知道她打的是什麼主意，我仍收下了她遞過來的寶特瓶。

「……謝謝妳來看我。」

收下的同時，我自然而然地這麼說。儘管對她有數不完的疑問，有人來看我這種孤單老人，還是很令人高興。

寶特瓶映著晚霞閃閃發光。大概是剛買不久，還冰冰的。

見到我收下慰問品，她也稍微安心了的樣子。

「那個，妳真的是小兔美嗎……？」

女孩像是摸不清我的意思，眼眸稍一顫動，然後又像在忍耐什麼般緊閉起來，雙手在胸前緊握。

接著慢慢點了頭。

「……是的。」

已經近乎是哭聲了。

「我就是陪妳比誰都久的兔美啊……！」

女孩向我走來的同時，頭上的帽子掉了下來。

我看見她的模樣，當場倒抽一口氣。

因為女孩頭上有對毛茸茸的長長兔耳，而且不僅如此。

那個髮夾、那個髮夾——

「是我給小兔美的髮夾……」

那是我親手製作，世上獨一無二的髮夾。

我想培養老後興趣而做了這個樹脂手工藝品，絕不可能錯認。造型是有點醜的深粉色兔子。女孩頭髮上的髮夾就是我給小兔美的處女作。

——對了，我想起給小兔美髮夾的那一天了。

「……四年前，阿健走了以後，小彗子好消沉。」

露出長耳與髮夾的女孩靦腆地慢慢開口。

當時，與我牽手多年的丈夫過世以後，我失去了生活的力氣。

「後來小彗子在收拾阿健房間時，找到了一本書和一封信。看過信以後……妳哭了好久好久。」

那是一本陌生的書，名叫《樹脂工藝入門》，還是亮面的，不過那不是丈夫的嗜好。而收在同一處的信是留給我的。整個白色信封上只印了朵大波斯菊，裡面是同款信紙。

那封字跡工整的信，寫滿了亡夫的心意。

內容我到現在都記得很清楚。

「這個髮夾，就是小彗子看著當時那本書做的。」

少女輕觸髮夾。

髮夾是我在發現書和信的那天做的。

那封信和髮夾的事，只有我和小兔美知道。

假如在場還有別人，說不定會以為我開始痴呆了吧。

還是說，這女孩是只有我看得見的幻覺呢？

說不定這是我的願望讓我見到的夢境。

——但我不介意。

哪怕只是一場夢，也是幸福的夢。

健一，是吧？

又多一個話題能跟你聊了。

我認識眼前這個女孩。

「——小兔美。」

我小聲喚出這名字。

「說老實話，我原本不相信妳的話……可是，妳真的是小兔美……真的是小兔美呢……」

女孩的紅眼睛驚訝地睜得好大。

「就、是我……」

眼中淚水愈堆愈高，女孩稚氣卻端整的臉龐驟然扭曲。

大顆淚珠奪眶而出。

「……嗚！就是我……！小彗子……！兔美一直……一直都好想見妳！兔美……兔美有好多好多話想跟小彗子說喔……嗚！」

看女孩淚水流個不停卻也不擦，直視著我哭訴心裡的話，我不禁抱住了她。

女孩落在手上的眼淚，和我一樣溫暖。

「小彗子……嗚！對不起，兔美突然不見……嗚！可是，兔美是為了成為人類和妳在一起……！兔美一直好想說『最喜歡妳』跟『謝謝』喔……！」

我給這位哭個不停的女孩摸摸頭。

丈夫過世，女兒也離開家，還以為不會再有人關心我。

之後只剩下離開這個世界而已。

——結果，不是這樣呢。

「小兔美……謝謝妳來看我。」

我心中也湧上一股暖流。

「我也是一直都最喜歡妳了。」

年紀大了就容易掉眼淚，真傷腦筋。兩個人都哭成大花臉，真是愈想愈好笑。

「呵呵，我們現在一定都哭得很難看呢。」

「不會的，小彗子永遠都漂亮又可愛。」

聽她這麼說，我們面對彼此不約而同噗嗤地笑出來。

上次有人說我可愛，不曉得是多少年前了。有種變回少女心的感覺。

是因為眼前的女孩，不，小兔美思念著我的緣故吧。

我們就像女校的好朋友一樣，將分開後這幾年的事一次聊個夠。

＊＊＊

「……所以說，小兔美現在就在那間學校努力念書嘍？」

「對呀！可是今年……恐怕沒希望畢業了。所以兔美明年一定會畢業變成人類！然後，兔美要跟小彗子一起生活！」

看來兔美是以和我生活為目標，苦讀到現在。

她是認真的。

用盡全心全力，夢想著與我相伴的幸福未來。

——那麼，我必須和她坦白才行。

「小兔美。」

用我最輕柔平靜的語氣。

再加點微笑，減少她的害怕。

小兔美似乎也看出我有嚴肅的事要說，抿起嘴看著我。

小兔美，很抱歉，我沒有更好的話能說。

「——其實我啊，恐怕只剩下一個月了。」

小兔美的耳朵抖了一下，表情僵硬。

我也是昨天上午才聽醫師說的。昏倒時就已覺得時日無多，但從自己的嘴說出來還是有點難受。

「所以呀，我沒辦法和妳一起生活了。」

小兔美一句話也不說。

我用自己皺巴巴的手，握住小兔美那漂亮得像洋娃娃的手。

觸碰她給我一種好懷念的感覺。明明觸感和布偶兔美完全不同。

小兔美眼中淚光閃閃。

不說話，是因為什麼都說不出口嗎，還是在想怎麼說呢？

對不起，小兔美，害妳難過了。

這時她的嘴稍微動了。

「不、不要……」

「嗯。我也好想跟妳一起生活呢。」

我能做的，就是儘可能保持平靜安撫她。

「要是小彗子不在了，兔美這麼多努力不就白費了嗎……」

「對不起喔。不過我想，妳的努力是有意義的。」

「怎麼會……！兔美努力了這麼久，都只是為了妳啊……！」

小兔美泣不成聲地對我哭訴。

「……嗚！兔美不應該想變成人類的……應該就那樣一直陪在小彗子身邊……！」

「不要說那種悲傷的話。」

我溫柔撫摸低著頭的小兔美。

「小兔美，妳喜歡人類嗎？」

「兔美喜歡小彗子。」

想都沒想呢。

「嗯，謝謝……小兔美，我啊，雖然遭遇過很多事，可是到頭來我還是喜歡人類。」

「……討厭的傢伙也很多呢。」

「嗯，但我一樣喜歡。」

「不喜歡布偶嗎？」

「不會呀，很喜歡喔。」

「……小彗子什麼都說喜歡，太隨便了。」

小兔美嘟起嘴鬧彆扭的樣子真可愛。

「除了我以外，小兔美還喜歡什麼？」

這問題讓她「嗯……」地想了一下。

「……兔美不討厭學校，也不討厭念書。了解原本不懂的東西是很快樂的事。」

接著兔美柔和地笑道：

「……我也不討厭人類。」

能這麼想，表示她求學環境不錯吧。

真是太好了。小兔美不只有我這個歸屬。

「將來有想做什麼嗎？」

「還不太曉得，可是——」

小兔美用力握著我的手，抬起低垂的頭注視我。

「兔美想幫助像小彗子這樣生病的人……！這樣就可以減少像兔美和小彗子這樣的遺憾了……！所以……所以兔美將來想當醫生……！」

如此宣告的紅眼睛裡，蘊含強烈的光芒。

這孩子不只堅強，頭腦又好，還懂得為他人著想呢。

「是嗎，真是太好了。」

我想，小兔美是為了不讓我擔心才那麼說的吧。

我緊緊抱住了她。

神啊，求求祢——

「——小兔美，我最喜歡妳了。」

我不在以後，也要讓小兔美過得幸福。

沒有感情的鈴聲在醫院中響起。

表示探病時間結束。

我放開小兔美。

「對了，妳是一個人來的嗎？」

就她的描述聽來，學校是個嚴格的地方，這樣沒問題嗎？

「啊，那個……老師也有來。可是人間……不對，老師他為了讓我們獨處，待在走廊上等。」

原來如此。天就要黑了，既然有老師陪同，就不用擔心她回程會出問題。

「是個好老師呢。」

「……嗯。雖然不太可靠……但不是壞人。」

——喔？

小兔美靦腆的反應，讓我有點想逗她。

「……小兔美，妳該不會喜歡那個老師吧？」

「什！怎麼突然說這個！」

「咦～我從以前都是跟妳說感情的事啊。」

「好像是這樣沒錯……小彗子都在說阿健的事……」

「是吧？所以是怎樣～？」

「不、不可能有那種事啦！小彗子才是兔美的最愛！」

「哎呀～？真的不可能嗎？」

「吼！小彗子很壞耶！」

捉弄小兔美太好玩，使我不禁希望時間能就此停駐。

——然而那是不可能的。

病房門打開了。

「木崎奶奶，我拿晚餐來嘍～」

護士一進房，簾幕後的小兔美趕緊戴好帽子。

「——哎呀！孫女來看妳呀？長得好可愛喔～！不好意思～探病時間已經結束嘍～！」

「啊，對、對不起。」

小兔美聽從護士的提醒離開床邊。

等等，我還沒——

「啊……」

我連忙收回不捨的手。怎麼辦，這樣只會讓小兔美為難而已。

有那麼一瞬間，小兔美看我的眼神好像快哭了。

可是她旋即溫柔地笑了起來——

「——小彗子。」

小兔美回頭直視著我。

——要告別了。

從表情可以看出，這真的是能與小兔美對話的最後一刻。

我們真的要別離了。

在這最後的最後，我不想錯過小兔美的任何一句話和表情。

她慢慢地開了口。

「謝謝小彗子這麼珍惜兔美。」

然後對我露出滿面笑容。

「兔美以後也會永遠喜歡小彗子！」

＊＊＊

「老師。」

半夢半醒間，有聲音傳來。

誰呀……？

「謝謝老師。右左美跟小彗子說了很多話。」

那是小女孩微弱的聲音。

陌生的聲音。

「右左美要成為人類。這是對小彗子的承諾。」

小彗子？

我不懂聲音的主人在說什麼。

而且還是想睡得不得了。

真是的，我清醒得真的很慢。就讓我繼續睡吧。

「老師。」

……剛剛說的老師是指我嗎？不會吧，應該是自我意識過剩。

「右左美呀，原本只想為小彗子一個人而活。可是這樣不對，小彗子不希望我這樣。」

好像是戀愛新手才會說的話……我沒資格說別人就是了。不過她的語氣倒是挺高興的。

「老師，你聽右左美說喔。右左美決定好將來的夢想了，右左美要幫助人類，要當醫生。這一定會很辛苦，可是右左美會努力。右左美想幫大家製造更多時間陪伴自己心愛的人。」

這樣啊～可是當醫生很辛苦喔。我也不知道哪裡辛苦就是了。畢竟沒當過生涯輔導老師。

「謝謝你喔，老師。多虧老師帶右左美來這裡，右左美才知道自己想做什麼，小彗子讓右左美明白了。原本的夢想無法實現，還是能找到新的夢想。右左美過去的一切都沒有白費，那都是右左美一路走來的經驗。」

不曉得她是在跟誰道謝，總之學生能為將來立定目標是件好事。

來日方長啦。只要方式對了，其實有很多捲土重來的機會。這種話會不會太樂觀啦。不過呢，能得到幸福的方法不會只有一種。

——啊啊，好想睡。腦子開始不清楚了。

那道蘿莉聲好像還在說些什麼，可是我戰勝不了瞌睡蟲。

抱歉了，蘿莉聲。我還滿喜歡妳的聲音，下次再跟我說說妳的事吧。

我在飄飄然的感覺中再度入夢。

＊＊＊

「起來啦啊啊啊啊啊啊啊啊啊啊啊啊啊啊啊啊啊！」

「哇啊啊啊啊啊啊啊啊啊啊啊啊啊啊啊啊啊啊啊！」

我被耳邊突如其來的大叫聲嚇得跳起來。

什麼啊，發生什麼事了……！

再說，有什麼騎在我身上……？

「……你忘記一定要跟右左美牽手了啦。」

「右左美」手腳著地，壓在從椅子摔下來的我身上。

這這這這、這是什麼姿勢啊……！好像右左美跟我牽著手，還把我推倒了一樣……！

「人間，醫院要趕人啦。誰教你自己怎麼叫都叫不醒，是你活該。」

咦？醫院……啊！對喔，想起來了。

我趕緊讓睡傻的腦袋全速運轉。

對，記得我是和右左美一起溜出學校，來這間醫院找她的恩人木崎彗子女士。

往牽著的手一看，我的戒指正戴在右左美手上。

我們就此爬了起來。

「——都說完了嗎？」

我思考著自己該深入多少，姑且先這麼問。

右左美像是在回想她與木崎女士的對話，平靜地淺笑。

「嗯，說完了。」

總覺得右左美答話的樣子比來時成熟了些。

「這樣啊，那就好。」

其實我原本還怕右左美會傷得更深，看來是多慮了。

她們一定聊得很開心。

右左美的表情比來醫院之前爽朗多了。

「——總之人間！剛剛就說過了！已經到了不能留在醫院的時間！要回去了！」

「好好好。」

右左美拉著我往醫院門口走。

擅自外出並與外界人類接觸，又多半會違反宿舍門禁。

光是這一天，就不曉得違規多少次了，回到學校一定有處罰在等著我們。

奇怪的是，我並不後悔。

到了醫院外面，太陽已經下山，天上星月乍現。

風好涼。

還以為這場夏天永無止境呢。

但它還是會迎來結束。

我和右左美走向醫院前的公車站。

好，回學校去吧。

＊＊＊

——從那之後一星期又一天。

我在上課前的數學準備室，沐浴在和煦秋陽下喝著星野老師的絕品咖啡。

「哎呀～人間老師你也辛苦了。」

星野老師笑得一派輕鬆。

「啊～不過都是我自作自受啦。」

就在八天前，我和右左美偷溜出學校。

見到右左美的恩人而返校以後，立刻被校長抓去校長室狠狠訓了一頓。那個校長雖然長得跟吉祥物一樣，生起氣來卻是嚇死人的可怕。

我和右左美的處罰如下：

人間零：減薪三個月。

右左美彗：停學一週，同時成人積分扣１５０分。

減薪悶歸悶，這樣就放過我已經是萬幸了。

要是有個閃失，完全有可能丟掉這份工作呢。就連右左美也很可能遭到退學處分。這樣想想，這次的處置可說是極為寬大了。據說，這是理事長的決定。

「右左美同學是停學到幾號？」

「就是昨天，今天開始上課。」

右左美突然遭到停學的事，在同學間引起了一陣小騷動。

停學理由還沒傳出去。說實話我礙於身分，面對任何問題都只能否定，右左美也不會說吧。

「啊，時間快到了，回辦公室吧。」

在星野老師催促下，我們前往辦公室。

我真的不是早起型，多虧有星野老師的咖啡，我的迷糊腦袋才能清醒一點。聽說今天的咖啡就叫做「醒腦特調」。

從一樓的數學準備室到辦公室的路上會經過校舍正門，就算不想也會見到擺滿地上，寫有學生名字的小瓶子。看不見內容物的瓶子之中，也包含右左美的。

右左美的處罰，成人積分扣１５０分把她的瓶子清空了。因此想在今年畢業可說是難如登天。

「——啊，人間，早安。」

「哇！好、好喔，早安。」

「怎樣啦……？嚇成這樣，真噁心。」

還是一樣毒舌呢。

就只是想右左美的事想到一半，撞見她本人才嚇到了嘛。

「啊，右左美同學，早安呀。」

「星野老師，好久不見了。早安。」

「為什麼妳只叫他老師，都不叫我老師啊？」

「人間不需要加老師啦。」

歧視啊……之前叫我老師搞不好是奇蹟。

「星野老師，拜託你也說她兩句。」

「嗯～我們學校很注重學生個人自主呢～」

「人間，你別想狐假虎威。遜斃了。」

「我說妳啊……個人自主和禮貌哪個重要啊！」

「這種判斷就包含在個人自主裡啦。」

「唔唔……愈來愈覺得是歪理了……話說，你們兩個好像滿熟的嘛……」

「啊……」星野老師想起什麼似的望向空中。

「因為到去年為止，我都是她的班導吧？就是中級班的。」

「星野老師不只教得好，還是個好老師。」

哎呀，這是在酸我嗎？

「那右左美要去教室了。星野老師，人間，掰掰啦。」

「喔～晚點見～」

右左美走向與我們反方向的腳步，似乎比以前還輕盈。

我與高級班四位學生的日常，從今天起又要如常開始。

非人學生與厭世教師

人間老師，可以教我們何謂人類嗎……？

厭世教師與帷中福音

MISANTHROPIC TEACHER IN DEMI-HUMAN CLASSROOM.

我喜歡美麗的事物。

喜歡悅耳的聲音。

相信這些人類眼裡所見，一定是與我相同卻又不同的景色。

我也能有這一天嗎？

能在這世間找出美麗的事物嗎？

＊＊＊

唉……我好像快不行了。

太差勁了……啊啊啊～～我怎麼會做出這種事……

「哇，老師？你在這裡做什麼？」

「啊！羽根田！我才想問妳呢，這麼晚了！」

放學後，我在講台上苦惱的樣子被羽根田逮到了。於是趕緊將攤在講桌上的東西藏進口袋。

「……喂，你剛剛偷藏什麼東西？」

這傢伙怎麼好像找到樂子一樣……

羽根田帶著捉弄人的眼神向我走來。

糟了糟了糟了糟了糟了！

可惡，既然這樣……！

「啊——！天上有外星人！」

「……啊？」

我也太爛了吧。

怎麼偏偏挑這種。

多得是方法能蒙混過去才對吧。

「你想騙誰啊……再說門根本就開著，還沒進教室就看到了啦——剛剛老師藏起來的東西。」

……嚇我嗎？

怎麼辦……戰況頗為不利。嗯……先裝傻到底好了。

「……什麼意思？」

「就是那條弄得很髒，感覺很高級的手帕。」

「妳真的看到啦！」

「喂，那應該是星野老師的吧？」

看得真夠仔細……

「啊～好吧，我投降。妳說得沒錯……一不小心就變那樣了……」

對，平時喪氣或搞砸了什麼，我都會徵求星野老師的意見，但現在可不能這麼做。因為這次的當事人就是星野老師。真是的，我這個人實在是……又蠢又笨的社會不適垃圾……

我抱著消沉的心情掏出剛藏進口袋的手帕，攤在講桌給她看。

「就是這個……」

手帕上有一大片褐色汙漬。

「這是沾到什麼？」

「醬油。」

「學校哪來的醬油給你沾成這樣？」

問得真好。

「呃……就是今天發薪水，我心情好就買了壽司當午餐。結果中午沒時間吃，帶回家也麻煩，於是放學後在辦公室吃。」

「這樣啊～我大概猜到了。」

「然後我不小心在桌上打翻醬油，看到布就連忙拿來擦——」

「結果那是星野老師的手帕。」

「就是這樣……」

手帕攤在我面前的現實，使我抬不起頭。

我的辦公桌就在星野老師旁邊。由於剛上任不久，桌上的東西並不多。

——但星野老師不一樣。

他桌上堆得亂七八糟。

基本上他都會避免把東西堆到我桌上，不過有時難免會敗給重力而掉過來。然而我並不介意，只覺得星野老師很辛苦，幫他把東西擺回去而已。

——這次悲劇就是在這種狀況下發生的。

對，如各位所知，星野老師的手帕很不巧掉到我桌上。

自己拿來擦醬油的，就是掉到我桌上的手帕。

星野老師不愛整理，加上我的冒失，造就了這條可憐的手帕。

「欸～我看你直接跟星野老師道歉比較好吧～？」

羽根田在講桌上懶懶地用手撐著臉頰說道。

「是這樣沒錯啦……可是我想儘量處理一下再還他。」

我一發現自己用星野老師的手帕擦醬油，就趕快用水清洗，再用之前在網路上看到的方法——拿一塊布貼上去吸什麼的……憑藉模糊印象硬著頭皮處理汙漬……

最後，果然是清不乾淨。醬油太強了……

「咦～？可是在這裡傷腦筋也沒用啊？不如我去叫星野老師過來吧～」

「喂！等、等等啊，羽根田！」

羽根田不聽我的制止，一晃就晃出了教室。

怎麼會這樣……！我還沒做好心理準備啊……！

「帶來嘍～」

「太快了吧！」

羽根田才出教室幾秒鐘就把星野老師帶來了。瞬間移動嗎？星野老師那條沾上醬油汙漬的手帕還攤在講桌上。

「咦？怎麼？有什麼事嗎？」

星野老師摸不著頭腦就被帶來教室，來回看著我和羽根田。

然後——

「——啊，那是我太太送我當生日禮物的名牌手帕。」

太太太「太太送他當生日禮物的名牌手帕」！

不只是高級，還有紀念性質嗎！

而且是太太送的！星野老師結婚了嗎！

我本來看到名牌手帕時就覺得是人家送他的，可是也未免太重要了吧！我真的是個廢物……！竟然做了這麼可惡的事……！只好上吊自——

「哎呀，我找這條手帕找得好苦啊～謝謝你，在哪裡找到的？」

星野老師親切地呵呵笑著來到我所在的講桌邊。

嗯……？難道他沒注意到汙漬嗎……？

「……那個，星野老師。其實這條手帕原本在辦公室桌子上，後來被我不小心拿去擦醬油……真的很對不起……」

我縮成小小一團，向星野老師道歉。

「醬油？」星野老師頗為不解，拿起攤在講桌上的手帕仔細查看。

「啊啊……？這個嗎？嗯，才這麼一點，沒關係啦，手帕還是可以用啊。人間，完全不用放在心上喔。」

星野老師就這麼將手帕折得皺巴巴的，放進自己口袋裡。

「哎呀，能找回來真是太好了。其實我已經找了一個星期，差點就要被太太罵呢——啊，羽根田同學，難道妳找我就是為了這個？」

「對對對。」

「這樣啊。那麼人間，羽根田同學，謝謝啦。」

星野老師說完，稍稍點頭致意就搖搖擺擺離開了。

明明是很重要的禮物，他竟然毫不介意……

還以為他會多罵我幾句，或是很難過呢……

「老師，恭喜你沒被罵喔。」

羽根田在門邊嘻嘻地笑——老實說，我搞不好是被羽根田救了。要是沒有她，我搞不好會被罪惡感折磨一晚，明天一早去向星野老師下跪了。

「啊，謝謝喔，羽根田。」

羽根田滿足地笑道：「那我先回去了。」便離開教室。

——羽根田帷。

鳥族（紅頭伯勞），成績總是第一名，從未有人能夠威脅。但是在學年數資料從缺，來高級班多久了也不明確，連在校時間長的學生都不太清楚。據說其他班級也偶爾會出現這樣的學生。想成為人類的原因是「想要演奏音樂」。

不僅校內成績頂尖，生活態度和對於人類社會的適應力都不錯。

是這所學校最接近畢業的學生。

然而，她卻一直待在高級班。

——這就是我對羽根田帷的認識。

＊＊＊

事情發生在幾天後的第六節，我所上的歷史課。

「老師對不起，我可以去保健室一下嗎？肚子好痛……」

是羽根田。臉色很差。

「肚子痛啊？還好嗎，需要找人陪妳去嗎？」

「不用了，我還好，可以自己過去。不好意思喔，打斷上課。」

任誰都看得出她狀況不好，羽根田卻客氣地婉拒陪同。

「不行，在路上倒下就不好了，妳們誰陪她去吧。」

「右左美陪她去！」

右左美像要跳起來似的舉手。

——真難得。平常都只會擺出嫌麻煩的臉說浪費時間而已。

「好，那妳就陪她去吧。」

嬌小的右左美小步小步地接近羽根田。

「呃，我還好啦，真的自己去就行了。」

「不像還好的人閉嘴啦。」

右左美以平時的毒舌駁回羽根田的婉拒。

「咦～右左美是這種人嗎？不是上課第一啊？」

「病人就少在那邊逞口舌之快，趕快去保健室躺著啦。」

右左美拉起搖搖晃晃的羽根田，兩個人一起去保健室。

教室裡只剩尾尾守、水月和我。

「帷同學不會有事吧……」

「這副身體很不容易感冒，真讓人擔心耶……」

「咦，有這種事喔？不太會感冒真讓人羨慕。」

「啊，不是啦。與其說不太會感冒，應該說我們現在的身體是人類最健康的青春期，抵抗力也相對地比較高。」

尾尾守替水月補充說明。

是喔～青春期肉體的抵抗力啊……對年近三十的人來說，還滿刺耳的……最近有時就算沒感冒也會渾身無力呢……我悄悄把這個感嘆嚥下去，繼續上課。

羽根田還好嗎？下課後去看看她好了。

＊＊＊

——保健室。

時間已進入十一月，我來到這學校也將近八個月，卻從來沒踏進過保健室。

保健室有種位在學校卻不是學校的氣氛，讓人很緊張。

位置在校舍一樓，就在正門附近。

我來到保健室前輕輕敲門，「請進。」立刻有人應門，不是羽根田的聲音，多半是保健室老師吧。我慢慢開了門。

「……不好意思。啊，我是人間，那個……羽根田狀況怎麼樣？」

沒來過的我小心翼翼地踏進保健室。

有種保健室特有的淡淡藥味。裡面有身高計和體重計，就是很常見的保健室。牆上布告欄張貼像是保健新知的文宣，櫃子裡整齊擺放著繃帶和消毒藥水等醫療器材。然後——大概是給學生坐的吧，門邊有個兩人座的小沙發。

保健室老師坐在比較裡面的桌邊。

記得名字是叫烏丸晴香，有著羽毛剪的黑髮，和沒什麼凹凸的苗條身材。這位戴著黑框大眼鏡的女性，是個比我帥得多的中性酷姊，外觀比我年輕……可能和早乙女老師一樣或再小一點？實際狀況不知道。最驚人的是——她和那個校長是親戚。

「嗨，人間老師。辛苦了。羽根田帷同學躺一下以後就好點了。」

「是嗎，那太好了。」

可以暫且放心了。

羽根田是個拿第一跟喝水一樣的學生，有可能在我們看不見的地方付出了很多努力，說不定是因為疲勞過度。

「話說人間老師，你也勸她幾句吧。羽根田帷同學每年這個時候都會弄壞身體，每次都撐到快不行了才來保健室。看能不能讓她以後早點過來好好休息。」

每年？

「羽根田有什麼宿疾嗎？」

保健室老師似乎因這個問題想起了什麼，別開眼睛。

「啊，啊——糟糕，總之，就是這樣子啦……？」

怎麼答得這麼含糊。

……儘管在意，但我也不想探人隱私。

保健室深處的簾幕晃了晃，另一邊就是病床吧。

「——老師？」

簾幕稍微拉開，羽根田探出頭來，像是剛起床。

衣服鈕釦鬆開了幾個，讓人眼睛不知該看哪裡。

「老師，你特地來看我呀？」

羽根田的聲音好像比平常還軟，是剛起床的緣故嗎，還是身體仍不太舒服呢？

「羽根田，狀況怎麼樣？」

「嗯，謝謝老師，好很多了。課上到哪啦？」

「喔，到課本一百二十四頁。好了以後就到辦公室或社會科準備室來補課吧。」

「數學準備室呢？」

「那是星野老師的祕密基地，不可以。」

「哈哈哈，小氣耶~」羽根田一派輕鬆地笑了。仔細想想，平常沒什麼機會和羽根田單獨說話呢……上次跟她對話……啊，就是之前的星野老師手帕事件嘛。

「羽根田。」

「嗯？怎樣？」

「——最近有特別喜歡聽什麼音樂嗎？」

突來的問題使羽根田一愣，用嬰兒一般的表情望著我。

「……呵……啊哈哈！你也太像那個關心青春期女兒的老爸了吧？」

唔……老、老爸……這樣說來，還真有那種感覺……

保健室老師也偷笑著看我們。做妳的事啦……

「啊哈哈！好久沒逗老師了，真好玩。嗯……最近特別愛聽的嘛，啊，可能不是老師想聽的啦，總之我現在覺得音ＭＡＤ之類的很好玩喔～完全猜不到會有什麼發展。不只有看最近流行的，以前上傳的也看了很多。」

音ＭＡＤ啊，真想不到。應該說超級懷念的。其實這比什麼西洋歌或古典樂更接近我的守備範圍，甚至能說是主場。因為是阿宅嘛！家裡還有幾片遊戲ＢＧＭ原聲帶呢，而且我啊——

「順便說一下，我最近迷上的是……我想想，是這個吧——『炸蝦○人好像開始狂勝了』。」

——是我的作品啊。

記得這是自己砸了八個小時的假日時間生出來，空有氣勢的音ＭＡＤ。沒錯，實不相瞞，製作音ＭＡＤ也是我的嗜好之一。

「我還滿喜歡這個人的作品的。呃，叫做『人間人』。跟老師名字很像，超有哏耶～」

——搞不好大危機要來了。

難道被她發現了嗎……？她猜到我就是「人間人」了嗎……！

「啊，既然都聊到了，老師也來聽聽看『人間人』的作品吧？」

「呃，不用了。」

「沒問題嗎？那我就來放剛說的這首『炸蝦〇人好像開始狂勝了』喔～」

羽根田斷然無視我的答覆，用手機播放那首蠢歌，不時還有槍聲。

「這個人的作品節奏感不錯，我滿喜歡的呢～」

「嗯、嗯～？」

糟糕，有點開心。

「羽根田，妳會自己作曲寫歌之類的嗎？」

「嗯～偶爾會做來玩玩看啦～」

如此說道的羽根田的眼睛離開手機，對我露出燦爛笑容。

「——就跟『人間人』老師一樣呀！」

「啥！」

這傢伙……！一開始就全都知道還故意鬧我……！

「那個～」

保健室老師從床邊探頭過來。

「沒事了就趕快回去比較好喔～」

「哇，啊，好的～」

羽根田答得頗尷尬。大概是在保健室看影片實在太超過，老師才會委婉提醒。於是我們立刻關掉影片，準備離開保健室。

「能自己回去嗎？」

我對從床上起身的羽根田問道。

「嗯，已經沒事了。」

羽根田伸個大懶腰，樣子的確不怎麼糟。接著她穿上室內鞋，下床跟保健室老師道個謝就離開了。

我也跟她回去教室拿書包。

「喂，這種時候應該把東西一起拿到保健室來吧？」

「不行吧？女學生的東西很恐怖，我不敢碰。」

「也是啦，一不小心就會變成性騷擾呢～」

「是吧～？」

其實我只是沒想到而已……又在意想不到之處重新體認到自己很不機靈了。

——不過呢，我最好還是不要多事。

想起上個學校的事，我的心就沉了下來。老實說像之前右左美那件事就太深入了。雖然最後有了好的結果，我還是不要太接近學生的私生活比較好。

教室裡沒有其他人，學生都回宿舍了吧。

羽根田來到自己座位，將課本和筆記收進書包。

能回去真好啊。

我接下來還要準備很多年末的瑣事，還有考卷跟教材。

「……啊～我也好想回家喔～」

「沒有老師會在學生面前說這種話吧～？」

「真的很想回家嘛，說一下又不會怎樣。妳也不要太勉強自己喔，之前不是還幫右左美補習嗎？」

「你怎麼知道！」

「哇哈哈，當老師自然會知道喔。」

這只是耍帥而已，其實我是經過圖書館，碰巧發現右左美和羽根田在裡頭K書。

羽根田非常會念書，也很會教人。有時甚至會想，她搞不好比我這個老師還厲害。

「其他老師也在說右左美的整體小考分數都進步嘍。」

「哎呀～看到有人那麼認真，就忍不住想幫一下嘛。可是我沒有勉強，不用擔心喔。話說老師，你還滿注意我們的嘛？不過呢，我也經常在注意老師喔～？老師平常很散漫又隨便，但表情有時候會變得很陰沉呢。好像在看遠方的感覺。」

「咦，這樣啊……？」

我都沒自覺耶。

「嗯，像剛才在走廊說話以後就是……啊，該不會我踩到老師的地雷了吧？那就對不起喔。」

「呃，事情沒有那麼——」

——嚴重啦。

我很想這麼說，但說不出口。

那點玩笑話算不上什麼地雷，就只是我自己想起往事而已。

「——老師？咦？真的是地雷？」

羽根田見我突然沉默而擔心地詢問。

「欸，要是真的有問題就跟我說嘛～？再說，要是你肯說出來，我以後就不會踩到了呀。」

「呃，沒關係啦。不好意思喔，讓妳替我操這個心。而且……那都是過去的事了……」

「你就是還沒讓它『過去』，現在才會時不時想起來吧？有時候說出來會比較輕鬆喔。」

是這樣嗎……？可能是這樣沒錯。

然而，如果我能像羽根田說的那樣真的放下，讓「過去」成為「過去」，我就——

「——老師，你又一臉陰沉了。」

羽根田從下方窺視我不知不覺低垂的臉。

「放～心啦，無論發生什麼都有我在啊。」

不知為何，她的微笑讓我好想哭。

就算逃開裝作沒看見，心裡也已經留下無法癒合的傷。

有些人因為我受了傷。

即使很想保護對方，到頭來還是失敗了。

都是我的錯——

「——我真的可以放輕鬆嗎？」

「有什麼關係？」

羽根田答得很乾脆。

「在我看來，人就是要這樣子接受『過去』喔。」

她的聲音像秋天的太陽一樣平穩，其中卻透露出力量。

羽根田用慈愛的眼神注視著我。

她眼裡隱約有片淡淡的陰影，會是我的錯覺嗎？

——說不定，羽根田也曾有過非接受不可的「過去」。

我對羽根田的認識不多，但反過來說，她對我也一樣。

那麼由我先來說說自己的創傷吧。

就是我離開前個學校的始末——

「——事情是這樣的……」

我慢慢地撬開了沉重的嘴。

「嗯。」

「在前一個學校，某個學生因為跟朋友處得不好而來找我商量。當時我是導師，所以很想幫她——結果大錯特錯，因為老師跟學生有立場上的差別。就結果來說，因為我的錯——因為我的多嘴和多事，她們的裂縫愈來愈大，最後這個學生要轉校了——然後她在轉校之前，不知道為什麼造謠說我體罰她。而且學校還不聽我解釋——後來我也待不下去了。」

羽根田靜靜地聆聽從我口中潰決而出的話語。

「最後一天，我碰巧有機會和這個學生說話——妳猜她說什麼？」

「……她說什麼？」

「她說都是我的錯，把她的小小抱怨看得太認真，去做根本就做不到的事，全都是我自作自受。」

這一幕，我至今仍記憶猶新。

那時是冬天。自己在冰冷刺骨的教室裡，聽著那名學生的哭喊——

「那個學生說得沒錯，都是我不好。所以——」

——所以我才感到痛苦。

因為不是別人，就是我自己。無法怪罪別人，就這麼一直——

我討厭人類。

但真正討厭的，是我自己。

一直默默聆聽的羽根田，也像是不知該如何回答般低頭不語。

——看樣子，可能還是不該說出來。

「老師，時間只會前進喔。」

「咦……？」

羽根田將理所當然的事說得像需要特別說明一樣。

「過去的自己確實會永遠跟著你，可是我現在看見的是現在的你……所以不用怕，不管犯錯幾次，老師都能夠重新來過。」

那是充滿慈愛的聲音。

「放心——我會在這裡好好看著現在的你喔。」

羽根田這麼說之後溫柔微笑。

「……謝謝妳啊。」

「不客氣！老師，謝謝你來我們學校！」

＊＊＊

「——老師啊，你已經想回去了吧？」

「咦……？」

我說完自己的故事想離開教室時，羽根田這麼問我。

怎麼突然這樣問……？

羽根田背起雙手，抬著眼一步一步慢慢地往我走來。

感覺有點恐怖，使我不禁後退保持距離。

羽、羽根田？

妳的距離會不會太近……？

當我被逼到牆邊時，她的手「咚」一聲按在我臉旁牆上。

這——就是俗稱的壁咚嗎……！

「羽、羽根田……同學？」

就在眼前的羽根田使我不禁加上了「同學」。

現在是什麼狀況，我一點概念都沒有啊……！

我的反應似乎讓羽根田很滿意，她露出貓一般的笑容說道：

「老師～我來把你救出去吧。」

然後對我耳語：

「老師，要不要就這麼跟我一起逃走呀？」

＊＊＊

「哇～好涼喔～！老師，你要在門口站到什麼時候？趕快過來啦～」

「呃，這裡不能隨便上來吧？」

先前羽根田對我耳語時，還在怕她是想和右左美一樣，要我跟她到校地之外，結果只是帶我來到校舍樓頂。

「原來樓頂的門都沒鎖啊……我都不知道……」

還以為能自由進出的樓頂只存在於二次元。

「喔，平常有鎖啊。學生平時禁止進入。」

「學生平時禁止進入啊！」

擺明是違反校規嘛！

相較於惶恐的我，羽根田泰然自若，一點也不覺得犯了錯似的在涼爽的屋頂上吹風。

這傢伙……居然這麼大膽……

「咦？那門為什麼打得開？」

如果是教師或校務員忘了鎖，還可以不予追究——

「喔，是這樣啦～！」

羽根田得意地邊說邊掏口袋。

「——這個！用這個摳個一、兩下，這裡的鎖隨隨便便就開啦～很簡單喲～！所以我常常來屋頂

上喔～」

她從口袋掏出的是一小根橘色羽毛，多半是她自己的東西。羽毛在夕陽下閃閃發亮。

話說回來……

「妳還會開鎖啊……」

羽根田帷，可怕的孩子……！

這位全學年第一，畢業手到擒來的資優生，居然是個不良少女。

沒辦法幫她擅闖樓頂這件事護航了……

我始終對於羽根田如此優秀卻一直待在學校裡這點抱持疑問——會不會就是這個原因呢……

「樓頂是不是很舒服呀？」

羽根田不知道我滿腦子都在苦惱該怎麼評分，只見她高舉雙手，眺望頭頂上一整片廣闊晴天，滿天晚霞美不勝收。她說得沒錯，風的確很舒服。

羽根田是紅頭伯勞是吧。

紅頭伯勞是巴掌大的橘色小鳥——或許是這個緣故。

看著融入晚霞的羽根田，我心想——

羽根田與天空真是相配。

「怎麼樣？心情有好一點了嗎？」

在稍遠處仰望天空的羽根田忽然轉向我。

「咦啊！呃、呃……！說說、說不定有好一點了喔……！」

看她看到出神的我，慌亂全寫在臉上，使她露出像在憋笑的複雜表情。

「呵，老師……你也太好笑了。」

「要、要妳管……羽根田，不好意思，擅闖樓頂違反校規，是需要扣分的。」

既然她當著我的面如此堂而皇之地違規，我身為教師，必須予以處分才對得起其他學生。

「嗯，好啊。既然都要扣了，不如就……」

羽根田輕易接受扣分，輕飄飄地靠近我。

她還是一樣一下就靠得好近，而且愈靠愈近，都快碰到她了……！

先前不也有過一次嗎！

羽根田從下方抬頭看我，笑嘻嘻地說：

「老師，可以向後轉一下嗎？」

「啊？為什麼？」

「轉嘛轉嘛。」

即使不知道她在打什麼主意，我還是姑且照辦了。

緊接著，背上有種軟軟的感覺，她的手還從我腋下繞過來。

這、這是——————！

咦！該不會真的是那個吧！

羽根田從背後抱住我了嗎！

這樣也未免太積極了吧，羽根田同學！啊啊啊女生真的好軟啊！不行不行！不能高興！啊哇哇哇，感覺變得輕飄飄的了！好像整個人都飛起來一樣──呃，咦？

風聲不一樣了。

我人在樓頂上空十公尺左右。回過神來，腳已經離開地面。

「羽羽羽羽羽羽羽羽羽羽羽羽羽羽根田同學！」

「嗯～？」

「我我我我我飄起來了耶……唔？」

「那當然呀──我們在飛嘛。」

羽根田背上伸展出巨大的橘色羽翼，從背後抱著我飛上空中。

「羽、羽羽、羽根田……唔！」

「什麼～？拜託喔，老師，不要亂動啦。會摔下去喔～」

「摔……唔！」

不要把那種恐怖的事說得那麼輕鬆啦！魔法類型的創作描寫飛行時，我都會羨慕沒錯啦，可是那跟實際飛行完全是兩回事啊。天啊，飛行也太恐怖了吧……！

風在耳邊咻咻地吹。明明屋頂上是那麼舒爽，現在空中的風聲卻在不停煽動我的恐懼。

「放心放心，別亂動就不會掉下去啦。」

「屁啦，超恐怖的好嗎！我的危機意識在抓狂啦！」

「啊？你的說法很噁心耶……唉，好啦，拿你沒辦法……」

我又覺得身體飄了起來，隨後羽根田的手伸到我膝後和背後，將我抱在身前。

「老師，要抱住我的脖子嗎？」

「啊，好。」

——第一次被女孩子公主抱。

不過安心感和先前截然不同。羽根田她……力氣還滿大的嘛……如果我是女孩子，搞不好會心兒怦怦跳……有種輸給她的感覺。

話說回來，公主抱的感覺還滿……應該說貼得很緊嗎……不曉得怎麼說……這樣子也挺讓人緊張的……

「喂，你是不是在想些有的沒的？」

「沒有，我什麼都沒想。」

「哼～？剛才不時會叫我同學是怎樣？滿好笑的，是沒關係啦。」

那是因為我嚇壞了。

羽根田是跟平常一樣以逗我為樂嗎……換了姿勢以後，能見到羽根田的表情了。

——同時，也有了查看四周的餘裕。

染紅天空的夕陽，已經下沉一半。

「從高處所見的天空，比下面還要更寬闊更美麗喔。我一直很想讓老師看看這片景色呢。」

羽根田說得沒錯，空中所見的天空特別廣闊，有種被天空包容的感覺。吹在耳邊的風也沒剛才那麼恐怖了。

——真是美景啊。

這就是羽根田習以為常的景色嗎？

「老師。」

羽根田望著夕陽對我說：

「我啊，也想和這片天空一樣包容老師喔。」

「咦，這該不會是告——」

「想太多很噁心。」

「對不起。」

雖然我害羞得亂說話，但仍漸漸了解到羽根田帶我飛上天的用意。

羽根田就是天空。

無論表情怎麼變化，總是在那裡望著我。

她大概就是為了說這個而帶我來到這裡吧。

「……謝謝啊。」

我自然地脫口而出。

聲音小得說不定會被風蓋過。

羽根田什麼也沒說，就只是在夕陽下微笑著。

「——話說，妳也當著老師的面違規太多了吧。這樣……要是無法成為人類，我可不管喔。」

「啊哈哈！好喔，這樣反而有公正評分的感覺，還不錯。」

「……妳不想成為人類嗎？」

「嗯，想啊——可是我還不需要成為人類。」

「什麼意思？」

「嗯……還不能說。」

羽根田的微笑看起來有點哀傷。

空中的清澄空氣和毫無遮蔽的廣闊天空。

羽根田帶我來到這裡，或許不只有一個理由。

她具有鳥的身體，能輕易看見這樣的景色。

或許是因為這樣吧。

她才故意暴露自己的違規行為。

其實她還想待在空中。

——都是我的幻想啦。

我想說些什麼，可是漸漸消散的晚霞是那麼地美，說話恐怕會破壞氣氛。

羽根田的頭髮也因晚霞閃閃發光。

真美。

羽根田真的和天空很相配。

＊＊＊

太陽下山後，學校樓頂上是一整片的星空。

學校位置相當鄉下，空氣特別乾淨，星星比我家那裡還多。

由於夜間飛行太危險，我和羽根田回到樓頂上。

——有點冷。

十一月是日落後就會變得很冷的季節。我問她冷不冷，病才剛好還只穿一件薄襯衫的她，卻若無其事地說這不算什麼。

無論這次理由如何，都屬於偏離常人的行為，當然需要扣分。可是看她一副等我扣的樣子，反而覺得正中下懷，讓我不太情願。

儘管她違規又做出偏離常人的行為，帶我來這裡都是為了替我打氣吧。

我身為教師，除了學科測驗以外，就只有給學生扣分的份。這是無可奈何的職責問題，加分只有學生之間能做。

——那麼。

「羽根田，我問妳喔。」

「嗯？」

回到久違的大地，羽根田收起翅膀拉拉身子，因我的呼喚而回頭。

「妳很喜歡音樂沒錯吧？」

「嗯，對呀。喜歡聽也喜歡唱。」

於是我對笑嘻嘻的她提了個意見。

「那可以在這裡唱幾句給我聽嗎？」

「在這裡？」

我知道這是無理的要求，但還是想聽聽看。

「妳在保健室聽我的音ＭＡＤ，這樣就扯平如何？」

「咦～？空中旅行不算？」

「那完全是違規行為，所以不算。」

「……你明明就很喜歡。」

「如果真的不要，我也不會勉強啦。」

「咦～～～～？」羽根田左右為難地別開視線，然後偷瞄我一眼——

「……可能沒有唱得多好喔，可以嗎？」

難得看她這麼膽怯或者說害羞，頗為新鮮。

「我還是想聽。」

我在樓頂門邊坐下。

見我這樣，羽根田也放棄掙扎，「唔唔唔……」露出有些怨恨的眼神後，莫可奈何地看著我。

「……那我就唱個幾句喔。」

羽根田端正姿勢，深吸口氣。

經過一小段空白，羽根田輕柔且清澈的聲音在夜空中迴盪。

那是燦爛輝煌的星辰之歌。

——嗓音真不錯。

柔和又有力，希望能就此唱進哪個人的心裡。

希望校舍裡還有學生，聽了以後願意給她加分——

我相信一定會有人聽見這星之旋律。

厭世教師與黎明曙光

MISANTHROPIC TEACHER IN DEMI-HUMAN CLASSROOM.

過了年，時間來到一月的第三學期。今天我也到教室去教課。教室裡有放暖爐，可是走廊卻冷得像針扎。根據天氣預報，今天甚至可能下雪，饒了我吧。望向窗外，天上蓋滿了厚厚的雲。

「雪啊……」

「叫我嗎？」

銀鈴般的動人聲音嚇了我一跳。

「早、早乙女老師……唔！」

「呵呵，人間老師，都破音了喲！」

來自背後的聲音為我的反應嗤嗤地笑。

接著，早乙女老師期待已久似的望向窗外。

「如果今天會下雪就好了呢。」

不愧是「早乙女雪」，對雪特別有感情的樣子……

「早乙女老師，妳喜歡雪嗎？」

「我最喜歡雪了！」

唔……！笑容燦爛到還以為我會當場消融蒸發……如果早乙女老師是太陽，那我就是雪了。

「那個……人間老師……？怎麼了嗎？」

細細品嘗著笑容而突然沉默的我，引來早乙女老師關切的窺視。

「啊！沒事！那、那個……早、早乙女老師是喜歡雪的哪、哪個部分呢？」

我也覺得自己問得很糟，根本交流障礙。就是交流障礙，有意見嗎？照樣活了二十九年呢。

「喜歡雪的哪個部分啊……嗯……太多了很難挑，不過最重要的應該是它讓我來到這所學校的部分吧！」

——雪讓她來到這所學校？出現了令人好奇的關鍵字時，上課鐘聲響起。

要暫別早乙女老師了……真捨不得。

「人間老師，那我先失陪了。下次再聊喔。」

看著早乙女老師搖搖手瀟灑離去的背影，我不禁期盼自己總有一天也能叫她「雪老師」。

＊＊＊

「不要看外面發呆啦！趕快開朝會啦！」

「啊，抱歉。」

我恍惚地想著今天天氣時，被右左美叫回來。

對喔，今天有要事得通知大家。

「各位聽好，今天老師要宣布高級班畢業作業的重點須知。」

教室裡悠閒的空氣霎時緊繃。

——高級班畢業作業。

與畢業關係重大。

作業內容將由校長與理事長視學生而定。

我順道問了之前出過的作業當成參考，得到「在吹特以純文字吹文獲得一萬ＲＴ」、「將一公斤七味辣椒粉按原料分成七堆」、「全破ＦＣ遊戲拆〇工」等，真的是天馬行空。

「題目將在明天第一節課，按點名順序由校長與妳們一對一發表。期限是二月底。可能有點困難，但還是希望各位盡力完成。」

換言之，就是類似大學畢業論文的感覺吧。不過校長說這並非論文，單純就是個「作業」。畢業作業的最大目的，是考驗學生能否克服課堂上教不了的事。

因此，這直接影響到能否畢業，而且連現況難以畢業的學生也得交作業。

畢業課題每年都是那麼瞎。

不曉得她們幾個究竟會接到什麼樣的題目。

＊＊＊

隔天，高級班學生與校長面談的日子到了。

一次一人，按點名的五十音順序進行。

前一個學生回來，下一個學生就要到校長室去。

我翻閱著剛於上週上市的輕小說，悠悠地望著學生們在校長室與教室之間來去。

至於等候中的學生，我都發了相應其程度的作業給她們自習。

結果昨天只是寒冷，並沒有下雪。

但初雪也快下了吧。我這麼想著望向窗外。

夏天蓊鬱的森林已經掉了不少葉子，到處都有枯木。

今天天氣晴朗，尾尾守在最靠窗有陽光的位子寫自習作業，寫到有點打瞌睡。

又過了一會兒，教室的門開了。點名表順序最後的水月從校長室回來。

大家的自習作業也差不多寫完了。尾尾守已經睡著，右左美拿自己帶來的書自習，羽根田則用筆記本不知在寫些什麼。

每人與校長面談的時間約十至十五分鐘，四個輪完，第一節課差不多也結束了，我又回去看小說。那個異世界冒險故事現在看來，感覺莫名地近。

第一節下課鐘響了。

我收回學生們的自習作業，簡單看幾眼。

「——各位同學！妳們的畢業作業是什麼呢？」

水月最先開口。

就我看來，水月社交性強，總是在這種時候率先製造話題，渴望與同學交流。

「要別人說之前，先說自己的啦。」

「對喔！對不起，右左美同學！我的作業是『尋找理事長寶玉』！大家請看！這是藏寶地點的提示喔！」

水月將幾張筆記展現在眾人面前。又來了個有趣的作業。尋寶啊，感覺滿好玩的。

「哼～右左美的是『蒐集所有在校生和教職員的簽名』。要簽在這本簿子裡。根本是小看我，太簡單了啦。那第一個，鏡花，妳來幫我簽。」

「好的！我很樂意！」

水月立刻在右左美的簿子上振筆疾書。

「太好了。謝謝妳啦。」

「啊，那再來換我。」

「帷，也謝謝妳。妳是什麼作業？」

「我？嗯～我是『為明年運動會的加油歌作詞作曲』。」

「好棒喔～！這個作業很適合妳耶！」

「還好啦，去年的也差不多就是了——啊，一吠，妳醒啦？」

大概是陽光太舒服，在窗邊呼呼大睡的尾尾守睡眼惺忪地稍微坐起。

「呼啊……各位，不好意思，我不小心睡著了……呼啊……」

她的腦袋似乎還沒完全清醒，話說得有氣無力。

「啊，尾尾守，可以交作業了嗎？」

「呼啊……老師啊……好……」

我從腳步飄得很危險的尾尾守手中接下作業，簡單查看。嗯，全都寫了。

「話說尾尾守，妳的畢業作業是什麼？」

「嗯嗯……問我嗎？呃，是『寫出角色超過五人，兩萬字以上的短篇小說』。」

「這樣啊！一咲同學看了很多書嘛！這個作業這麼適合妳，真是太棒了！」

「是嗎……？嘿嘿，謝謝喔，鏡花同學。」

「一咲，妳也來簽名。」

「啊，好的，右左美同學。我這就來簽～」

羽根田大概是簽完了，直接把右左美的筆記交給尾尾守。原以為畢業作業會更有難度，可是就目前聽來，感覺要完成不難，太好了。

就是這麼一回事吧。這些孩子，在這一年來都有所成長呢。

「人間，下一個換你，還不可以走啦。」

「好好好。」

正想離開教室，就被右左美叫住了。

感覺上還不用二月底，大家一月中就能全部做完了吧？

這不錯的開頭讓我稍微放心。

期待她們完成畢業作業的那一天。

＊＊＊

畢業作業出題後過了一星期。

羽根田的歌曲已近乎完成。

她反覆請教校長的意見，一次次作調整。

右左美也進行得很順利。別說高級班，教職員和中級班的簽名也都完成了。

——但問題在於初級班學生。

他們還不習慣現在這副半人的身體，也因此不善於寫字。

右左美起先是讓他們用按指印或肉球印的方式代替簽名，可是那似乎不算數。簽名就是簽名，不用文字寫出自己的名字就無效。

於是，右左美開始在放學後到初級班開設「右左美補習班」，教初級班學生正確寫字。

她的這份努力也沒有白費，現在幾乎所有學生都能自己寫出自己的名字了，右左美只差一點點就能完成作業。

尾尾守仍在默默執筆。

——可是有幾個地方怎麼也想不出好點子。

最大的瓶頸是「需要五名以上角色」這點。她總是在煩惱這個角色為何這樣說、為何那樣想，以及這些角色的人際關係，每天都會和國文老師討論。

她經常感嘆自己不懂他人的心思，可是後來發現即使不懂，或許能藉由對方的立場或狀況來推測。不懂就用不懂的方式，用盡全力向前進。

問題——是水月。

「尋找理事長寶玉」——校長交給水月的那幾張紙。第一張，是填字遊戲。

內容都是與人類有關，多少讓她傷點腦筋，但最後總算解了出來。

然而第二張就讓她毫無頭緒。

第二張上只寫著：「想想第一堂課吧！然後照順序走下去就會發現……？」第一堂課……？是來學校以後的第一堂課？還是高級班第一堂課？意思抽象得難以確定。照順序又是什麼意思呢？

水月打算姑且先用僅存的記憶來重現這第一堂課。

二月還有一場期末考等著她們。

畢業作業已經使她們忙不過來了，然而考試分數當然與畢業有關。

起初還以為游刃有餘，但焦躁的低氣壓卻漸漸籠罩全班。

＊＊＊

「搞定了——！」

畢業作業出題後第十天，頭一個完成作業的果然是羽根田。

總算是調整到校長無話可說的程度。

「帷同學！辛苦妳了！這首曲子真的好棒喔，恭喜妳完成～！」

「啊哈哈，謝謝～鏡花的作業做得怎麼樣？」

「唔……說來慚愧，我還是搞不懂……」

「啊，這樣啊。還好嗎？我可以幫忙喔？」

「不用了，不需要這樣！這是我的畢業作業嘛！我會用自己的力量把它完成的！」

「這樣啊。好，有需要就說一聲吧。我一定會幫忙的。」

「非常感謝妳的好意。」

水月說完柔柔一笑。當下依稀覺得有點怪，但沒能看出究竟是哪裡不對勁。

畢業作業出題後第十二天，第二個完成作業的是尾尾守。

題目是寫出角色超過五人，兩萬字以上的小說。

最後字數共三萬八千零三十三字，將近一倍了。

尾尾守是以校園為題材。

我也拜讀過了，故事描述一位雙重人格少女的校園生活，像青春群像劇那樣。文體有點粗糙，但反而別有一番滋味。

小說我只看輕小說，青春群像劇也不是自己特別愛看的類型，不過還是挺喜歡這篇故事——可能多少有點是自己學生的關係吧。

尾尾守完成作業時，還對我說她可能喜歡寫故事。

畢業作業出題後第十五天，右左美也終於完成了。

教導初級班的學生——尤其是不習慣使用文字的學生，好像真的很費力。

她每天都要花費大把時間去教，有時對方還會溜走、閃躲甚至設陷阱……總之很辛苦。

不過右左美依然很有耐心地面對初級班學生，終於成功讓所有人都會寫自己的名字。

「他們並不是沒有意願，只是不懂得怎麼努力而已啦。點通以後馬上就會了。哼，幹得不錯嘛。」

右左美還說了一句像是鼓勵的話，後來又發了點牢騷表示：「不過他們實在很囂張。」

但表情看起來卻頗為開心。

到了明天，二月就要開始了。

差不多該為期末考做最後衝刺。

可是水月的畢業作業自那以來始終沒有進展。

＊＊＊

「鏡花同學，妳的作業狀況怎麼樣了……？」

畢業作業出題第十六天的放學後，水月因尋寶到處碰壁而焦慮不已，尾尾守頭一個去關心她。

「呃，那個，假、假如有哪裡可以幫忙，我會很樂意，千萬不要客氣喔。」

「謝謝妳的好意！可是一咲同學也要準備考試吧？所以我想再稍微自己努力看看！」

水月又露出優雅的微笑，婉轉謝絕。尾尾守猶豫了片刻，唇一抿繼續說：

「——鏡花同學，妳真的不要緊嗎？之前我學到，心裡有話一定要好好說出來才行。所以……這樣說不定，那個，就是有點太多事，可是……需要幫助的時候一定要告訴我喔！」

在總是低調的尾尾守難得的堅持之下，水月的眼神似乎有所動搖。

但水月很快就恢復原樣，微笑回答：「好，到時候再麻煩妳喔。」

羽根田和右左美都只是旁觀不語。

＊＊＊

「——鏡花。」

畢業作業出題後第十七天早晨。

我簡單做完通知後，右左美臭著臉找上水月。

「把妳在作業上遇到困難的地方說出來啦，右左美來幫妳。」

「右左美同學，謝謝妳的關心！可是作業是我必須自己解決的事，我可以的！」

右左美像是看不慣水月顯然憔悴卻硬要逞強的樣子，輕聲咂嘴。

「——鏡花真的那樣想嗎？」

「咦？」

「右左美從以前就不喜歡妳的笑臉啦，會讓右左美想起自己最喜歡的人勉強自己笑的樣子啦——有夠假的。」

「我沒有說謊喔。我只是對總是積極向前的自己感到驕傲而已……說不定真的多少有點逞強……可是那也是我自己心甘情願，是我自己想跨越的高牆，沒有問題的。」

「……唔！右左美就是不喜歡妳那種態度啦！」

教室頓時鴉雀無聲。

右左美的表情像是快氣哭了。

「右、右左美……」

我姑且先對右左美出個聲。

「老師，我們沒事。」

「水月……」

儘管想介入，卻遭到水月制止。

「——右左美同學，作業不是要靠自己獨力克服才有意義嗎？我是不會借助他人的幫助來完成的。真的很感謝妳的關心，但我真的不需要，能請妳體諒嗎？」

水月依然我行我素。

右左美還是用快哭的樣子斥責水月。

「鏡花把太多事情攬在自己身上了啦！這樣子……真的需要幫助的時候妳還說得出口嗎？」

「我——」

水月一時支支吾吾，但又迅速整理好心情——

「我並不需要任何幫助。」

那是極其高傲的一句話。

右左美像是覺得對方已經聽不進去，便耐住脾氣默然回到自己座位。

我和羽根田只能在一旁看著，尾尾守則不知所措地搖晃尾巴。

下週就是期末考了，真的沒問題嗎……

＊＊＊

又過了兩星期，畢業作業出題後約一個月，期末考也結束了。

考試這邊，從成績來看全班都表現不錯。

可是畢業作業方面，依然只剩水月沒有完成。

水月和右左美本來就有點個性不合，經過那件事以後隔閡變得更深了。雖不再起爭執，對話次數卻極度減少。

班上氣氛一直都很緊繃……

啊——真不想進教室……

我拖著沉重的腳步前往教室開朝會。

是不是該做點什麼呢……不了，亂說話搞不好……啊啊，我到底該怎麼辦啊……還是什麼都不做好呢？完全不知道該怎麼做才是最佳方案……

望著與我心情相反到極點的大晴天，不禁有種被嘲諷的感覺。

「啊，老師——！早安安——！」

「唔噗！唔……尾、尾尾守……唔！」

她冷不防地從背後抱上來，害我忍不住大叫。

對喔……今天滿月。

尾尾守一閃身繞到我面前來。

今天也是相當寒冷，可是滿月的尾尾守依然穿得很暴露。

活潑的她稍微照亮了我的心靈，就像雲縫之間的陽光那樣。

「話說老師啊～！小鏡花跟右左美吵架了是真的嗎！」

「啊……這件事嘛……呃，該怎麼說呢……」

「是小鏡花的畢作情況不妙，右左美去關心她結果碰了釘子沒錯吧！」

「妳都知道嘛！」

「是啊，一咲跟『小一咲』的記憶幾乎一樣呀？那麼以老師來看，現在狀況怎麼樣？」

「不要裝熟抱住我的手。」

尾尾守動不動就貼得很近，容易害我胡思亂想，實在傷腦筋。

「咦～小氣鬼～」

尾尾守把臉嘟得圓滾滾地退開。

「所以是怎樣？」

「這個嘛，我也很難——」

「廢話少說，我是認真的。」

見尾尾守突然散發不由分說的氣場，我才勉為其難地開口。

「……我覺得，承認事情『超過自己所能』也是很重要的一件事。」

「醬～喔？」

「因為請求周遭的協助，有時其實很重要。」

「嗯嗯……」

尾尾守手托下巴稍微想了想。

然後似乎有了靈感，猛然轉向我——

「我說老師！你有參加過章趴嗎？」

「…………啥？」

＊＊＊

人間零，今年二十九歲。人生第一次章趴也就是章魚燒派對，是在這裡，私立不知火高中的高級班教室舉行。

——但話說回來，這其實不是章趴。

因為我們沒有章魚，這次用蒟蒻代替。所以嚴格說來是蒟蒻燒派對，簡稱蒟趴……？聽起來很有問題的感覺……

「蒟蒻裡面沒有海洋生物，可以放心吃呢～！」

「欸，小鏡花，那海苔呢？敢吃嗎？」

「敢吃！海藻類本來就是我們的主食！」

「老師，我也想烤烤看～」

「右左美也想。」

「好好好，等一下～」

這場蒟蒻燒派對即是我和尾尾守的計畫。

尾尾守認為，大家一起做點東西來吃以後，會比較容易談沉重的話題。

然後就是她經常在社群網站上看模特兒或偶像辦章趴，羨慕很久了。

儘管這只是沒有章魚也沒有柴魚片的假章魚燒，學生們依然很享受尾尾守舉辦的這場派對。

「話說小鏡花，妳的畢作怎麼啦？」

尾尾守開門見山的發問使得現場氣氛一僵。

「……我有用自己的方法在努力喔！」

水月開朗地回答。

——那是謊話。

「咦～這樣啊～！話說題目是什麼？一咲不太了解畢作的事，可以告訴我嗎～！」

尾尾守戰術一：裝作不知情，哄水月說出她卡在作業哪個地方。

「我的作業是尋寶喔！」

「咦～！尋寶啊！好好玩的樣子！那這個尋寶要怎麼尋？」

「要解謎喔！校長給了我一份類似解謎手冊的東西，要我一步步解下去！」

「咦，所以問題是不只一個的意思嗎？哇塞！感覺好累喔！有很多事要做耶？」

「就是說啊……第一個問題就很難，但我還是解出來了！那是個填字遊戲，謎底是『御殿場(Gotenba)』。」

這謎底也太謎了。

「啊！一咲知道那裡～！不就是那個嗎！有Outlet的地方！超想去的啦～！」

「哎呀？這樣啊？」

「對呀對呀！還有溫泉可以泡喔！我還在網路上看過模特兒說那裡離富士山很近！」

「一咲同學懂得好多喔……！」

或許能從意外之處獲得解題線索，讓水月略顯興奮。

「對了，剛才妳說那是第一個問題，那第二個問題是怎樣的？」

「這個嘛──」

水月有口難言般表情一沉。

我和尾尾守也從這個表情察明了現況。

──就是卡在這吧。水月依然困在作業的第二道問題上。進度與我之前偷瞄時沒有任何改變。

戰術一順利完成。

接下來的戰術二是要問出詳情，幫得了就伸出援手。

「啊，該不會～第二個超級無敵難吧！超複雜數學問題那種？一咲數學超爛的啦～！」

尾尾守抱頭哀嚎……事實上，尾尾守是澈澈底底的文組，數學成績真的算不上好。

羽根田和右左美整顆心都在做沒有章魚的章魚燒上──那是裝的吧。

手邊的章魚燒烤盤上的麵糊愈來愈焦都沒能發現。

「第二題──像是猜謎那樣……」

「猜謎～？」

尾尾守用一副傻呼呼的表情歪著頭。

「就是啊。上面寫『想想第一堂課吧！然後照順序走下去就會發現……？』所以我把初級班、中級班和高級班的第一堂課都查過了，可是還是搞不懂……」

「初級班第一堂課是上什麼啊？一咲完全不記得耶！」

「——是學校導覽啦。」

在章魚燒烤盤前的右左美開口了。

「導覽之後是發五十音表，然後自我介紹啦。初級班要先從認識文字和說話開始，所以課本是從中級班才開始用啦。」

「——就是這樣沒錯。」

好久沒聽到水月和右左美對話了。

「鏡花妳……還記得第一次自我介紹說了什麼嗎？」

右左美僵硬卻又溫柔地詢問。

「自我介紹的內容……？」

「自己的名字，想成為人類的原因那些啦。」

「單純就是讚！我先來我先來！我是尾尾守一咲！想成為人類的原因是『不想不上不下，要把人格變成一個』——可是現在暫時保留！目前瘋狂迷惘中～！可是為了人身安全，我還是想成為人類～！」

「喔？重新自我介紹啊，滿好玩的嘛？那換我～我的名字是羽根田帷，想成為人類的原因是『想要接觸音樂』～」

「現在是什麼情況啦——唉，沒辦法。我是右左美彗，想成為人類的原因是『想對照顧過我的人類報恩』，所以右左美也想幫助周圍的人。可是——鏡花，之前對不起。」

突然被點名的鏡花愣了一下。

「咦……？」

「右左美沒考慮到鏡花想自己努力的心意，就是想幫妳，結果只是自我滿足而已。」

「右左美同學……不要這麼說……那不是妳的錯。」

水月的視線為難地游移，右左美擔憂地看著她。

「抱歉，是我對不起妳……那個……」

我也對不知該如何答覆的水月開口：

「水月。」

我想她只是責任感特別強。

說不定那就是身為波賽頓後裔的一面。

她經歷過我所無法體會的巨大壓力和爭執。從水月原本身分的角度來看，把事情輕易交付他人，說不定有可能賠上性命。

可是她在這裡就是個普通學生，水月鏡花罷了。

因此——

「這只是我個人的想法，水月怎麼想是妳的自由……以我來說，如果不借助他人的力量，根本什麼事都做不到呢。」

——就來談談我這個廢物吧。

「我本來文筆就不怎麼樣，寫通知單時都要請星野老師幫我確認。上課的部分，我也有很多地方還不習慣，需要請教早乙女老師——」

真不曉得他們在這所學校幫了我多少。

「所以啊，說不定人類就是這樣。給我的工作，其實大多是自己難以完成的。我覺得像那種時候，『向他人求助』其實是一種很重要的技能吧。」

獨自過活這種事——根本是無稽之談。

我們總是互相扶持，在麻煩別人與被別人麻煩中度過。

水月的自尊心很美，同時也很脆弱。

「……真的可以嗎？」

那聲音小得幾乎要聽不見。

「——我真的可以占用各位的寶貴時間嗎？」

「一開始就說可以了啦。」

「我也可以喔～」

「沒問題～！當然可以！一咲說不定很會解謎喔！」

高級班同學的回答使水月的表情像融雪一樣軟化，噙起淚水。

「各位……！」

「啊，姑且可以算我一份喔。」

「當然了，人間老師……！」

隨後水月走向自己的座位，拿出一本薄薄的小冊子。

「很抱歉在百忙之中叨擾各位——拜託各位幫幫我吧！」

＊＊＊

簡單填飽肚子，派對告一段落之後，全班開始通力解謎。

首先察覺端倪的是右左美。

「……這個第一堂課，會是要妳用學校導覽和五十音表來解謎嗎？」

「為什麼這麼說呢？」

「因為右左美一直在教初級班寫字，現在手邊就有初級班的五十音表。等一下。」

右左美從自己的書包裡取出五十音表。

「這就是第一堂課發的五十音表。把這個跟一開始發的學校導覽圖疊起來看看，然後再到跟第一題答案的『Go』『Te』『N』『Ba』重疊的地方去看看怎麼樣？照順序是這樣。」

「咦～？會不會太牽強？」

「啊，可是妳們看！這張五十音表剛好跟學校導覽圖一樣大耶！明顯就是這樣嘛！」

只是剛好都是A3尺寸而已吧……？也好，雖然感覺有點牽強，但或許有一試的價值。

「——就去看看吧！我看看位置在哪裡……一樓的理科準備室和一樓的總務室，然後是初級班……前面種的樹……沒錯吧……？最後是圖書館！對不對！」

高級班學生立刻按順序查看五十音表指示的位置。

結果——

「——真的有耶！」

每個地點的門後，都貼了張寫有「水月鏡花　畢業作業」的小紙條。畢業作業出題到現在都沒人發現，是因為那些地方全都不太會有學生經過吧。

字條寫的是「某個戀愛故事」、「夢中的地點」、「老師」與「高級班學生」。

好像只能說完全沒有頭緒——

「——我們裡面有誰傾慕老師嗎？」

「等等，不是這樣子吧？」

不讓我否定一下怎麼行。

「咦～老師，很難說喔～？」

「妳……少在那幸災樂禍……」

每次遇到這種話題，這傢伙都會率先尋我開心……

「小冊子上有寫什麼嗎？」

「上面只有寫『告白地點在哪裡？』而已。」

「……嗯～？完全搞不懂耶。一咲有想法嗎？」

「嗯咦————！一、一咲？一一一咲呢！啊————呃……唔唔……老、老師……」

「咦！」

尾尾守用淚汪汪的眼為難地看著我，好像我和她之間發生了什麼不得了的事。這、這什麼氣氛啊！

「老師，難道你……！」

「不管妳誤會了什麼，反正不是！應該不是！尾尾守！妳也來解釋清楚！」

「咦，要一咲解釋……有點……」

「為什麼啦！」

「……唔！因為不是一咲，是『小一咲』的事，一咲不能亂說啦！」

「人間，難道你跟一咲怎麼了嗎！」

「我真的一點印象都沒有喔！」

「就是啊，右左美！『小一咲』怎麼可能會跟老師有什麼嘛！」

唔……！我是很謝謝妳說實話啦，可是說得那麼絕還是會有點受傷……！

「——那麼，妳到底是在說什麼呢？」

話題的起點兼作業所有人水月對尾尾守問道。

「小鏡花……！啊嗚嗚嗚……！這個嘛……」

尾尾守非常為難的樣子，嘴巴「唔唔唔」地動個不停。

「這個……是關於『小一咲』的畢業作業啦……」

——啊。

這句話讓我想到下一個位置了。

水月和其他學生還不明白，這也難怪，因為是關係到尾尾守的畢業作業，那篇青春群像劇小說的一幕——但話說回來，為什麼學校會用這點出題給水月？難道出題者會預知未來嗎？

「唔唔唔……！對不起！一咲不能再說了！明天是『小一咲』，妳們直接問她吧！小鏡花抱歉！」

尾尾守說完還向水月鞠躬道歉。

「哪裡哪裡！沒那麼嚴重啦！是我請各位幫忙的嘛！大家給了那麼多提示，道謝都來不及了呢！那麼，我明天再請教『一咲』同學喔。」

就這樣，水月的作業在高級班同學們的協助下前進了一大步。

＊＊＊

隔天，我們在尾尾守一咲的帶領下來到結界邊緣的櫻花樹。

過了這棵樹，就是結界外了。

第一天報到時，盛開的櫻花樹給我留下了深刻印象。如今枝頭上冒出點點冬芽，也在為迎接春天作準備吧。

「應該在這附近才對……」

在尾尾守一咲的故事裡，有個心儀老師的學生。

某天學生還作了對老師告白的夢——地點就在那棵大櫻花樹下。

「那個，我寫的就是在櫻花樹下，應該沒有錯才對……唔唔，是誤會了嗎……」

「不要再那邊亂想！先來找找看啦！」

「對呀對呀～真的找不到再來一起想就好啦。」

我在稍遠處觀望學生們在櫻花樹底下到處找東西的樣子。

忽然間，零星冬芽之間似乎有東西在發光。

一開始以為是晨露在反射陽光，但不是那麼回事。

——那是個小匣子。

有個裝飾精美的小匣子擺在高處的樹枝上。

那裝飾有些眼熟。沒錯，就是在暑假時——

「水月，那邊……！」

我伸出手，為繞著樹打轉的水月指出位置。

「哇……！」

相信那就是終點了。裡頭裝的大概就是理事長寶玉戒指。

「哇，放得好高喔……」

尾尾守仰望著匣子低語。位置高到伸手也完全碰不到，恐怕不爬上去是拿不到的吧。

「搖樹會不會掉下來呀？」

「呃……不曉得耶。看起來放得很穩的樣子。」

「嗯，我來試試看！嘿！」

水月往樹幹一撞，可是樹一點動靜都沒有。

在我看來，水月就只是往樹上抱而已，不禁有點想笑。

「……太遜了吧。」

右左美傻眼地說道。很遺憾，我同意右左美的看法。

「啊，那用飛鏢之類的東西丟下來呢？」

羽根田說完就用自己的羽毛擺出射飛鏢的姿勢。

「哇！帷同學！這想法太棒了！那麼，我就……那個……」

水月轉呀轉地環顧四周，卻找不到小石子或樹枝等可以拿來扔的東西。

櫻花樹周圍被清理得非常乾淨，很不自然。

水月往森林的樹枝瞄一眼，似乎想乾脆折一段來扔，但最後搖搖頭，往手上有羽毛的羽根田走去。

「──那、那個，帷同學……很抱歉三番兩次麻煩妳，而且是為了成全不才的我做那麼有失教養的事……為了拿到匣子，能麻煩妳借我一根羽毛嗎……！」

「嗯～？呵呵，不行～」

「不、不會吧……！」

見到羽根田笑嘻嘻地拒絕，水月失落得當場癱坐下來。

羽根田也蹲下來，配合她的高度說：

「那個啊，如果妳不是那麼低聲下氣，說得更簡潔一點，要幾根我都借妳喔。」

這話使水月又驚又疑地往羽根田看去。

「簡潔……？」

「對對對。有禮貌是很好，不過那感覺太沉重，會嚇到人啦～」

……她絕對沒有嚇到吧。

不過我倒是能理解羽根田的意思。

「沉重……？」水月想了想，整理好怎麼說話似的再次看往羽根田。

「帷同學！請借我一根羽毛！」

「嗯！好喔～」

羽根田一定是不希望水月請求得那麼低聲下氣吧。

尊重對方和貶低自己畢竟是兩回事。

水月就此從羽根田手中接過橘色羽毛——然後往匣子直直射去。

第一次擦到邊角，匣子晃了一下但沒掉下來。

第二次正中紅心，晃得很用力——還是沒掉下來。不過匣子移到了不太穩固的位置。

第三次，偏了。

這時吹起一陣強風，樹大幅搖晃起來。

匣子被甩離樹枝，飄然劃過空中。

「要掉下來了……！」

學生們發出歡呼，水月為了接住匣子而往它掉落的方向跑去。距離不長，即使她腳步不快也不成問題才對。這樣水月的作業也完成了。

——嗯？等等，那不是公車站的方向嗎？

也就是說——會跑出結界？

「啊！水月！停下來啊啊啊啊！」

我趕緊制止已經跑了起來的水月。

而她也像是被我突然大叫嚇到，並向我回頭，及時留在結界裡，再多踏兩步就危險了——安全。

可是，匣子離地面愈來愈近。

要是直接掉在地上，搞不好會摔壞！這樣水月的作業就——

——能夠出結界接匣子的只有我而已。

可惡！不曉得多久沒全力奔跑了！

我朝著匣子全速衝刺。

明天肯定要肌肉痠痛了！

匣子快落地了。只差一點、只差一點、只差一點——！

接得到嗎！不，我要接到——！匣子差那麼一點點就要落地。我拚命伸長了手——

「————哈哈……接得漂亮。」

在樹林裡撲得灰頭土臉的我，手裡穩穩抓住了那個裝飾精美的小匣子。把一套才三萬圓的便宜西裝弄得滿是塵土就能解決的話，根本不成問題。

我還是有生以來第一次援接。

「老師！有沒有受傷……！」

水月從結界裡大喊。我突然大叫又狂奔，害她擔心了吧……不過水月沒事就好。

「喔，我沒事！盒子也沒事喔！」

「……唔！太好了……！」

水月又軟趴趴地癱坐下來。

其他三名學生圍在她身邊。

她們貼得很近，似乎在說些什麼，不過從我這裡聽不清楚。

我緊緊抓住手裡的匣子。我也快回結界裡吧。

大家都做得很好。

——高級班的畢業作業，這樣就全部完成了。

就在我放心地要走回在結界裡等待的學生身邊時——她們後方多了個小小的人影。

還來不及驚嘆，那人影已經迅速出現在學生們面前。

「高級班的各位～！Congratula～～～～～tion的捏～～！」

校長歡快的聲音在寧靜的森林裡響起。

……在室外，或者說大自然裡見到校長，感覺比室內還奇怪。

反過來說，在校長室見校長就一點也不奇怪了。是因為校長室也一樣奇怪嗎？

「那麼那麼！水月同學，妳的作業……嗯？在哪裡捏？」

校長在水月周圍繞圈圈並四處張望。

怎麼看都是小老頭纏著美少女不放……

哎呀……人真的是走錯一步就會變成變態呢……戒慎戒慎……

「啊，校長好。我的作業在那邊，因為掉到結界外，老師去幫我拿了——」

水月邊說邊伸手指著我。

校長往水月指的方向看，終於發現我。

「人間小弟！弄得這麼髒，辛苦你了捏！今天就把我放在校長室的預備西裝特別借給你捏，可以直接穿回去沒關係捏！」

……我說什麼都要婉拒。

因全力衝刺而累壞了的我這麼想著，慢吞吞地回到結界裡。

「——來，水月。」

我回到結界裡將小匣子交給水月。

「謝謝老師……！」

水月接過匣子輕輕打開，查看內容。

一枚和我一樣的理事長寶玉戒指，靜靜座落在匣子正中央。水月確認完內容物就闔上匣子，前往校長面前。

「——校長，抱歉拖了這麼久。這份作業只靠我一個實在辦不到。不過多虧了有這麼棒的夥伴們幫忙，總算完成作業了——所以，請校長把這次積分分成四等分吧，拜託您了。」

水月在校長面前深深鞠躬，校長什麼也沒說，只是淡淡地微笑。

「校長，這就是我的作業。」

水月將手裡的匣子交給校長。

精美裝飾的匣子依舊是那麼漂亮。

校長接下匣子，慈愛且珍惜地摸了摸便收進胸前口袋裡。

「——在這裡，再一次Congratulation的捏，水月同學。」

校長環顧高級班所有成員。

羽根田帷、尾尾守一咲、右左美彗，以及水月鏡花。

「如此一來，畢業作業就全部交齊了捏——與此同時，滿足畢業條件的學生也出爐了捏。」

校長語氣平靜且嚴肅地說道。

突來的宣布使我有一點慌，卻又充滿期待。

滿足畢業條件的學生——

氣氛緊張到極點。

畢業——這是在場所有學生的目標。

「本年度的畢業生有一位——她不曾違規，腳踏實地累積分數，而且學力和融入人類社會的能力都無話可說捏。只不過她的缺點是不太懂得向他人尋求協助，認為獨力完成才是最好的。然而透過這次作業，她確實學到了『給人添麻煩』的重要——」

有人嚥口水的聲音。

校長緩緩開口：

「——根據以上評估，今年得以畢業的學生——就是妳，水月鏡花捏。」

非人學生與厭世教師

人間老師，可以教我們何謂人類嗎……？

MISANTHROPIC TEACHER IN DEMI-HUMAN CLASSROOM.

我在公車上望著窗外。什麼也沒有的雙向單線狹窄山路上，景色一如既往。公車今天也在最靠近學校的車站放我下來，往下一站前進。

時間來到三月，風仍帶著幾絲涼意。有些微的青草香，是春天到了嗎？有幾棵樹也冒出新芽。在來到這所學校以前，還不曾注意過樹木隨四季變換呢。我一如往常從車站邊的道路走向學校。

結界邊的櫻花樹都還只是花苞。

今天是畢業典禮。

水月鏡花的畢業典禮。

＊＊＊

——參加典禮總讓我不自在。

僵硬的氣氛令人渾身難受。

畢業典禮是召集全校學生一同見證。

森林裡的體育館特別冷，所以到處都事先放置了煤油暖爐——是我們教師在典禮前準備的。

典禮上，學生當然要在指定位置上整隊排好。但在那之前，可以窩在暖爐邊自由取暖。

心想能不能跟他們一起取暖時，早乙女老師對我說：

「人間老師，典禮快開始了，帶學生去整隊吧。」

「啊，好。知道了。」

大概是因為典禮，早乙女老師將總是往下披散的頭髮往上盤成了一團……反差萌讚啦。

我來到高級班學生所在位置，催促她們列隊。高級班在從體育館門口看去最左邊——水月已不在行列之中。

她直挺挺地站在校長身邊。

初級班和中級班的學生總算開始整隊了。初級班學生也有人耐不住寒冷，黏在暖爐邊不走，星野老師便又拿一台備用暖爐過來。

——好，畢業典禮要開始了。

＊＊＊

經過長得可以的校長致詞，擔任司儀的早乙女老師讀出理事長的賀詞。

畢業典禮順利進行。

對了，到頭來我這一年都沒見過理事長。

連畢業典禮都沒出席——這位理事長是真的很忙吧。

理事長啊……該不會是國家級的大人物吧？感覺可能性很高，怪恐怖的。抑或是根本就不存在之類的……哎，到底是怎樣呢……

「現在頒發畢業證書。」

早乙女老師清澈的聲音透過揚聲器在體育館響起。

「畢業生，水月鏡花。」

「有！」

水月大聲回答，一步一步紮實地緩步向前，踏上舞台。

大概是很緊張吧。

簡直就像踏上夢寐以求的舞台一樣。

她總是開朗樂觀，同時兼備忠於自我的堅強。

——如今，還學會在需要之時向他人求助。

水月在舞台上面對校長。

「水月鏡花同學，Congratula～tion的捏。」

「感謝校長三年來的照顧。」

校長將畢業證書交到水月手中。

自下個年度起，水月就不會出現在我們班上了。

她將離開學校，到我們人類的世界生活。

要用她的雙腿，穩穩地「啟程」。

＊＊＊

畢業典禮結束，回到平常的教室。

水月不在那裡。

「呃，大家辛苦了。水月還有很多手續要辦，再等一下才會回教室。」

——自從水月確定能畢業後，一切都變得很匆忙。

高級班之後的手續都已經依序處理完畢，似乎今年春天就要去念舞蹈學校。另外生活方面，由於她已達到可以畢業的程度，基本上沒有問題，只是住所、家具和生活用品等打點起來很急促而已。

現在，校長正在和水月進行最後確認，並告知種種所需。

「那個，下學期是四月八日開學。細節都寫在剛剛發下去的通知單上，自己先看一看，有哪裡不懂再來問我或其他老師。還有問題嗎？」

「右左美有。下學期有新同學要來嗎？」

「呃，我也很想知道，可是還沒聽說，敬請期待這樣——還有其他問題嗎？」

……沒人回答。尾尾守已經迅速看完通知單，羽根田還是一樣一臉無聊。

「好，那就這樣了。下學期也請多指教喔。」

說到這裡，教室的門開了。

「——抱歉打斷各位說話，我回來了！」

「水月，我們剛好講完話。」

今天的主角手裡捧著滿滿的文件回到教室。

未來她身邊的一切都將變樣，現在要忙的事一定多得超乎想像。

「鏡花同學！歡迎回來……！」

「好久喔～有什麼很複雜的事嗎～？」

「鏡花！我有很多事情要問妳啦！」

先前人在舞台上的鏡花一回到教室，就受到高級班同學們的包圍。

「鏡花，妳預定什麼時候變成人類？」

「是後天喔。」

「以後要住哪裡？租金那些怎麼辦？」

「我會住在舞蹈學校附近，租金會用理事長發的獎學金來付喔！」

「舞蹈學校嗎，會不會很累？」

「課程好像排得很緊湊——可是我一定會克服給大家看的！」

水月不疾不徐地一一回答雪片般飛來的問題。

表情和真正的女高中生一樣開心地不停變動。

「——妳走了是不會寂寞啦，這一年其實還不錯。」

「嗯嗯，右左美～鏡花不在以後會冷清很多呢～她是歡樂氣氛製造者嘛～」

「鏡花同學！這是另一個我——一咲給妳的信！」

「各位……謝謝妳們……！有妳們為我打氣，我覺得自己接下來一定走得下去！」

水月在同窗一年的高級班同學們圍繞下，很幸福的樣子。

「——水月。」

「老師！」

聽到我的呼喚，她帶著軟綿綿的笑容轉過來。

「人間老師，這一年受您照顧了。」

「彼此彼此。未來一定會有辛苦的地方，如果有需要，歡迎妳隨時跟學校聯絡喔。」

「謝謝老師。」

水月對我鞠躬道謝。

「——老師，謝謝您在畢業作業的時候告訴我欠缺什麼……我很想做到完美。因為從出生就一直受到那樣的要求——可是那樣不對。人類本來就不完美，我其實也不完美……多虧有其他人的協助，我才能不畏風雨地走下去。」

接著水月又小聲地說：「我想，自己的畢業作業就是想告訴我這件事。」

「——所以人間老師！謝謝您告訴我何謂人類！」

「我也謝謝妳願意讓我當妳的老師。」

這句話說得是那麼自然，連我都嚇一跳。

自己透過這些學生，重新成為了教師。

水月又柔柔一笑，回到其他同學身邊。

「嗚哇～鏡花同學！不要忘了我們喔！」

「一咲同學……不用擔心，我絕不會忘的。」

「鏡花，那個小盒子就是畢業作業的盒子耶。」

右左美發現了埋在文件堆裡的小匣子。

「啊，就是說啊。這枚戒指——跟老師的一樣，都是鑲有理事長寶玉的戒指喔。」

水月用雙手將小匣子擁在懷裡。

「變成人類以後，妳就會失去對這所學校和入學以前的記憶，改寫成其他記憶吧？可是只要戴著這枚戒指，妳就會全部想起來——是只有畢業生能拿得到的畢業紀念品！而且還能夠自由進出學校的結界喔！」

原來如此，也就是變得跟我差不多的意思。

「——鏡花同學！各位！能聚在一起的時間不多了，我們今天在宿舍開姊妹趴怎麼樣……！我還有好多話想跟鏡花同學說喔！」

尾尾守難得主動提議。她也想有所改變吧。

「好主意！來開吧！」

「沒辦法，就陪陪妳們吧。」

「別這樣嘛，畢業以後要互相聯絡就沒那麼簡單了～最後坦率一點吧～？右左美～？」

「……帷不要吵。」

「呵呵，右左美同學，其實我都知道喔？那是在掩飾自己的害羞！」

「唔！鏡花妳也不要吵！」

「那麼，既然全數通過，今天就在我房間開姊妹趴吧！啊，老師您……也想參加嗎？」

「不行啦，這樣就不算姊妹趴了吧！再說了，我連宿舍都不能進。」

我能看見尾尾守頭上冒出問號，不過她至少明白那是不行的意思，只說聲：「這樣啊，真可惜。」

到了後天，水月就要離開學校以人類身分生活了。

看著學生們因姊妹趴興奮的樣子，我暗自期許水月能永遠珍惜這段與好友共度的時光。

＊＊＊

畢業典禮當晚。

每年這天，似乎都會在學校會議室辦酒會。

說是酒會，也只是喝點小酒慰勞一下。每個人帶自己的酒來，和其他教職員一起吃點舍監寮子阿姨做的下酒菜，就這樣而已。

不曉得多久沒參加酒會了。開始工作以來幾乎沒有受邀過，搞不好上次是學生時代打工的酒會。

我本來就不會喝酒，只是沾個兩口湊人數罷了。

「人間老師，你杯子空了喔，要再來一杯嗎？」

「啊，早乙女老師……！謝謝！」

原本只想喝一開始那杯就好，可是既然早乙女老師都來勸酒了，便決定喝第二杯。

早乙女老師拿著酒瓶往我的杯子慢慢注入啤酒。我簡單道謝，稍微喝了一口。

啊～早乙女老師倒的酒特別好喝————

「人間老師，你酒量算好嗎？」

星野老師像是不太能喝，臉已經有點紅了。我老實回答：

「嗯……不是不能喝，但酒量也沒好到哪裡去啦。」

「哎呀！這樣啊！不好意思！我搞不好給人間老師倒太多酒了！人間老師，不能喝了要說喔！」

早乙女老師慌張地向我道歉，惹來星野老師的白眼。

「雪老師，妳喝太多啦。」

「啊～！星野老師怎麼這樣說！我只是愛喝日本酒而已呀～！」

哇～早乙女老師愛喝日本酒啊～那我是不是該多吸收一點日本酒知識呢～我用攝取了酒精不太靈光的腦袋想著這種事。說不定我們會因為這樣靠得更近————

「這哪裡是愛喝而已，妳自己說喝幾瓶了。」

星野老師問得早乙女老師別開視線，難為情地交出空了的七二〇毫升酒瓶。

四瓶。

————四瓶！

「……呃，這……」

早乙女老師用小孩惡作劇被抓的眼神窺視星野老師的臉色。星野老師則無言以對，樣子有點生氣。

「……我不是說過不要在外面喝太多嗎？」

「嗚哇～！對不起！因為！一年只有這一次慶祝會嘛！高興起來當然就容易喝得比較多啊！」

「還大言不慚！」

早乙女老師……是酒國英雌啊……感覺有點意外……

她好像也注意到我錯愕的眼神，慌張地辯解。

「啊！人間老師！不、不是這樣的！那個，其實我原本是雪女！對！所以呢！一直都待在寒冷的地方，導致我特別會喝酒！也因為這個緣故，我絕不是隨便就發酒瘋那種爛人喔……！所以人間老師～！拜託你！不要怕我喔～～！」

她大概是把我訝異的眼神當作見鬼了。

怎麼會呢，早乙女老師不過是酒量好一點——七二〇毫升四瓶啊……嗯。

呃，奇怪？我剛剛是不是有聽到很重要的關鍵字？

「……早乙女老師，妳原本是雪女啊！」

「咦？對呀？我沒說過嗎？」

「我今天才知道……星野老師知道嗎？」

「咦，這個嘛，嗯。」

星野老師理所當然地點點頭。真的啊。嗯？等等，既然這樣——

「那星野老師該不會……？」

原本也是非人——？

「不是，我一直都是單純的人類。」

「啊，這樣啊。」

搞什麼，撲了個空。

雖然早乙女老師突來的自白很令人驚訝，不過從她超乎常人的美貌和通透白皙的肌膚來看，即使說原本是雪女也沒什麼好奇怪的。

「說到喝酒，第一次見到星野老師的時候，我也在喝酒耶～」

「我差點在雪山遇難，看到拿酒瓶的和服女子時，真的以為自己死定了呢。」

「過分～！不過在那一刻，我就對你一見鍾情嘍……呵呵，好懷念喔。」

——咦？

「後來妳還追到美國來，真的是嚇死我了。」

——嗯？

這是什麼氣氛。早乙女老師臉上還多了兩團紅暈。

「那個，請問兩位該不會是……？」

「我們是夫妻喔！」

「我們是夫妻。」

「夫妻！」

我已經從上次的手帕事件知道星野老師已婚，沒想到對象就是早乙女老師……！

所以那條手帕就是早乙女老師送他的禮物，而我……

啊，這樣喔……

我像是酒氣瞬間上腦，人一搖就往星野老師身上倒。

「人間老師！人間老師～！啊哇哇，會不會有事啊？」

「……先倒杯水給他吧。」

＊＊＊

——這一年來，我有所成長了嗎？

我用醉意與睡意混雜的腦袋恍惚地這麼思考。

無論是教師方面。

還是身為人類。

老實說，我沒什麼感覺。

但比起前一個學校，在面對他人時的排斥似乎減輕了些。

是因為學生不是人嗎？

還是——

——希望大家明年都能畢業。

——希望她們的夢想都能實現。

說說而已。

哎呀呀，真不像我。

我才沒那麼好心。

只是剛參加畢業典禮，有點心不在焉。

僅此而已。

一定是這樣。

感傷只到這裡為止。

以後也要繼續過自己的日常生活。

這些飄浮不定，和我不搭的期盼——

就收到心的角落吧。

走吧，回家把累積的遊戲清一清。

非人學生與厭世教師

人間老師，可以教我們何謂人類嗎……？

尾聲

「好啊，漂亮奪冠～！」

我用背心加短褲的邋遢樣操作手把忙著打電動。雖然手肘因為用力擺勝利姿勢而狠狠撞到電腦桌，爽當電動廢人的滋味仍使我樂此不疲。

畢業典禮一週後，我終於搬家了。

從家裡的小房間，搬到有四坪臥房和六坪起居室的一房一廳職員宿舍，而且租金含水電和瓦斯費每個月只要兩萬！實在太破格了……而且從這裡上班輕鬆許多。

其實我想搬很久了，但遲遲找不到空檔。搬家的準備可是非常麻煩又累人的。

於是我慢慢整理行李與辦手續，總算在這次春假得以搬家。

儘管是宿舍，久違的一人生活仍使我滿心雀躍——而且我的房間是頂樓角落，還走運地隔壁和下面都空房，稍微吵一點也不會打擾到任何人！讓我這電玩狂爽翻天了！

「唉……好熱……」

好久沒這麼激動了。電腦排放的熱氣和我自己的熱氣，使得這仍是春天的房間熱得和夏天一樣。我站起身推開窗戶，窗外世界隨即送上清涼的風。太陽好刺眼。今天天空萬里無雲，有日照的地方曬得暖洋洋地。

「——既然這樣，去買個冰好了。」

搬來職員宿舍的缺點，大概就是買東西比較麻煩吧——儘管如此，網購的東西都送得到，對我這重度網購用戶來說也沒那麼不便。硬要說就是貨運業者不會直接送過來，而是事先送到學校管理的倉庫再由關係人士送到宿舍，從下訂到取貨要多花一點時間。然後就是不能半夜隨時去便利商店買東西吧，單純是因為很遠。

我稍微伸個懶腰。

光是如此就讓僵硬的身體嘎吱作響。

啊——不偶爾出去走走恐怕很傷身體。

但我也不能就這樣出去，便穿上扔在床上的七分褲以及掉在地上的襯衫。本來想穿運動鞋，可是翻找堆在房間角落的「衣物」紙箱也麻煩，穿拖鞋就行了吧。

最近的便利商店距離三個公車站，徒步要走二十分鐘。既然要去，就悠閒散個步吧。這兩天都在房間裡打電動，偶爾需要活動一下筋骨。

我離開房間，打著呵欠走下職員宿舍的樓梯。

一出宿舍，溫暖春陽便傾注而下。我向平常那個公車站走去。

——水月不曉得過得怎麼樣。

是不是為準備新生活而忙得暈頭轉向呢？我第一次自己搬出去住也遇到了很多問題呢。大學第二年秋天，我因為離學校近一點會方便很多，開始了人生第一次獨居——開始迷上電玩也是那時候吧。現在想想，也是從那時候起在阿宅之路上狂奔。

水月未來也會加倍努力在精進自身所愛的事物吧。

想著想著，我不知不覺來到結界邊緣的櫻花樹。

來這裡也快一年了呢……

畢業典禮那天含苞的櫻花，已經開得和第一次來時一樣茂盛。

＊＊＊

我在最近——也有三個站牌遠的便利商店，購入冰棒和幾種新出的零食跟泡麵。都大老遠來到這裡了，當然要順便採買才划算，於是買了一整籃。

然後銜著剛買的冰棒返回學校。

便利商店還算在聚落裡，學校就完全隱身在森林之中了。在這裡光是往森林走幾步，便毫無人跡。

話說回來，這個森林還真大……

除了我平常走的站旁步道，不知道有沒有其他捷徑。

可是迷路就糟了，於是我按下作祟的冒險心，循來時路回去。

冰吃完了。

我將垃圾裝進塑膠袋。輕柔的風舒爽極了。

啊……好像真的該不時散個步。有種過了充實假日的感覺！

愉快地走了一會兒，來到最靠近學校的公車站牌，直接彎進步道。

快經過櫻花樹下時，注意到底下有個黑色物體在動來動去。

我疑惑地走近。黑影大約有五十公分大。

靠近一看，那個物體金色的雙眼閃了一下。

——是隻黑貓。

黑貓注意到我接近，嚇得當場跳起來，一溜煙跑掉了。

——那隻貓會不會是學生呢？啊，這裡是結界外面，不是吧。

繼續當黑貓，會是一種幸福嗎？

但願如此。

能維持原樣幸福地生活，就很好命了吧。

我往黑貓跑走的方向望了一會兒，便提著塑膠袋往自己的新住處走去。

＊＊＊

「啊，老師。回來啦～」

「——妳怎麼在這裡？」

一回到職員宿舍，就看到羽根田坐在門口樓梯上揮手。現在明明放春假，不知為何她還穿著制服。

「嗯？因為我想見老師嘛。」

她還是像平常那樣愛開玩笑。

這樣算是有閃掉問題嗎？

「找我有事嗎？」

「嗯……對呀，算是。」

羽根田說完便站起來，拍拍裙子走向我。

「老師，這一年來辛苦啦。欸，這裡跟你之前的學校差很多吧，還行嗎？可以繼續待下去嗎？」

「這什麼問題？妳是我同事啊？」

「啊哈哈！單純想問而已啦——所以怎麼樣？」

話說第一次見面時，她也問過類似的問題嘛……

這一年來——多少有些辛苦跟煩惱，摸索該怎麼做的時候也很多，但是——

「整體說來，這一年還不錯喔。」

我的回答使羽根田柔柔一笑。

「這樣啊，那就好。」

「…………咦？事情就這樣？」

「嗯，就這樣！啊～還有很高興看到你這麼有精神，臉色還是有點蒼白就是了～」

「還好啦……好久沒出來走走了。」

都窩在房間打電動嘛。

這麼說來，羽根田正好來訪還真是不巧。我難得外出，害她等了很久吧……

「那麼老師，既然沒事，我也差不多該走了。」

「好，路上小心。新學期也請多指教。」

「我也是。再見嘍！」

羽根田就此返回學生宿舍。

她真的只是為了問那個啊……

話說她的消息真靈通，居然知道我搬來職員宿舍了。

有看到我在搬家嗎？

＊＊＊

隔天，到學校處理春假事務時，校長找我過去。

他還是老樣子，不過校長室倒是每次來好像都會多出怪怪的藝術品。門口處擺了兩尊鳥的雕像……表情好凶狠……哼哈二將？上次有這個嗎……？沒有吧……？

「今天有一位想介紹給你認識的人捏。」

今天校長的穿著和口吻也是那麼不正經，但與平常相比恭敬了些。

有一位想介紹給我，是新學生嗎？不，學生不會這樣講吧？我靜候校長說下去。

「就是理事長捏。」

——理事長。

這所學校的創立者、所有人兼最高負責人。

我在這所學校已經教了將近一年課，不只沒見過理事長，也不曾遠端對話或見過照片。

因此，我甚至開始猜想根本沒有這個人物……結果真的有啊。

「呃……請問理事長是正要過來嗎？」

糟糕，我只有穿平常那件皺巴巴的便宜西裝，頭髮也是隨便整理，要是有哪裡翹起來怎麼辦？鞋子也不常擦，又剛走過那條山路沾了很多泥沙，愈看愈寒酸……要是覺得我沒禮貌怎麼辦？

「理事長就在隔壁的理事長室捏，趕快進去拜會一下捏。」

太急了吧！這種事怎麼不事先通知我一聲！便宜西裝沒救就算了，至少其他儀容方面或許還可以抱個佛腳啊……！

話說，我都忘記學校還有理事長室了。

理事長室就在校長室隔壁。我從沒進去過，而且又位在校舍角落，完全被我當作不存在了。

「好、好的。」

進這間房的時候終於到啦……

我勉為其難地答應後，校長瞇眼一笑，走在我前面。

第一次進這房間呢……

我們來到理事長室門前，校長敲了敲門，有女性回答「請進」的聲音。

接著校長開了門，要我進去。

好緊張啊……

理事長就在這裡面嗎……理事長……會是怎樣的人呢？從聲音能聽出應該是女性，如果是女版校長那樣的超搞笑理事長怎麼辦……嗯……很有可能……

「打擾了。」

我進入理事長室，深深鞠躬。

剎那間，一團暖空氣裹住我。理事長室有開暖氣嗎？溫度感覺比校長室還高。

溫度很高……

——不，這根本是熱了吧？

「幸會呀，人間老師。」

理事長開口了。

——聲音很耳熟。

先前太緊張，沒注意到。這個聲音不就是——

儘管她說幸會，但我們根本不是第一次見。

而且昨天才聽過這個聲音。

我又驚又疑地抬起頭。

那人身穿制服，像下課時間在教室聊天一樣翹著腿坐在理事長桌上。

「昨天謝啦——聽你說這學校還不錯，我很高興喔。」

那便是在高級班與我相處一年的學生。

羽根田帷那麼說之後，滿意地微笑。

＊＊＊

「啊，該不會這樣會讓你不好說話吧？」

羽根田小聲地「嘿」一聲跳下桌子，踩在地毯上。

這個瞬間，一團橘紅色的巨焰包圍了羽根田全身。

「哇！羽根田……？」

突如其來的營火般火焰和熱氣嚇得我手足無措。

但那些火轉眼就不曾存在似的消失無蹤，羽根田原來的位置出現一名與她神似的成人女性。女性和我差不多高，擁有前凸後翹的女神級身材，和橘色的亮麗長髮，髮梢略捲。服裝是豪放的亮片紅禮服，簡直就像好萊塢貴婦。

「啊哈哈，老師嚇到的表情真好玩呢～」

女性對看傻了的我淘氣地笑道。

聲音、動作和笑法，都和羽根田帷一樣。

這麼說來——

「人間小弟，我也懂你為什麼這麼驚訝捏！『以為是自己的學生，結果是理事長』這種事，實在太震撼了捏！人間小弟！我在此鄭重向你介紹捏！這位就是本校理事長不知火大人捏！」

「抱歉嚇到你喔，老師！羽根田帷是我用來就近觀察學生的偽裝～然後，順便可以了解新老師適不適合待下去。」

出人意料的變化使我的腦袋一時處理不來。

「呃……理、理事長……？那我以後要怎麼跟理事長……？相處才好呢……？」

「這個啊，麻煩你照平常那樣就行了！明年我也會繼續扮演帷。還有抱歉瞞你這麼久呢。」

「哪裡……既然有原因，那也是沒辦法的事……」

事情來得太突然，使我還有點混亂。

羽根田帷是偽裝。

她其實是這所學校的理事長。

好近距離觀察學校——

仔細想想，我眼中的羽根田雖然吊兒郎當，卻總是很注意班上的事——包含我在內。

一個學生老是對我問東問西，讓我覺得奇怪很久了。

腦子裡有種拼圖「啪」一聲拼上的感覺。

原來羽根田——理事長一直都在最近的地方守望著我們。

「人間小弟！理事長可是不死鳥捏！掌管世間萬物的最強主宰捏！」

——不死鳥。

故事裡經常描寫成作弊級的角色。

在這所學校，有結界、寶玉、化為人類等不屬於人類的東西，太過奇幻到我幾乎要麻痺了。若不是背後有個更作弊的人物，也做不出這些事吧。

「而我是鴉天狗捏！」

這樣喔！

我是覺得校長不太像人類，早就有心裡準備了，結果還是很錯愕。

「我可以看到大概一個月的片段未來捏！所以知道你在這所學校待得下去捏！錄用你也是因為這個緣故捏！」

預知未來啊……校長也頗作弊的嘛……

「啊，對了。人間老師，那時候謝謝嘍～」

「那時候……？」

「嗯——好像是十一月的時候吧？我不是身體不舒服嗎？」

啊，好像有點印象。

「想起來了？那時候啊，我為了接新生進來，有很多事要準備，真的是快累死了～」

「理事長也要這麼親力親為啊？」

「應該說只有我能做吧。要確認對方的入學意願，親眼判斷對方能不能在這裡念書。覺得對方可以入學以後，還要調整這個我用自身能力創造出來，能讓非人變成半人的結界，再把她們帶進來。」

說到這裡，理事長的藍眼睛往我看來。

「老實說，設立這所學校一開始只是好玩而已呢，不過玩出興趣來了。感覺很棒喔，我很喜歡看著『生命有限的東西們』努力的樣子。」

——不死鳥擁有永恆的生命。

所有故事皆是如此。

理事長對我說：

「我的終極目標，是『給自己壽命』。」

語氣平靜淒涼，卻又依稀帶點溫暖。

「見過那麼多人之後，我開始想在這裡為了死去而過活。」

為死而活，說起來也真矛盾。生命終有盡頭，所以在那之前，我們必須為了不留遺憾活過每一天。

「到時候，我一定是放下了一切，再也沒有想做的事，也沒有任何事值得我擔心，所以還要很久很久啦～！啊哈哈！恐怕很難在老師在世的時候辦到呢……」

理事長眼神飄渺地望向窗外。

她究竟已經活了多久呢？

而時間的長河，今天依然載著我們滾滾流逝。

理事長慢條斯理地開口：

「欸，老師，你喜歡人類嗎？」

閒話家常似的對我提問。

問我喜不喜歡人類？

人類這種東西。

自私自利，不管他人死活。

方便當隨便，老實過活卻被當傻子。

「我討厭人類。」

這點至今仍未改變。

可是——

水月所見到「舞出生命」的人類。
尾尾守所見到「另一個自己」的人類。
右左美所見到「畢生摯友」的人類。
以及羽根田所見到「生命有限」的人類。

全都是與我不同觀點所見的人類。
人類總是自私、感情過剩、放不開現實又脆弱。
然而人類也崇尚自由，心懷千言萬語，能夠夢想遙遠的未來，在有限的時間裡奮力過活。

「我雖然討厭人類，但也覺得維持現在這樣也不錯喔。」

目前，維持現狀就行了。
我決定先嘗試去珍惜我所見到的人類。
不逼自己去喜歡，先去接納現在所見的人類。

直到我也可以喜歡人類的那一天。
可以喜歡自己的那一天。
這就是我要踏出的第一步。

理事長彷彿看透了我的心思，只是淡淡地笑著。

這裡是私立不知火高中。

一所森林裡的學校，非人之人求學的地方。

宛如異世界，卻不是異世界。

在如此普通世界的一角，我們今天也要照常過活。

後記

幸會！大——家——好——！我是新人作家来栖夏芽！

在此由衷感謝各位捧起我的出道作《非人學生與厭世教師》！

從小就愛看故事書，漸漸開始自己寫故事，如今承蒙出版社給我這個出書的機會，實在是莫大的殊榮。這都是拜各位相關人士，以及所有認識我的人所賜，真的感激不盡！

趁這個機會，我也來說說出版《非人學生》的契機吧。

事情的開端是現在的責任編輯，他在我平時的直播中看到了我在某款遊戲內寫的短篇小說，於是就問：「夏芽小姐！有沒有興趣寫長篇小說啊？」——這樣寫出來，好像很有搭上浪潮的感覺，真不可思議呢……！人生在世，真的永遠不知道機運什麼時候會來臨呢。

《非人學生》就是這樣開始的！

一旦動起筆來，就樂此不疲地寫下去了！

而且由於寫得太高興，原本責任編輯跟我預定：「由於妳幾乎沒有寫長篇小說的經驗，先努力生個十萬字出來看看吧！」結果光是初稿就寫到十五萬字出頭了。好神奇喔～！

所以為了配合頁數，我也含淚刪減了好幾個場景……！一開始人間老師的部分，即是最努力調整的地方。

大家還喜歡這篇故事嗎……！非常感謝各位的支持，拙作還沒上市就受到遠超乎想像的矚目，使我很害怕會讓各位失望，各位覺得有達到期待嗎……！

這不是異世界奇幻，也不是重啟人生的轉生冒險，人間老師始終都在我們這個世界。儘管一些經歷使他變得懦弱，還是希望大家能夠喜歡他。

接下來呢，是對這一路上扶持我的每個人致謝！

首先！感謝用最棒的插畫創造出極品視覺印象和角色的泉彩老師！真的非常謝謝您！不只儘可能保留我腦袋裡的模糊形象，還用您的手雕琢出更加洗練可愛的造型！人間老師厭世的感覺！右左美的臭屁！小帷的大姊頭風範！小鏡花的輕柔感！小一咲的怕生和辣妹一咲的不羈！（＋反差！）每個都超棒的！本書最後會一併刊出我交給泉彩老師的初期形象草稿，合起來看別有一番樂趣喔！

再來要感謝的，是為不諳寫作的我提供各種建議的責任編輯，以及礙於我身分需要，每次和責任編輯見面都要撥冗到場的經紀人。真的非常感謝二位。

然後是在店舖特典（註：此為日本版的特典）等部分給了我莫大幫助的諸位繪師。

卷羊老師，感謝您畫出在夜幕下非常帥氣的小一咲與小帷。みすみ老師，感謝您畫出又潮又可愛的派對咖風格小鏡花和小一咲。栗原さくら老師，感謝您畫出廚藝笨拙得很可愛的小一咲和右左美。vane老師，感謝您畫出從畫面外都能感到暖意的小鏡花和小帷。しぐれうい老師，感謝您畫出穿著軟綿綿夢幻風可愛睡衣的右左美和小鏡花。這次真的非常感謝各位！

另外，其實這篇故事的每一章都是三主題格式喔！各位有發現嗎……！

以下即主題提供者！

天宮心、安潔．卡特莉娜、圭利．奧什．迦爾、白雪巴、紐伊．索西艾瑞、真白爻、社築、山神歌流多、綠仙、以及各位なつめいと！（註：除最後一個粉絲代稱なつめいと，前面都是にじさんじ直播主）

感謝各位提供為故事帶來我所想不到的各種美妙辛香料！

最後！要感謝的是支持著我——未來或許也會支持下去的各位！真的感激不盡！受到無數祝福的我實在太好命，要在未來包含寫作在內的各項活動中一點一滴報答這份恩情才行。

為此！我要活久一點喔！讓我們一起活久一點吧！

那麼差不多了！感謝各位讀到這邊！

非常期待下次見面的機會！

二〇二二年二月吉日　来栖夏芽

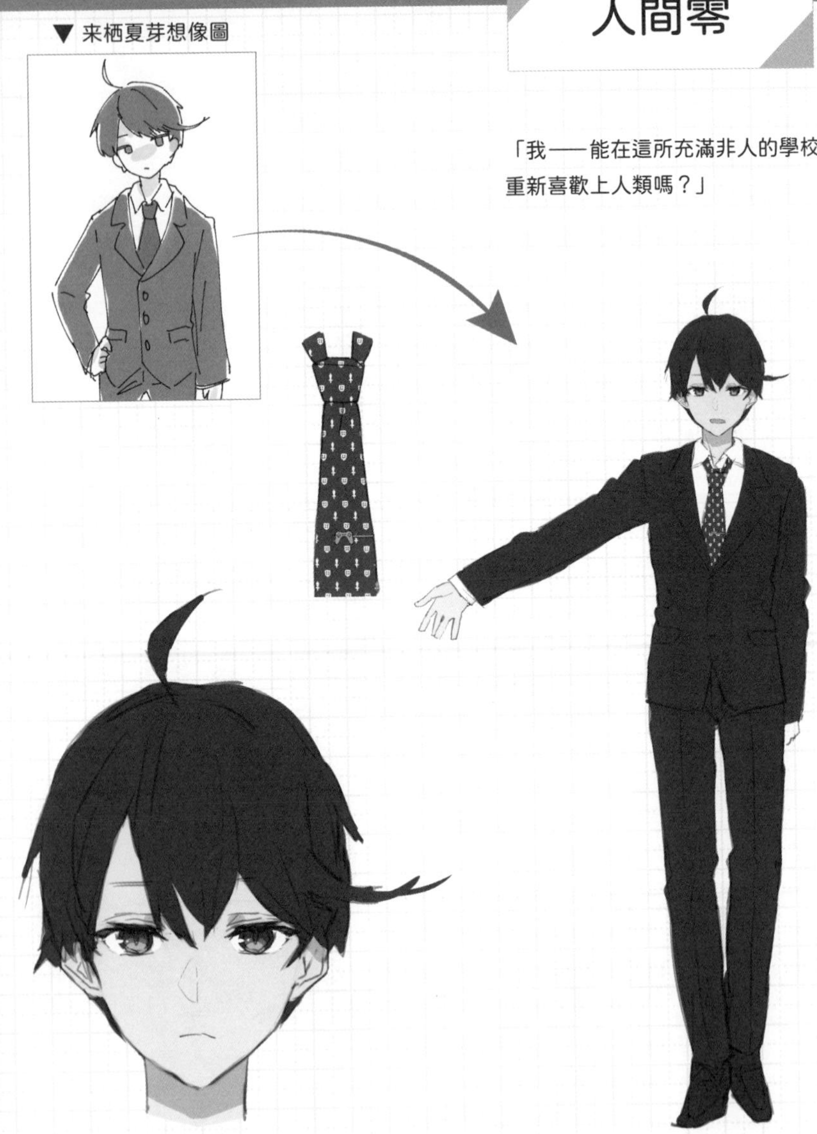
人間零
▼来栖夏芽想像圖
「我——能在這所充滿非人的學校
重新喜歡上人類嗎？」

泉彩 角色設計圖

水月鏡花

▼ 来栖夏芽想像圖

「初次見面您好！
我是水月鏡花！」

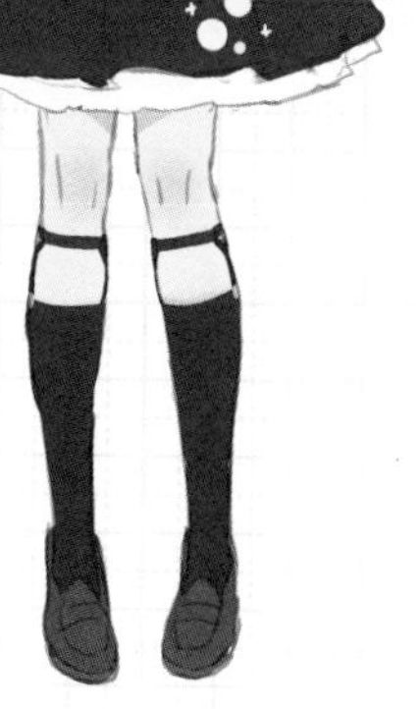

泉彩 角色設計圖

尾尾守一咲

▼ 来栖夏芽想像圖

「那個，呃……
再來是……我吧……？」

「一咲這麼可愛，
害羞也是難免啦～嗯嗯！」

泉彩 角色設計圖

右左美彗

▼ 来栖夏芽想像圖

「……一大早就這麼吵。
那麼大隻還動來動去，很煩耶。」

泉彩 角色設計圖

「嗜好是音樂鑑賞，
只要是音樂什麼都聽。」

泉彩 角色設計圖

早乙女雪

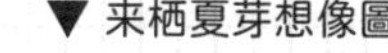

「學生都叫我小雪老師，
可以的話也請你這樣叫我喔！」

星野悟

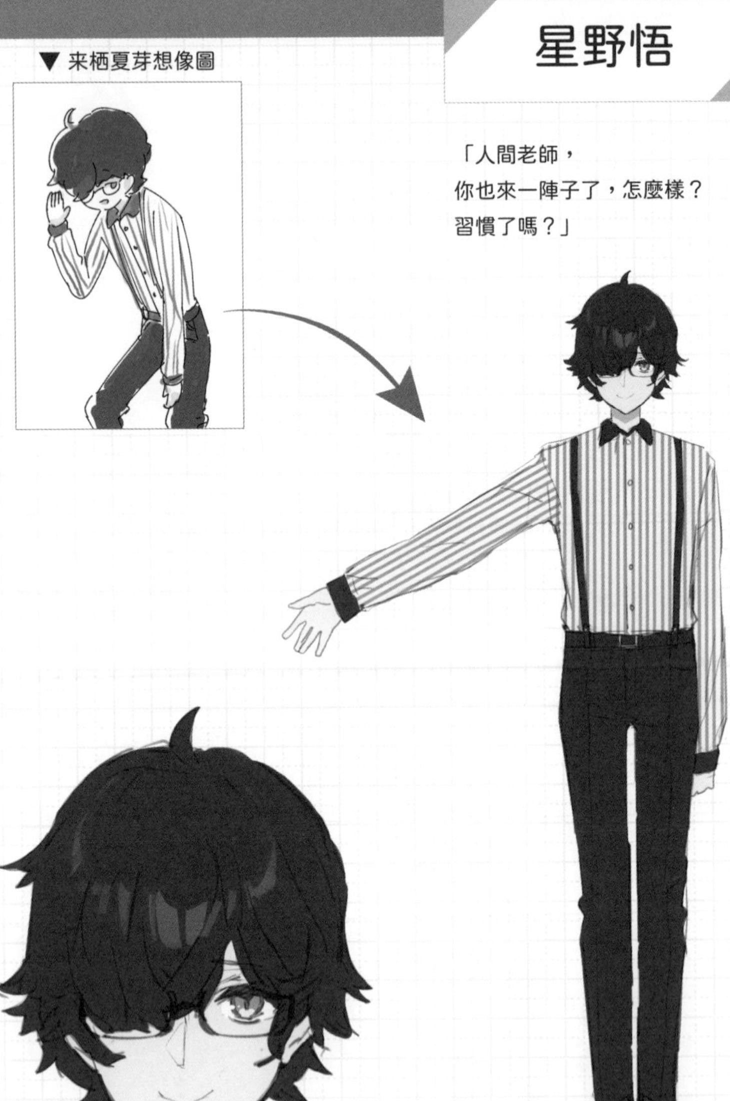

▼ 来栖夏芽想像圖
「人間老師，
你也來一陣子了，怎麼樣？
習慣了嗎？」

泉彩 角色設計圖

校長

▼ 来栖夏芽想像圖

「嗯嗯～
把我當成怪人
也是理所當然捏。」

校 地 導 覽 圖

體育館

別館

主校舍

操場

職員宿舍

結界

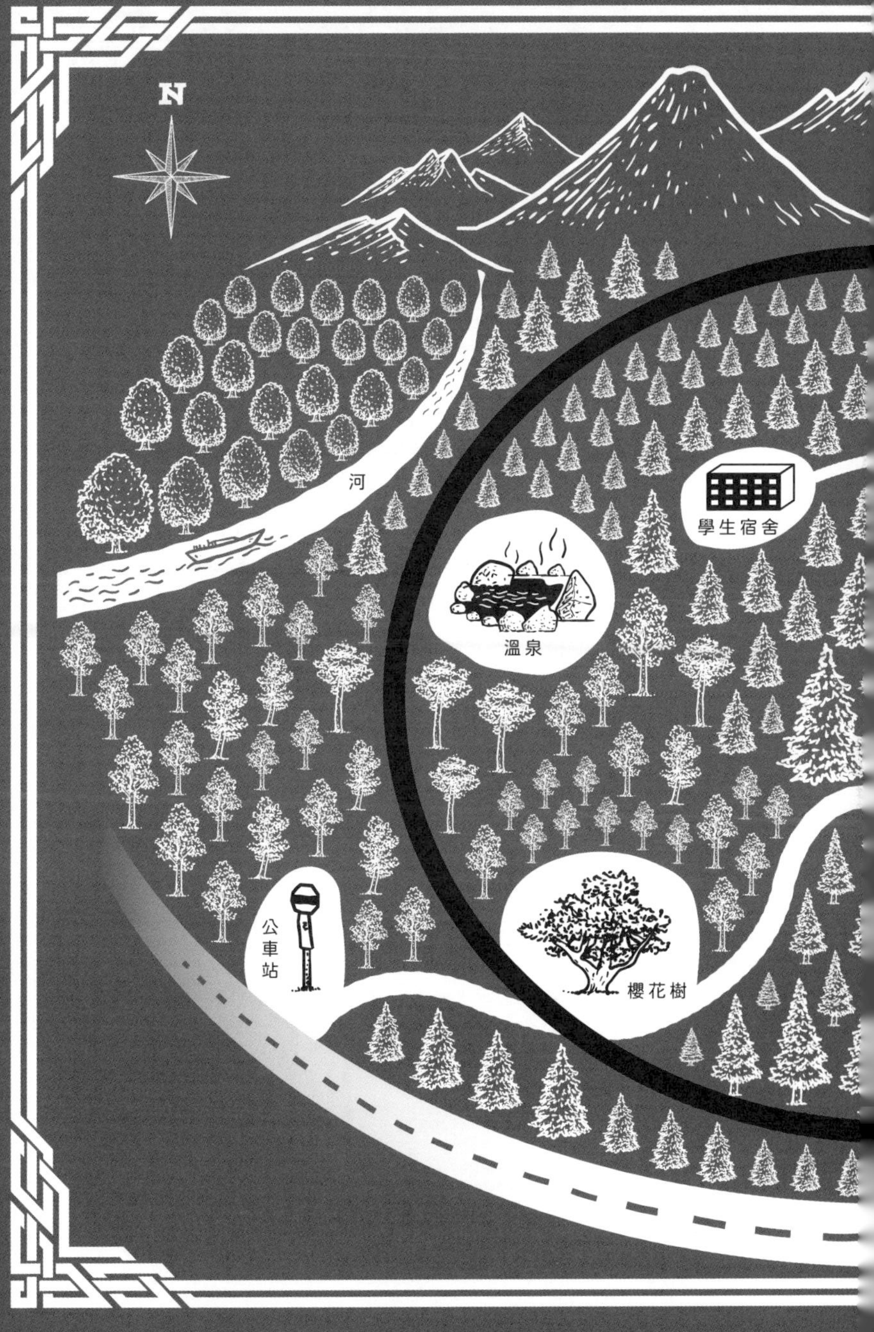
N
河
學生宿舍
溫泉
公車站
櫻花樹

主校舍平面圖

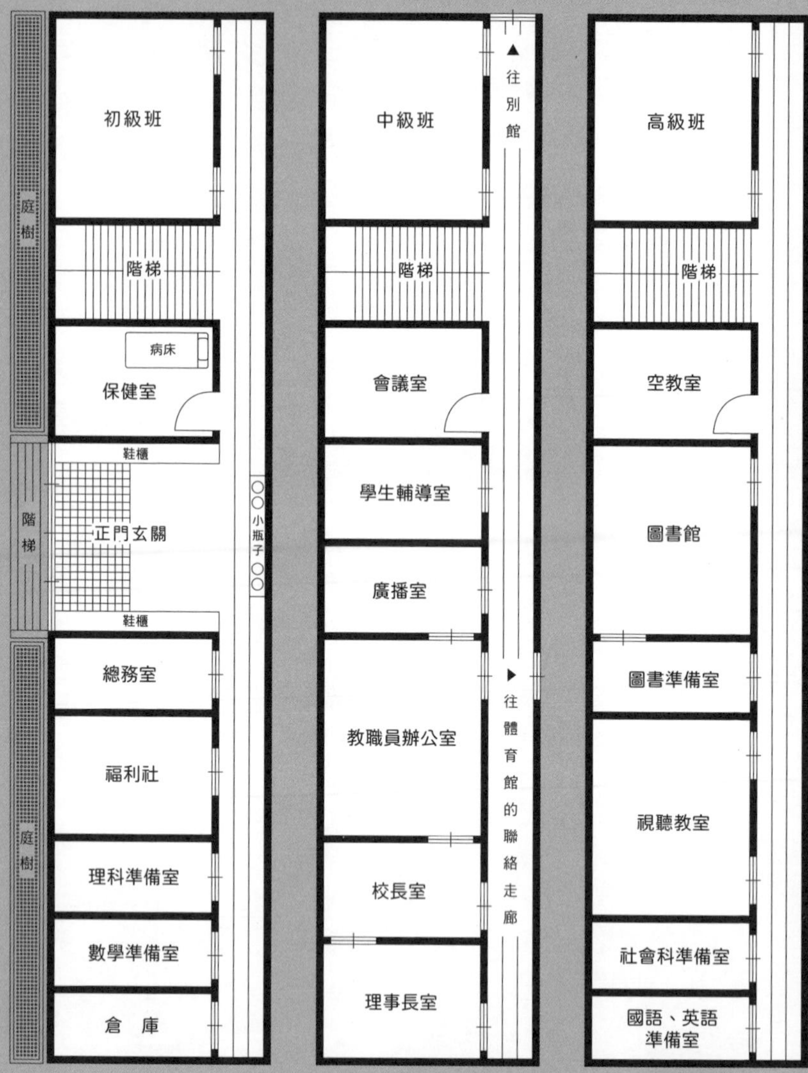
別館
音樂教室・美術教室・福利社・電腦教室
視聽教室・家政教室・理科教室
庭樹
初級班
階梯
病床
保健室
鞋櫃
階梯
正門玄關
小瓶子
鞋櫃
總務室
福利社
庭樹
理科準備室
數學準備室
倉　庫
1F
中級班
往別館
階梯
會議室
學生輔導室
廣播室
教職員辦公室
往體育館的聯絡走廊
校長室
理事長室
2F
高級班
階梯
空教室
圖書館
圖書準備室
視聽教室
社會科準備室
國語、英語
準備室
3F

非人學生與厭世教師

人間老師，可以教我們何謂人類嗎……？

作者

来栖夏芽

插畫

泉彩

編輯

大竹卓

特別感謝

各章　三主題提供者

序曲

真白爻

〔 斑馬　睫毛　蠟像 〕

厭世教師與泡沫花冠

天宮心

〔 魚板　管理者權限　Tomorrow 〕

厭世教師與河畔暑假

綠仙

〔 路標　西瓜　枕頭 〕

厭世教師與帷中福音

山神歌流多

〔 音MAD　要不要跟我逃走呀　肚子痛 〕

厭世教師與憧憬的畢業典禮

なつめいと

〔 酒瓶　煤油暖爐　戒指 〕

厭世教師與邂逅的教室

圭利・奧什・迦爾

〔 捕手飛球　索朗民謠　哈佛第一名畢業 〕

厭世教師與一座孤城

白雪巴

〔 鱈魚子　木瓜　玻尿酸 〕

厭世教師與天使的彗星

安潔・卡特莉娜

〔 可爾必思　天使　冬蟲夏草 〕

厭世教師與黎明曙光

社築

〔 海苔　御殿場　拆〇工 〕

尾聲

紐伊・索西艾瑞

〔 冰棒　黑貓　背心 〕

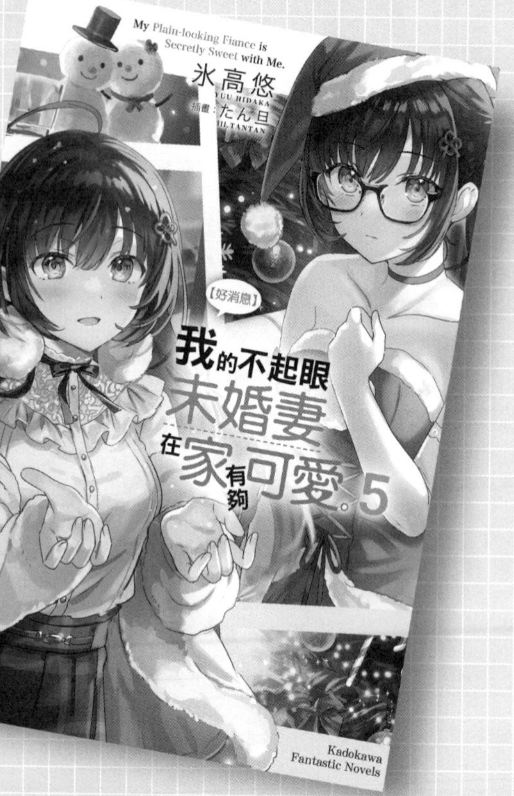

【好消息】我的不起眼未婚妻在家有夠可愛。 1~5 待續

作者：氷高悠　插畫：たん旦

季節來到有著許多活動的12月，
遊一與結花的關係也將更進一步！

寒假即將來臨！教室裡、慶功宴上，結花努力和班上同學培養感情，甚至不惜Cosplay？遊一跟上結花的店鋪演唱會行程，展開只有兩人的旅行！而且必須在外過夜？接著來臨的是聖誕節。兩人在第一次共度的聖誕夜裡得到了什麼樣的「寶貴事物」呢——

各 **NT$200~230/HK$67~77**

續・魔法科高中的劣等生

魔法人聯社 1~5 待續

作者：佐島 勤　插畫：石田可奈

在聖遺物「指南針」的引導下
達也將前往古代傳說都市「香巴拉」！

從USNA沙斯塔山出土的「指南針」或許是古代高度魔法文明都市香巴拉的引路工具。認為香巴拉遺跡或許位於中亞的達也，前往印度波斯聯邦。此時逃離警方強制搜查的FAIR首領洛基・狄恩卻接見來自大亞聯盟特殊任務部隊「八仙」之一……

各 **NT$200~220/HK$67~73**

借給朋友500圓，他竟然拿妹妹來抵債，我到底該如何是好 1 待續

作者：としぞう　插畫：雪子

「謹遵哥哥吩咐，小女子來擔任抵押品了。今後還請學長多多指教！」

全校都認識的美少女，宮前朱莉突然來到白木求居住的公寓。她為了區區五百圓來當哥哥負債的抵押品。這件事實在太過突然，讓求覺得莫名其妙，不過朱莉硬是說服他並住進他家。與積極進攻的美少女同住一個屋簷下，令人臉紅心跳的同居生活就此開始！

NT$230/HK$77

約會大作戰DATE A LIVE ANOTHER ROUTE

Kadokawa Fantastic Novels

作者：橘公司、大森藤ノ、志瑞祐、東出祐一郎、羊太郎　插畫：つなこ

收錄人氣作家們筆下特別的「DATE」，
《約會大作戰》系列第一本豪華精選集！

收錄了羊太郎描繪的十香減肥記；志瑞祐描繪的七罪四驅車競賽；東出祐一郎描繪的VR遊戲夢幻對戰；大森藤ノ描繪的六喰真實路線！還有橘公司描繪的所有精靈變男性的世界？另外還收錄了人氣插畫家森沢晴行、NOCO、はいむらきよたか的新繪插畫！

NT$240/HK$80

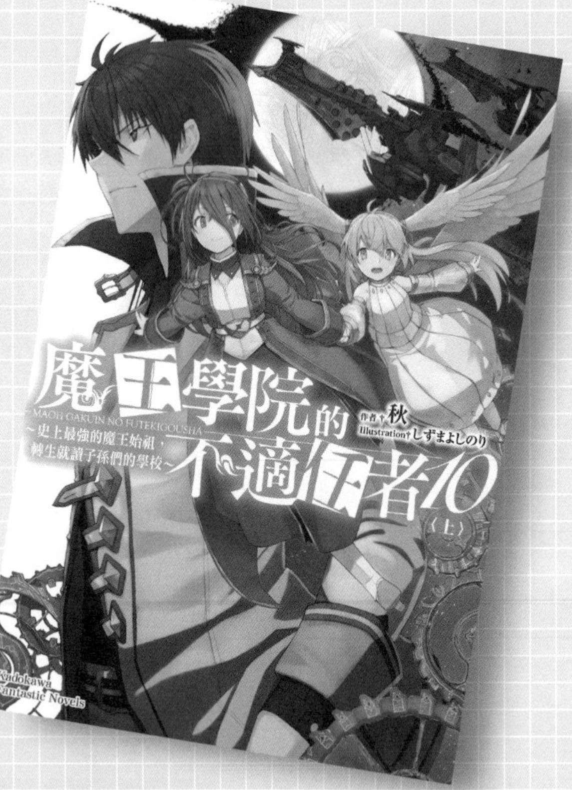

魔王學院的不適任者~史上最強的魔王始祖，轉生就讀子孫們的學校~ 1~10〈上〉 待續

作者：秋　插畫：しずまよしのり

阿諾斯向「世界瑕疵」的真相發起挑戰，第十章〈眾神的蒼穹篇〉！

為了取回被奪走的德魯佐蓋多與艾貝拉斯特安傑塔，阿諾斯一行人踏入神居住的領域──眾神的蒼穹。掌管生命輪迴的四位神，以及應該要循環的生命正逐漸減少這件令人震撼的事實，在那裡等待著他們。然而生命減少，無非意味著世界正緩慢地邁向滅亡……

各 **NT$250~320/HK$83~107**

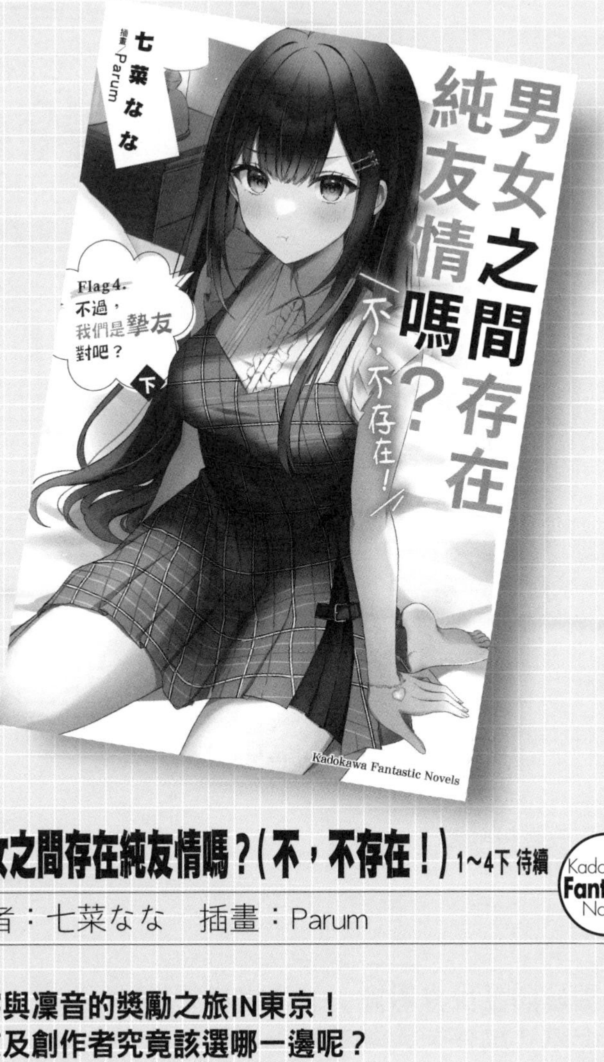

男女之間存在純友情嗎？（不，不存在！）1～4下 待續

作者：七菜なな　插畫：Parum

悠宇與凜音的獎勵之旅IN東京！
摯友及創作者究竟該選哪一邊呢？

這場瞞著日葵的兩人旅行固然讓人臉紅心跳，悠宇也沒有忘記這一趟還有另外一個目的——那就是從東京的飾品創作者身上得到成長的啟發。正當兩人一再產生誤會時，有人邀請悠宇參加飾品相關的個展，就此演變成悠宇與凜音賭上夢想的夏日大對決！

各 **NT$200~280 / HK$67~93**

義妹生活 1~5 待續

作者：三河ごーすと　插畫：Hiten

萬聖節的燈火具有魔力。
展開不能讓任何人知曉的祕密生活——

既像兄妹又像戀人的悠太與沙季，有了一段無從命名的關係。彼此在適度依賴彼此的同時，嘗試著成為對方的理想伴侶。原先對異性不抱期待的兩人，在共度相同時光的情況之下，逐漸產生「變化」的徵兆。而周圍的人也慢慢注意到他們的「變化」……？

各 **NT$200~220/HK$67~73**

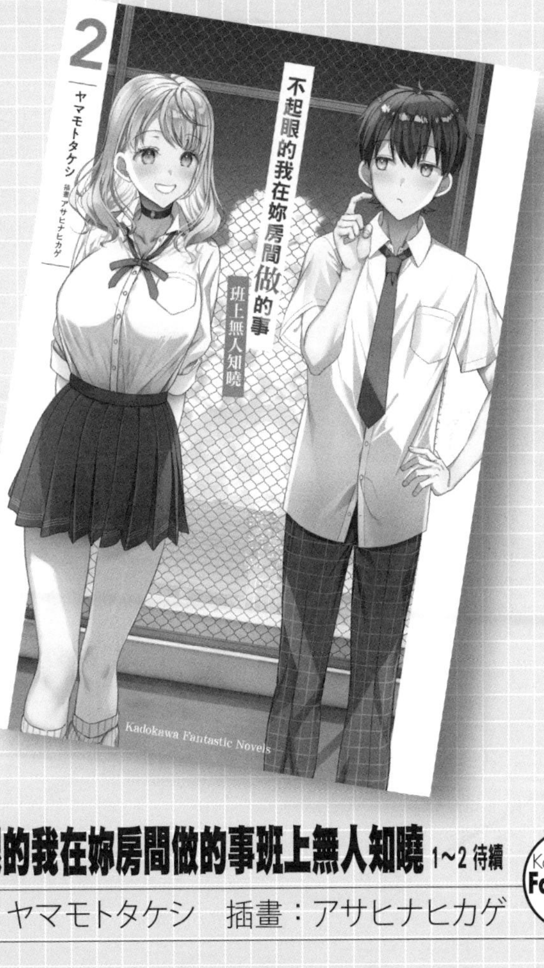

不起眼的我在妳房間做的事班上無人知曉 1~2 待續

作者：ヤマモトタケシ　插畫：アサヒナヒカゲ

開始注意你之後，無論何時你都在我心裡⋯
開朗美少女向不起眼的他發動猛攻！

遠山佑希獲得班上的風雲人物麻里花的青睞，她不但和佑希一起上下學，佑希還收到親手做的便當，她熱烈地吸引佑希的注意！另一方面，柚實執著於與佑希的身體關係，煞車卻漸漸失靈？此時柚實的姊姊伶奈開始出手干涉錯縱複雜的他們三人⋯⋯

各 **NT$220~250/HK$73~83**